Leander Sukov • Warten auf Ahab

Visionen von Marie

Du sagtest: „Komm los,
die Welt ist ein Floß und wir sind längst groß."
Wollten schnell noch viel größer sein,
frei und für uns allein.

Aber irgendwas meint, dass das alles nur so einfach scheint,
dann hast du geweint und gedacht
es bleibt immer die Eitelkeit.

So ein großer Wahn,
so ein schlechter Plan,
und es fängt von vorne an.

Und es endet nie,
zuviel Phantasie
in den Visionen von Marie

Wir machten Rast,
in den Ruinen eines Palastes,
ich mal' einen Plan für die Ewigkeit mit Kreide auf dein Kleid.

Dann packt dich die Angst, dass es nicht rausgeht,
rennst schnell wie du kannst, zum nächsten Brunnen,
willst alles auswaschen, dann war' s nur Illusion.

So ein großer Wahn...

Am verlassenen Strand, sehn wir hier endet erschlossenes Land,
sehn wir-hier endet die Reise, die Schritte werden klein.

Und wohin mit dem Mut, hinein in die Träume, sie wachsen so gut,
groß und lebendig, stehn sie beständig, wir kommen nicht voran.

So ein großer Wahn...

Realität macht nie Platz für Euphorie
und die Visionen von Marie

Realität macht nie Platz für Phantasie
und die Visionen, ach Marie..

Max Prosa
Erschienen auf:
Die Phantasie wird siegen
www.maxprosa.de

Leander Sukov

Warten auf Ahab

oder Stadt Liebe Tod

Roman

Prolog

» Nennt mich Marie. Ich bin keine von den Anderen. Die Anderen waren zu einer anderen Zeit. In der anderen Zeit war das Land ein anderes Land und noch eines. Wir sind wenige. Die Anderen waren viele. Die Anderen glaubten, sie wären die von morgen. Wir treffen uns mit ihnen am Schnitt ihres nicht-kommenden Tages, dort, wo er an unseren nicht-vergangenen stößt. Wir sind aus den Anderen gemacht. Wenn wir uns umdrehten, würden wir die von morgen sein und das Heute hinübertragen. Wir aber schauen zurück. Täten wir es doch nur im Zorn! Dann könnten wir uns bald drehen. Hinter uns der Zorn dann, und vor uns die Hoffnung.

Ich verlasse das Dorf. Heute noch, gleich.

Das Haus meiner Eltern hat ein Blumenfenster, das hoch und breit den roten Klinker durchbricht. Im Blumenfenster gibt es keine Blüten. Nur Grünpflanzen hat es dort. Die werden von künstlichen, blauen Sonnen beschienen. Jede Sonne hat einhundertdreißig Watt. Sieben Sonnen beleuchten die grünen Pflanzen und warten vergebens auf das Bunt von Blüten.

Ich gehe in die Stadt. Ich werde dort leben. Die Stadt ist groß, die Stadt ist nicht fern, die Stadt ist nicht nah. Die Stadt ist bunt und grau und laut, und sie schläft nicht. Das Dorf schläft immer. Nur die Pflanzen unter den blauen Kunstsonnen schlafen nie, hier im Dorf, im Haus meiner Eltern, im Blumenfenster.

Dem Fenster gegenüber steht die Couch, davor der Tisch, dessen Höhe man mit Hilfe einer Kurbel einstellen kann, und dann davor, dem Fenster näher, zwei Sessel. Rechts an der kürzeren Wand ein Schrank, dessen Mittelteil offen ist und einige Bücher der Nichtbeachtung durch ihre Besitzer preisgibt. Neben der Couch die Tür zum Flur. Im Flur eine Treppe und die Türen zur Küche, zum Schlafzimmer meiner Eltern, zur Gästetoilette, eine auch in den Keller, in dem allerlei Konserven lagern und Werkzeuge, Übriggebliebenes und Vergessenes.

Meinen Koffer habe ich gepackt. Ich nehme nicht viel mit. Nur das Nötigste. Mein Vater wird mich fahren und meine Mutter wird uns begleiten. Wir fahren in die große Stadt und zu meiner kleinen Wohnung. Wir werden sie vermessen und dann Möbel kaufen. Auch in der Stadt gibt es die Einen, mehr als hier in diesem Dorf und den umliegenden. Aber wenige gleichwohl.

Erste Oktobertage

Ich habe mich an die neue Umgebung noch nicht gewöhnt. Das braucht seine Zeit. Bis zu Aldi bin ich gekommen. Zuerst bin ich um den Block gelaufen. Dann habe ich herausgefunden, dass ich nur durch die Hinterhöfe gehen muss. Auf dem Weg zu Aldi gibt es einen Zigarettenladen, einen Bäcker und einen kleinen türkischen Supermarkt mit frischem Obst und Gemüse. Sonst gibt es hier nicht viel. Aber die Häuser sind schön. Ich mag Gründerzeitbauten. Mein Vater hat mir geholfen, den Stuck der Zimmerdecke einigermaßen aus den Farbschichten der vergangenen Jahrzehnte herauszuarbeiten, während meine Mutter die Möbelmarktküche aufgebaut hat.

Ich habe ein großes Zimmer und eine große Küche, ein kleines Duschbad und einen kleinen Balkon, zum Hinterhof hinaus. Seit heute habe ich endlich auch Internet. Fast drei Wochen haben die gebraucht, bis es geschaltet war. Irgendwas mit den Knotenpunkten und dem Verteiler im Keller des Hauses.

Am Freitag fahre ich nach Althause. Bis zum Freitag sind es noch drei Tage. Drei Tage, die ich durch die Stadt streune. Einmal verfahre ich mich auf dem Weg nach Neuhause. Ich steige am Checkpoint Charlie aus. Kochstraße heißt die Station. Vom Checkpoint laufe ich die Friedrichstraße hinauf Richtung Unter den Linden. Überall teure Geschäfte. An der Ecke zu den Linden könnte ich mir einen Bugatti kaufen. Vorher schon Designerkoffer und

Haute-Couture. Das alles ist nicht meine Welt. Vielleicht bis auf den Espresso im Café Einstein, der mich aufwärmt.

Und dann weiter zum Prenzlauer Berg. Rumlaufen dort. Alles *Turm* hier. Ein ganzer Kiez voll Turm. Jedes renovierte Haus: Turm. In jedem renovierten Haus: die Türmer. Oberärzte, Manager, Universitätsdozenten, Rechtsanwälte, Schriftsteller. Tell me, man, tell me. Kein Vulkan mehr. Straßenbelag aus harter Lava, Abgründe überall, weich, moderig schon. Turm an Turm. Mittel hier alles auch. Tut aber großbürgerlich. In den Gesichtern Ruhe und Rechthaben. In den Herzen … man mag nicht fragen, nicht wissen wollen. In den Köpfen: TAZ und *Tagesspiegel.* Auferstanden aus Ruinen und der Zukunft zugewandt. Linker Hand mag niemand die Hand für die Zukunft ins Feuer legen. Aber alles bunt jetzt hier. Dabei bekennt niemand Farbe. Keiner mehr da von denen, die hier die kleine Flucht aus dem DDR-Grau versucht haben. Wir sind ein Volk. Oh ja, wir sind ein Volk, und was für eines. Prenzlauer Berg. Holzspielzeugläden. *Bestimmt* tanzen hier Waldorfschüler auf dem Parkett der elterlichen Wohnung. *Bestimmt* für eine Zukunft zwischen Hedgefonds und Bioläden, zwischen friedensschaffenden Maßnahmen und Menschenketten. Dreißigjährige Paare. Mir ist alles sushi. Und alle, die mit mir umhergehen, in den Turmschluchten der Gründerzeithäuser (History repeating, Ihr Propellerheads): Leger, aber teuer gekleidet. Radfahrer auf Fahrrädern, für deren Preis man in Marzahn vier Monate lang Miete und Nebenkosten zahlen könnte. Und Ökoläden allenthalben. Und Straßencafés. Zum Kotzen ist das. Die beschissene

Gentrifizierung, diese Vertreibung. Dieses Intellektuellenschickimickiviertelgehabe. Tell me, man, tell me. Sie haben nicht gewonnen. Nicht den Krieg jedenfalls. Nur eine Schlacht. Ein regionaler Erfolg, weltweit. Aber nur weil man auf die Fresse gefallen ist, muss man doch nicht gleich die Füße küssen, die sich einem vors Gesicht stellen. Plat du jour. Kostet für eine Woche Hartz IV.

Jemand drückt mir ein Flugblatt in die Hand. Ein Infostand der Grünen.

„Was macht der Hufeisenplan?", frage ich.

Sie sehen mich verständnislos an. Kollateralschäden der gesellschaftlichen Entwicklung. Erst kommt deren Moral, und dann kommt das Kotzen. Kriegste umsonst von denen. Ist das Einzige. Aber die ziehen dir, noch während du vor dich hin reiherst dein ganzes Viertel unterm Arsch weg. Machen sich alles schön. Die im Turm. Die scheißen auf Proleten und Kleinbürger.

Ab in die Bahn. Die S-Bahn ist voll Flair aus früherer Zeit. Vom Westend muss ich nur eine kleine Strecke laufen. Ich mache Halt am Klausenerplatz. Noch ein Espresso und ein Glas Rotwein. Ich starre Löcher in die Berliner Luft, sehe den anderen Menschen zu, die in der Herbstsonne auf dem Platz sitzen, lese Zeitung, bleibe fast eine Stunde hier.

Zu Hause, allein. Was soll man essen, wenn man allein ist? Eine Frage, die sich mir immer wieder stellt in den letzten Tagen. Ich bin einsam. Ich will nicht einsam sein, aber auch nicht mit irgendwem. Schon die Vorstellung von irgendwem macht mir unbehagliche Gefühle. Ich will nicht einsam sein und nicht zwei sein.

Tiefkühlpizza.

Fernsehen.

Neue CD von Lily Allen.

Schlafen.

Ich schlafe bis zum Morgen durch. Fast 14 Stunden. Mit mir stimmt was nicht. Ich bin immer müde unter dem Eis des Neuen. Das war schon früher so, beim Schulwechsel zum Beispiel. Das Beste ist dann, im Bett zu bleiben. Ich sollte mit der Antifa in Berlin Kontakt aufnehmen, schiebe es aber immer wieder hinaus.

Dann das Wochenende. Meine Mutter holt mich mit dem Auto ab. Wir sprechen wenig. Sie fragt mich nach der neuen Wohnung, nach neuen Freundschaften. Ich antworte wortkarg und weiß nicht einmal, weshalb ich so abweisend bin. Aber es scheint, als merke sie die Abweisung nicht, nicht das Abwesende. Dann kommt sie auf Vater zu sprechen. „Er ist IM gewesen. Wusstest du das?"

„Nein, woher weißt du es denn?"

„Er hat es mir gesagt."

Wir schweigen. Bis sie den Wagen vor dem Haus parkt, kommt kein Gespräch mehr zustande. Vater hat gekocht. Wir essen. Smalltalk. Dann trägt Mutter das Geschirr hinaus. Ich helfe ihr nicht. Ich will mit meinem Vater reden.

Du warst IM, sagt Mama.
Ja, weißt du …
Entschuldige dich nicht. Viele waren IM.
So waren die Verhältnisse. Ich wollte es nicht tun,
aber ich hatte Angst um meine Zukunft, um unsere
Zukunft. Du kennst ja die Stasi nicht.
Wer war so?

Die Verhältnisse. Ich hatte einfach nicht den Mut, nein zu sagen.
Du hast es also nicht aus Überzeugung getan? Nicht, weil du diese ganze Scheiße verhindern wolltest für eine, die schon da war?
Aus Überzeugung?! Nein, natürlich nicht. Ich habe es getan, weil ich zu feige war, nein zu sagen.
Wieso natürlich? Es wäre natürlich gewesen, es aus Überzeugung zu tun. Du warst doch immerhin auf dem Weg zum Schulleiter. Hast du es denn nicht als deine Aufgabe empfunden, den Sozialismus zu beschützen, wie schlecht er auch gemacht war?
Ach was, Überzeugung. Es waren die Verhältnisse.
Die Verhältnisse. Die Verhältnisse. Die große graue Masse der Verhältnisse. Du hast es also nur aus Feigheit getan?
Du hast ja keine Ahnung von …
… den Verhältnissen?
… ja – den Verhältnissen! Wie die waren. Ich wollte meinen Beruf nicht gefährden.
Die Karriere. Aber das hatten wir doch schon. Was ist mit den Bänden von Marx und Engels, was ist mit denen von Lenin im Bücherschrank. Waren die die Tarnung von Karrierelust? Waren die nichts als Schimäre? Und was sind die heute? Du bist doch in der Linkspartei.
Meinetwegen: die Karriere. Ich hatte Aussichten, ich wollte die nicht gefährden. Basta.
Einsichten wären besser gewesen.
Ich konnte doch nicht ablehnen. Und ich wollte es auch nicht. Man hat es erwartet, ich habe es getan.

Ich rede nicht von ablehnen, ich rede von den Gründen, IM zu werden. Es zu tun. Nicht davon, es zu lassen, es abzulehnen.
Es war falsch.
Wer konnte das wissen?
Man konnte es wissen, man konnte es sehen. Es ist immer falsch, zu denunzieren.
Mag sein. Aber man musste nicht denunzieren. Sie haben doch auch Berichte akzeptiert, die niemanden denunzierten. Meinungsbilder.
Es war trotzdem falsch.
Aber du hast es getan. Du hast Bericht erstattet.
Aber niemanden denunziert.
Man kann mit dir nicht reden. Du drehst dich im Kreis. Dabei mache ich dir doch nur den einen Vorwurf, dass du keinen inhaltlichen Grund hattest, IM zu werden. Du hast es fürs Fortkommen getan, für ein Nichts, für gar nichts, für den Zufall der Position. An Leuten wie dir ist die Sache gescheitert. Am Mittelmaß, am Ja-Sagen und den Ja-Sagern. An Leuten wie dir eben … ach was red ich überhaupt …
Jedenfalls tut es mir leid.
Weshalb? Weil es nichts genutzt hat?
Weil es falsch war.
Oder weil es falsch ist, jetzt falsch ist. Weshalb kannst du dich nicht hinstellen und sagen: Ja, ich war IM, ich war das aus Überzeugung. Für die Partei, für den Sozialismus, für den Frieden, aber nicht für den Eierkuchen. Es zugeben ohne Ausreden, ohne die Verhältnisse. Dann wüsste

man: Da ist einer, der ist ehrlich. Auf den kann man sich verlassen. Aber so ... was soll ich dazu sagen ... zu der ganzen destruktiven Feigheit.
Weil ich es nicht getan habe für Frieden und Sozialismus. Sondern weil ich Angst hatte, ich würde nicht mehr befördert werden, ich würde meinen Job verlieren oder du würdest nicht auf die EOS kommen.
Für den Eierkuchen hast du es getan. Nur für den Eierkuchen. Mein Gott, wie erbärmlich.

Das ganze Gespräch nichts anderes als ein Exzerpt von Gedanken, jede Äußerung eine Zusammenfassung, eine Nichterzählung der Wirklichkeit. Kurz, knapp. Der Inhalt *dargestellt.* Aber in Tiefe? Da ist keine Tiefe zu erwarten bei meinem Vater, und ich kann nicht in ihn tauchen, weil das Wasser trüb ist und ein fremdes Wasser. Ich will nicht ertrinken in ihm.

Vater schweigt. Wir schweigen mehr oder weniger den ganzen Nachmittag. Ich gehe hinaus. Drehe eine Runde durch das Dorf. Trinke ein Bier in Lutzens Schenke. Kein Gast ist da außer mir. Gibt es außer mir überhaupt jemanden? Oder bilde ich mir die alle ein? Warst du IM?, frage ich Lutz, der vielleicht nur eine Einbildung ist. Er aber lacht und sagt nein. Ich glaube ihm.

Ich stehe auf, das Glas in der Hand, gehe zum Fenster, sehe hinaus. Vor Lutzens Schenke stehen Tische, unbeachtet, gastlos, welke Blätter wie aufgebahrt auf dem Lack, der sich an manchen Stellen schält. Lutzens Schenke ist wie das Dorf: beruhigende Trostlosigkeit, schläfrig machende Sicherheit. Hier ist niemals Grund zu der Besorgnis, dass die Welt von außerhalb in das Dorf hineinlangen könnte, Tentakeln ausstrecken könnte gar, hierher, in das stete Verleben der Dörfler. Die müssen sich hinausbegeben, müssen in die Kreisstadt fahren oder in die große Stadt, die nicht nah ist und nicht fern, um dieses Verleben zu unterbrechen. Und Lutz in seiner Schenke, die ihn umgibt wie eine zweite Haut, dieser Lutz ist einer der Garanten für die immerwährende Ferne des Dorfes von jedem Leben, das nicht nur als virtuelles Spiel aus Licht und Farbe durch die Fernsehkanäle oder das Internet in die Augen der Dorfbewohner geworfen wird, dieser Lutz mit seinen fünfunddreißig Jahren, mit dem kleinen Bierbauch, mit dem Vollbart und dem sicheren, sympathischen Lachen, das ihm ins Gesicht gemeißelt ist, Lutz mit seinem Strickpullover, der Cordhose und den Bikerstiefeln.

„Die Blätter fallen", sage ich zu ihm, „sieh nur, die Blätter fallen schon."

„Ja", er macht eine komische, unpassende Pause, „es wird Herbst."

Dann wieder Stille. Träge hier alles: das Ticken der Wanduhr, das Schweigen, Lutz, ich, das Mobiliar sogar, alles ruht auf ewig in einer Trägheit, die mit Genügsamkeit und Nähe von allem zu allem überzogen ist wie mit einer Patina. Überm Tresen noch die Werbung für eine Biersorte, die es schon lange nicht mehr gibt, im Tresenregal immer noch Pfeffi.

Man hat mir das Land fortgenommen, in dem ich geboren worden bin, man hat mir Wörter gegeben, ohne mir die Möglichkeit zu eröffnen, andere zu wählen. Man hat mir halbe Hähnchen gegeben statt Broiler und Saft statt

Juice. Und einen weiblichen Gestus, der bei männlichen Wörtern mitzusprechen ist. Managerin, Elektrikerin, Maurerin. Wo gibt es Maurerinnen in diesem Staat? Früher sollen sie allenthalben auf den Baustellen des anderen Landes zu finden gewesen sein. Den knackigen Männerärschen hätten sie hinterhergepfiffen.

Die Wanduhr tickt Stücke von Ewigkeit in die Stille. Ihr Ticken hallt durch den Raum. Tick, tick, tick in die Einsamkeit der Schenke, in die Einsamkeit des Dorfes, in die Einsamkeit der flachen Landschaft, der brachliegenden Äcker, der untergegangenen Landwirtschaftlichen Produktionsgenossenschaften, der Volkseigenen Betriebe, in die bedürftige Einsamkeit des sogenannten Prekariats, der Almosenempfänger, der Bittsteller an den Schreibtischen staatlicher Drangsalierungsanstalten. Tick, tick, tick hinein in dieses Allerlei aus Armut, verlorenen Träumen, zerstobenen Wünschen, falschen Hoffnungen, verlorenen Lebenswegen.

Lutz lächelt. Immer. Und ich lächle zurück.

Ich könnte die Kneipe schließen, lächelt er, und *erinnerst du dich an unsere kleinen Fluchten*, lächelt er. Jedenfalls bilde ich mir ein, dass er das lächelt. Und ich bilde mir auch ein, *Ja* zurückzulächeln.

„Häng *Geschlossen* an die Tür“, sage ich und lächle.

„Ich dachte, du würdest gleich zurückmüssen zu deinen Eltern.“

„Das hat Zeit, lass uns fliehen.“

„Wir sind gute Flieher“, antwortet Lutz.

Er kramt hinterm Tresen nach dem Schild. Es dauert eine Weile, bis er es in seiner eigenartigen Ordnung gefunden hat und an die Tür hängen kann, die er mit einem schweren alten Riegel verschließt. Dann gehen wir die Treppe hinterm Tresen hinauf in seine kleine Wohnung, die vollgestopft ist mit Erinnerungen und die Nostalgie aller Zeit-Lungen ausatmet, deren Lutz habhaft werden konnte. Fotografien von Trauungen gibt es da, zwei Jahrhundertwenden alt, ein kleines Gemälde, dass einen Soldaten in prächtiger Uniform zeigt, der, wie mir Lutz schon vor Jahren erklärt hat, ein Husar gewesen sei; die alte Wanduhr mit dem dunklen Stundenschlag, die Deckchen auf den blanken alten Tischen, Jugendstil der eine, Biedermeier – ein Erbstück, wie Lutz beteuert, oder nicht eingehandelte Hehlerware, wie man behauptet – der andere, die alten Bücher, nie von Lutz gelesen, Sammeltassen und Küchengerät aus dem neunzehnten Jahrhundert. Das ist Lutz: immer im Gestern.

Er legt die Puhdys auf. Wir ziehen uns aus zu *Geh zu ihr*, wir lieben uns heftig, schmerzhaft umarmt, Fingernägel vergrabend, wild, bierbäuchig, kleinbrüstig, keuchend, den Orgasmus Lutzens als Ende fürchtend. Und Lutz ergießt sich in mich, während das *Lied für Generationen* aus den Lautsprechern dringt.

„Ich war noch nicht soweit“, sage ich. Und Lutz lächelt wie immer, gutmütig, auf eine nette Art verzeihend, obwohl es doch gar nichts zu verzeihen gibt. Dann beugt er seinen Kopf unter meinen Bauch, ich spüre seine Zunge und sehe ihm zu, wie er mich befriedigt, wie er meinen heftiger werdenden Stößen ausweicht, ohne von mir zu lassen. Ich halte seinen Kopf in meinem Schoß, streiche ihm durchs Haar.

„Die einzige Fluchtmöglichkeit hier“, sage ich zu ihm, „ist Sex.“

„Jetzt nicht mehr. Du bist fort."

Er tut mir leid. Meine Stadtflucht macht ihm seine Fluchten unmöglich. Niemand mehr, mit dem er keuchend, schwitzend, Haut an Haut in Träume flüchten kann, heraus aus dem Dorf, hinein in Phantasie, in Phantastereien. Laut zu lachen mag ihm bleiben, über die Witze, die am Tresen erzählt werden – laut, lokomotivisch in eine ganz andere Welt zu keuchen, das habe ich ihm genommen.

Ich ziehe seinen Kopf zu meinem herauf, wir küssen uns. Sein Bart kitzelt mich, ein vertrautes Gefühl. Dann beuge ich mich herab, ich will ihn noch einmal in mir spüren, einen letzten Abschiedsakt spielen mit ihm. Jetzt will ich auf ihm knien, liegen, das Tempo vorgeben, langsam zu einem letzten Lutzorgasmus dampfen, auf das Abstellgleis.

Danach dann aufstehen vom Bett: schon das ein kleiner trauriger Abschied. Der kurze Weg durch das Zimmer zum Fenster, die kühlen Dielen unter den Füßen, ihr Knarren in den Ohren, eine drohende Gemütlichkeit, die mit der Stadt, mit meiner Wohnung, mit den Straßen, mit den Häusern, mit allem eine Farbe bildet in meinem Kopf, die keinen Namen hat, ein leuchtend rotes Grau, eine böse, verzweifelte Farbe. Ich tue sie ab. Sage mir, das ist Nostalgie: Gefühlsnostalgie, Dorfnostalgie, Jugendnostalgie, Lutznostalgie.

Draußen der Herbst. Vor dem Fenster neigt sich das Jahr ein wenig schon in seinen Sarg, bereit, Platz zu machen für das nächste, weiß noch um die paar Monate, die ihm bleiben, bis seine Zeit fällt und die andere aufsteigt, die neu zwar ist, aber doch nur ein Klon. Die Blätter fallen. Ein Wind geht.

Ich wende mich ab vom Fenster. Gehe hinüber zu dem großen alten Spiegel. So alt ist der, dass er blind geworden ist an einigen Stellen. Ich sehe mich an. Die kurzen schwarzen Haare, der kleine Zopf, meine kleinen Brüste, die linke etwas größer als die rechte, die schlanken jungenhaften Hüften, meine Beine mit den Oberschenkeln, die muskulös sind, und ich weiß nicht einmal, woher. Mein Gesicht nehme ich in Augenschein. Die Augen, von denen Lutz sagt, sie seien braun, aber mir kommen sie immer kätzisch gelb vor. Die Brauen, die bei mir ein wenig zu hoch über den Augen stehen und aussehen wie zwei Schwingen, der Mund. Ja, ich habe volle Lippen, aber nicht zu volle, gerade auf der Kippe sind sie. Ich bin schön. Ich weiß, dass ich schön bin. So wie andere auch. Eine durchschnittliche, gute Schönheit eben. Zwischen meinen Beinen die Schamhaare. Ein gleichmäßiges Dreieck.

Ob ich meinem Vater bös wäre, fragt Lutz vom Bett aus. Ich lache.

„Bös, weil er IM war? Nein. Ein bisschen bös aber schon über die Gründe."

Ob dieses Bisschen nicht wäre, hätte er es aus politischen Gründen getan, insistiert Lutz auf vollständige Antwort.

„Dann wäre mir alles gut", sage ich, „dann wäre die Sache sozusagen rund. Jetzt ist sie´s nicht."

Ich drehe mich um zu ihm, schwinge mich auf die Fensterbank, hocke da, nackt, schwitzig noch und müde nun.

„Wenn er IM geworden wäre, weil er den Sozialismus erhalten wollte, dann könnte ich sagen: Ihr habt viel falsch gemacht, so viele Fehler begangen, so oft drangsaliert, reglementiert, all das getan, aber wenigstens … wenigstens wolltest du Zeit gewinnen, die Fehler abzustellen. Nur die Zeit, Lutz. Aber er – Eierkuchen. Alles für den Eierkuchen."

„Er hat seine Freunde ausgekundschaftet, vielleicht sogar deine Mutter."

„Ja, vielleicht auch meine Mutter. Aber ich glaube das eigentlich nicht. Nein, ich glaube, das wird er nicht getan haben. Und wenn, dann will ich es nicht wissen. Weil der Eierkuchengrund sowieso alles zunichte gemacht hat."

Ob er sich an eine Zeit erinnern könne, die nicht Herbst genannt werden müsse, frage ich Lutz. Er schweigt, schweigt, schüttelt dann den Kopf. Hier sei immer Herbst, selbst im Frühjahr, selbst im Sommer. Schon das erste Grün sei braun, schon der hochstehende Weizen sehe abgeerntet aus. Potemkinsche Dörfer seien die Jahreszeiten. Es gebe ihrer hier nicht vier, nur eine. Dann lacht Lutz, lacht laut. Es mache nichts, dass immer Herbst sei, lacht er. Herbst halte doch das Leben nach der Arbeit des Blühens und des Früchtetragens in der Ruhe vor dem Tode. Ewiger Herbst ist ewige Ruhe, ewiger Weg zum Sterben. Nie sterben selbst aber.

„Lutz", sage ich, „du bist ein Küchenphilosoph. So kenne ich dich gar nicht."

Da lacht er noch lauter.

Wieder in der Kneipe, öffnen wir die Tür für die paar Gäste, die vielleicht doch noch kommen werden. Die ehemaligen Angestellten und Arbeiter, die ehemaligen LPGler, allesamt nun sogenannte Kunden der Arbeitsagentur oder der Arbeitsgemeinschaft, prekär in ihren Lebensumständen, prekär in Zukunft und Gegenwart, Feldbesteller, die nun Bittsteller sind.

„Haben die eigentlich noch Geld, um hierher zu kommen?“

„Sie entscheiden sich jedes Mal neu.“

Ich gebe Lutz einen Kuss, dann gehe ich zurück zum Haus meiner Eltern. Die Dorfstraße hinunter, die von Jahr zu Jahr heruntergekommener aussieht. Vorbei an den vielen Grautönen, dazwischen ein Haus in grellem Gelb mit roten Fenstern. Flucht aus dem Grau. Übertrieben. Aggressiv. Rapsgelb und Fuchsienrot. Antiherbst auf der Dorfstraße. Aussichtslos.

Meine Mutter hat Schnittchen gemacht. Wir essen schweigend. Ich sehe meinem Vater an, dass er reden will. Die Sache muss klargestellt werden. Um meinetwillen. Nicht seinetwegen. Ich wäre mit mir nicht im Reinen, wenn er nicht begreifen würde, dass ich gar kein Problem mit seiner Tätigkeit habe, sondern nur mit dem Grund. *Nein*, sage ich zu mir, *ich bin nicht für diese ganze Bespitzelung, die mich ja nicht getroffen hat mit meinen paar Jahren Kindheit in der DDR. Ich bin dagegen. Aber ich würde*, sage ich mir, *niemandem einen Vorwurf machen, der es getan hat, aus politischen Gründen.*

Du redest geschwollen, antworte ich mir still.

„Ich glaube, du hast mich vorhin falsch verstanden“, sage ich zu Vater, „ich habe nichts gegen deine IM-Tätigkeit. Ich habe nur etwas gegen deine Gründe.“

„Ich habe das schon richtig verstanden“, antwortet er, „aber ich selbst habe etwas gegen meine Spitzeldienste. Ich mag nicht, was ich getan habe.“

Unsere Sätze, das, was wir uns sagen, mehr noch, jenes, was wir uns nicht sagen, liegt unter einem Nebel aus Schweigen begraben. Hier ich. Dort er. Und ich mit meiner ganzen grauen Verzweiflung an dem, was ist. Und er mit seiner ganzen grauen Verzweiflung an dem, was war.

Es ist übers Nichtsreden zwanzig Uhr geworden. Dass ich nun zurückwolle in die nicht nahe, die nicht ferne Stadt, sage ich, wobei ich die Stadt bei ihrem Namen nenne. Meine Stadt. Die ein Wal ist, aber das weiß ich noch nicht. Die einen Ahab für mich bereithält, nun mir jedoch noch gänzlich unbekannt.

Mutter erhebt sich. Diese Frau mit der sportlichen Kurzhaarfrisur (wie habe ich mich erschrocken, als sie vor ein paar Jahren ihre langen noch blonden Haare abschneiden ließ und vom Dorffriseur zurückkam mit diesem Schnitt und den schwarzen Strähnchen), diese Frau, die ein Bein nachzieht (und niemand kennt die Ursache für diese anormale Gehen, nicht der Orthopäde, den sie aufsuchte, nicht der Neurologe, so wird es als Attitüde gesehen, eingebrannt in sie, seit Jahren), die ein hartes Gesicht hat (wie eine Leistungssportlerin) und ein gütiges Lächeln (wie eine von den Sozialarbeiterinnen aus dem Fernsehen), die einen schlanken Körper hat (als würde sie in Fitness-Studios ein und aus gehen). Sie also erhebt sich und lächelt mich an. Sagt, *ich mache mich nur schnell frisch*, womit sie meint, dass sie ihr Leistungssportlerinnengesicht nachschminken will.

Und auch mein Vater erhebt sich. Kleiner er als meine Mutter, ein wenig füllig, ein wenig schütter das Haar, immer mit weichem Gesicht und hartem Lächeln, immer gebeugt, ganz leicht nur, immer beflissen. Das am meisten: beflissen. Jede Bewegung schon: beflissen. Jede Betonung: beflissen.

„Ich hole das Auto“, sagt er.

Wer liebt mich? Lutz? Vielleicht. Ich aber liebe ihn nicht. Ich will ihn nicht verlieren. Wer liebt, verliert. Liebe ist eine Last, und dennoch will ich ja geliebt werden und lieben. Auch wenn ich dann verliere. Nur Lutz nicht, den will ich als Freund, als Fluchtburg, da muss immer diese eigenartige Ferne bleiben, wenn wir beieinanderliegen, immer dieses enge, schmale Tal, das uns trennt, wie zwei Gebirgsketten, die sich nahe sind und doch durch nichts verbunden als durch den Einschnitt zwischen ihnen. In der Stadt wird *der* Mensch leben, der mich lieben kann, und ich werde ihn lieben. Ich bin gläubig daran, ich bin gläubig darin, *stupid cupid.*

Vater und Mutter fahren mich zurück. Neuhause folgt Althause. Stille folgt Schweigen. Während der Fahrt noch einmal das Gespräch, als wäre es ein Exzerpt des exzerpierten Gespräches vorher.

Ich: Das mit der IM-Tätigkeit ist nicht schlimm. Nicht für mich.
Mutter: Nun lass mal deinen Vater …
Ich: Aber ich will ihm doch beistehen.
Vater: Aber für mich ist das schlimm.
Ich: Wenn du doch nur einen vernünftigen Grund gehabt hättest. Das würde dir jetzt helfen.
Mutter: Nun lass doch …
Vater: Aber ich habe es doch wirklich nur für das Fortkommen getan.
Ich: Dann lüg dir in die Tasche. Die Anderen lügen doch auch. Die wollen Internetkontrollen, auf Computern rumschnüffeln, alle Daten, die sie kriegen können, und machen einen Bohei um die IMs.

Vater: Das ist doch was anderes.
Ich: Das ist mehr. Verstehst du! Mehr. Es geht denen doch darum, schon jetzt alles zu unternehmen, damit sie die Leute im Griff haben, wenn es noch dreckiger kommt.
Vater: Das war doch auch der Grund für die vielen IMs in der DDR.
Ich: Aber das war gar nichts im Verhältnis zu dem, was jetzt ist. Verstehst du denn nicht den Unterschied zwischen gut gemeint und schlecht gemacht einerseits und schlecht gemeint und dann das Schlechte gut gemacht andererseits?
Mutter: Was du da redest Kind.
Ich: Ich rede von dem, was ist!
Vater: Ich bin froh, jetzt hier zu leben. Wir haben doch jetzt ganz andere Voraussetzungen.
Ich: Das fürchte ich auch.
Schweigen.
Dann Vater: Du hast ja keine Ahnung, wie grau und beengt das war in der DDR. Es fehlte an allem – Baumaterial, Lebensmittel. Obst gab es nur zur Saison. Ständig Schlange stehen. *Neues Deutschland* und *junge Welt* voll mit der Parteimeinung.
Ich: Welch ein Unterschied (lache). Hier ist es total abwechslungsreich. In allen Nachrichtensendungen wirklich wichtige Meldungen.
Vater: Du bist zynisch.
Ich: Was bleibt mir anderes übrig? Zehn Konzerne haben alle Zeitungen unter ihrer Fuchtel. Hier darf jeder fast alles sagen. Aber niemand hört es.

Da gibt es Blogger mit hunderttausend Zugriffen im Monat. Na und? Was ist das schon gegen über eine Million mal BILD pro Tag? Was wissen wir hier über Venezuela oder Cuba. Nichts als falsche Nachrichten. Die lügen nicht mal. Die lassen nur weg. Die stellen in falsche Zusammenhänge. So läuft das. Aber bunt ist es. Farbenfroh und animiert.
Vater: Dann gründe doch eine Zeitung
Ich: Dann gib mir eine Milliarde. Die paar Zeitungen, die gegen den Scheißmainstream anschreiben kannst du nicht als Zeichen der Freiheit zählen. Die gehen doch unter: *junge Welt*, *Neues Deutschland*, *Konkret* und wie sie alle heißen. Die haben zusammen die Gesamtauflage der Bildzeitung in Kleinkleckersdorf.
Vater: Aber sie dürfen schreiben.
Ich: Sie dürfen schreiben, weil sie nicht stören. Wenn sie stören würden, wäre das ganz anders.
Mutter: Nun lass doch …
Ich: Ach was. Diese BRD-Träumerei. Alles ist jetzt besser, alles ist jetzt schön. Man kann sich alles kaufen. Es gibt Pressefreiheit. Es gibt keine IMs. Alles Unsinn. Man braucht Geld, das man nicht hat, man kann sagen, was man will, und redet in den Wind. Und wer sagt denn, dass es keine IMs gibt? Wer sagt das denn? Wir wissen das doch gar nicht. Oder gibt es eine Behörde, die die Verfassungsschutzakten durchforstet?

Wir streiten noch, als der Wagen vor meinem neuen Zuhause hält. Wenigstens mit einem Kuss will ich mich verabschieden. Dann winke ich ihnen hinterher. Mutter dreht sich um und winkt durch die Rückscheibe, Vater hebt die Hand aus dem Seitenfenster.

9. Oktober

Ich liege auf dem Bett. Die Augen geschlossen. Ich zweifle an mir. Ich habe keine Ahnung von den Zuständen, die waren. Ich kenne nur die, die sind. Wo sind die Kausalitäten, wo ist der Zusammenhang. Kann man das vergleichen? Sind es verbundene Welten? Wie haben die Zustände auf meinen Eltern, auf den Menschen überhaupt gelastet? Welcher Art war das Gewicht: weich und schwer? Hart, aber leichter? Sanft fällt ein Schlaf über mich. Ich träume ...

Ich: Ihr habt die Menschen bespitzelt!
Vater: Aber wir schlafen nicht mit Wirten.
Ich: Mutter zieht ein Bein nach.
Vater: Mutter ist ein Wirt.
Ich: Es ist Herbst in allen Müttern.
Vater: Es ist Herbst, weil du nicht scheinst.
Ich: Ist es meine Aufgabe, zu scheinen?
Vater: Bist du nicht die Sonne.
Ich: Nein, ich bin ein Blatt.
Vater: Es ist Herbst, weil du fällst.
Ich: Ich falle schon immer.
Vater: Dein Handy klingelt.
Ich: Es ist das Ticken der Uhr.
Vater: Dein Handy klingelt.

Ich wache auf. Das Handy bewegt sich auf dem Tisch, es läutet, es vibriert. Wer ruft mich denn jetzt an?

Ich entscheide mich langsam dafür, die grüne Taste zu drücken und mich mit Unbekannt zu verbinden. Zu spät. *Keine Nummer* zeigt das Display an. Lutz? Irgendwer?

Es ist kurz vor Mitternacht. Ich bin noch niemals kurz vor Mitternacht aus dem Hause gegangen. Ich war um diese Zeit natürlich schon fort, aber war ich es noch nicht … ich habe den Weg nach draußen gescheut um diese Uhrzeit. Jetzt aber will ich eintauchen in die Stadt, die nicht schläft. Will sie sehen, sehen, wie sie sich aus dem Meer der Nacht erhebt. *Wie ein Wal*, denke ich, *wie ein großer weißer Wal.* Ich gehe ins Bad, dusche, schminke mich, ziehe mich an. Alle Akte schwierig. Das Warten, bis die Dusche die richtige Temperatur hat, bis sich warmes ins kalte Wasser mischt, die plötzliche Müdigkeit unter dem warmen Regen aus dem Chromduschkopf, dann die fröstelnde Kühle des Badezimmers. Danach das Schminken: Welches Make-up, welche Schimäre soll ich mir auf die Haut malen, pinseln, cremen? Was soll ich anziehen. Einen Minirock? Zu kalt. Jeans? Ich entscheide mich für die Jeans, auch wenn ich die, die ich habe, nicht mag. Ich hätte mir andere zulegen sollen. Diese hier sehen nach Discounter aus. Aber sie schützen mich vorm Frieren.

Wohin soll ich gehen, jetzt nach Mitternacht? In welchen Teil der Stadt soll ich mich begeben? Wo ist die Chance, eine falsche Clubwahl zu korrigieren ohne Zeitaufwand und weite Wege, am größten. Ich entscheide mich für Kreuzberg. Will in die Oranienstraße. Vielleicht ist das *SO 36* für mich der Ort, diese Nacht bis zum Morgen langsam umzubringen. Ich weiß nicht, dass es dort kaum Alternativen gibt, noch nicht. Jedenfalls, soweit es Clubs angeht. Ich nehme die U-Bahn, fahre bis zum Kottbusser Tor und laufe die Oranienstraße hoch.

Im *SO 36* spielt ein Duett Techno mit Instrumenten. Bratsche, denke ich, das eine, Schlagzeug das andere. Die Leute tanzen. Ich werde von ihren rhythmischen Bewegungen angesteckt. Die Musik wummert in mir, hallt in alle Zellen hinein, bildet Echos, lässt mich von der Welt. Ich weiß nicht, wie lange ich tanze. Die Bewegungen meiner Beine, meines Rumpfes, meiner Arme finden ein Ende erst mit dem Ende der Musik. Ich bin schweißüberströmt, schweißglücklich, schweißwach. An der Bar ein Flaschenbier, das mir sofort – noch bevor auch nur ein Viertel der Flasche geleert ist – in den Kopf steigt. Ich will weitertanzen und will es nicht. Ich will mich wieder lösen von allem Weltlichen und will zugleich weitertreiben im Nachtmeer der schlaflosen Stadt. Aber noch bleibe ich. Warte auf das Ende der Pause, tanze dann wieder und gehe mitten im Tanzen, tanze hinaus, ganz leicht mein Schritt, gelöst durch die schweren Beats, losgelöst von ihnen auch. Auf einer anderen Wellenlänge schon schwimme ich in die Nacht. Schwimme hinüber ins *Luzia*, trinke Weißwein, fingere den Tabak – Virginia, frei von Zusätzen, trocken, goldgelb, scharfsüß auf der Zunge, tief im Zug, körperlich spürbare, getrocknete Pflanze – aus meiner Jacke, drehe eine Zigarette, leere das Glas, bevor ich rauche, und bestelle ein weiteres, entzünde den Eigenbau, atme tief ein, atme tief aus, trinke schnell. Zahle. Stelle fest, dass ich nichts wahrgenommen habe im Raum, keine Gäste, das Mädchen hinter dem Tresen kaum, unintensiv den Gastraum, nur die Straße, die Menschen, die vor den großen Fenstern vorübereilen, vorübertaumeln, vorüberschleichen, die habe ich wahrgenommen, habe ihre Bewegungen beobachtet: die Eiligen mit dem starken Schwingen der Arme, den ausholenden Schritten, dem Blick nach vorn; die Langsamen, die zögern bei jedem Schritt, die stehen bleiben manchmal und hier und dort; jene auch, die in die Fenster des Cafés schauen – und jene, die schwankend vor Besoffenheit oder schwingend im Rausch irgendeines Dopes die ebene Straße hinabtaumeln, als sei sie ein sich windender Bergpfad – die Taumelnden auf dem Weg vom Gipfel hinab ins Tal. Auf der Straße: Ich sondiere das Gelände. Wohin nun? Nochmals ins SO36 oder Richtung Moritzplatz, Richtung Skalizer Straße, Görlitzer Park? Den Bus nehmen und nach Schöneberg fahren? Aber da – wohin? Oder nach Mitte? Ich bin völlig zielgehemmt. Mitte, entscheide ich. Mitte, Torstraße, *BAIZ*. Dann vielleicht nochmal rüber ins *Kaffee Burger*. An all diesen Orten war ich noch nie, kenne sie nur aus Zeitschriften und aus einem Berlin-Reiseführer, den ich mir gekauft habe. Ich fahre mit dem Bus bis zum Checkpoint Charlie, dann mit der U-Bahn, umsteigen in Stadtmitte, zum Rosa-Luxemburg-Platz. Als ich herauskomme, fühle ich mich heimisch. Das liegt am Namen des Platzes, an der Architektur der Stadt an dieser Stelle, an der Volksbühne im Rücken, die wie ein großer grauer Käfer über der Szenerie hockt. Ich wechsle die Straßenseite und gehe die Torstraße hinunter, bis ich eintauche in eine kleine Kneipe mit Flaschenbieren und Menschen ganz unterschiedlichen Alters – welch ein Unterschied zu *Luzia* und zum *SO 36*. Plakate an der Wand, also eine politische Richtigkeit, ein mutterartiges Umfangen, ein angenehmes Erinnerungsgefühl an Lutzens Schenke; auch wenn die ganz anders ist, so warf sie sich doch nicht anders an mich. *Lauter Lutze hier*, denke ich, und bestelle mir eine Flasche Radeberger.

Ich komme ins Gespräch mit einem, der neben mir trinkt. Ein großes Weizen vor sich, gießt er einen kleinen Strom von Informationen – Mosaiksteinchen seines Egos, Pheromone intellektueller Art, literarisches Wissen und freundliche Belehrungen über die Notwendigkeit von Kampf und Widerstand – über mich. Er mag etwas älter sein als mein Vater, vielleicht auch etwas jünger. Auf mich wirkt er jung. Jünger als Lutz sogar. Der Mann mit dem vollen silbergrauen Haar kommt mir vor wie ein versehentlich gealterter Mann von zwanzig Jahren, einer, der aus der falschen Quelle getrunken hat: fortgeschrittenes Alter, jedenfalls im Anschein, jedenfalls im Anblickmodus, jedenfalls im Antlitz. Aber aus dem blicken zwei zwanzigjährige Augen, aus dem redet ein Mund Sätze, die nicht zum Vernehmensalter des Mannes passen. Den einzigen Bruchpunkt zwischen Anscheinsalter und der Jahresrealität bildet seine Einlassung zur Musik. Er möge, sagt er, Pink Floyd und Dinge dieser Art mehr. Sagt es im Hinblick auf den Neo-Punk, der aus den Boxen in die trunkene Luft des *BAIZ* geworfen wird. Irgendeine Insel von Oldietum, von Reminiszenz hat sich gebildet in ihm, in dem Meer aus Gegenwart, ist eine kleine Landmasse in seiner Jugendlichkeit, rettet sich im abnehmenden inneren Alter aus dem Wasser. Mir gefällt der Mann, wegen des Bruches zwischen dem Alter, das amtlich festgehalten in seinem Ausweis steht, und dem, das ich empfinde. Mir gefällt auch die Art, in der er mit mir spricht. Da ist nichts von jenem hormonschwangeren Gerede, das mit der Wucht eines Sturms gegen meine Stege schlägt, da ist nichts von jener Überheblichkeit des Alters, die alles besser wissen will und sich nicht enthalten kann, Lebensratschläge zu geben. Es ist ein gutes Gespräch. Wir sprechen über die DDR – gleich nachdem ich gesagt habe, ich sei aus dem kleinen Dorf – er kennt es nicht, war nie dort, weiß aber um die Lage, weiß um die Landschaft, ist durchgefahren da vor Jahrzehnten, erzählt, wie es aussah damals in der Gegend dort, und ich bestätige ihm, dass sich nichts geändert hat am ewigen Herbst, an den Feldern, das heißt ganz eigentlich an der Landschaft, die aus Feldern bestand und nun Brachland trägt. Der Mann, der so alterslos erscheint und doch so jung und alt zugleich, er ist ein Ankerstein aus dem Steinbruch meiner Vergangenheit, ein Seilmann, der mich hält, über meine Geburt hinaus, im Wissen um meine Herkunft, um die fallenden Blätter in mir, um beinnachziehende Mutter, um gebeugtrückigen Vater. Ich will diesen Mann gern nahe spüren, aber will es nicht jetzt. Nicht in dieser Nacht, in einer anderen jedoch, die kommen wird, wenn, falls wir uns wiedersehen. In dieser Nacht will ich umherstreifen, will mit der Nacht schlafen und dann vielleicht eine andere Haut spüren auf meiner, für eine kleine einnächtige Flucht, will eine Berührung ohne Wiederholungsgefahr. Dieser da, der darf nicht sein für eine Nacht, der muss sein für viele.

Ich zahle und gehe. Gehe hinüber ins *Kaffee Burger*. Es fällt ein leichter Regen, der Asphalt der Torstraße glänzt, die Straßenbahnschienen in der Mitte der Straße – Grünstreifen als Trambahnrahmen daneben –, sie glänzen silbern im Licht der Laternen.

In der *Burger*-Bar ist es leer, vielleicht schon, vielleicht noch. Auch im Kaffee nebenan ist es nicht voller. Jemand legt Indie-Pop auf. Ich überlege, ob ich tanzen soll, ganz allein auf der Tanzfläche. Würde ich in mir versinken? Aber nein, das würde ich nicht. Aber nein, das ginge nicht. Selbst, wenn ich aus der Welt heraustanzen will: Ich versinke nicht in einem inneren Universum. Ich bin immer fixiert nach außen, nach dem, was um mich herum geschieht, nach innen kann ich nur träumen, nicht handeln, auch nicht tanzen. Ich lasse es, gehe zurück in die Bar, bestelle Rotwein nun und warte die Wirkung ab, die er mir tun wird zusammen mit dem, was ich schon getrunken habe. Ich fühle mich offen, trunken, aber nicht betrunken, nicht besoffen, nicht wie nach manchen Nächten in Lutzens Schenke, wenn ich, torkelnd fast, nach Hause eilte, um mich ins Bett zu legen und die Karussellfahrt anzutreten bis zum Einschlafen. So weit soll es nicht kommen in dieser Nacht. Ich will mit allen Sinnen noch teilhaben an ihr, will sehen und fühlen, was sie bringt, und sie nicht in Alkohol ersäufen wie ein überzähliges Katzenjunges in der Regentonne.

Er trägt einen Kapuzenpulli, schwarzhaarig ist er, zwanzig, fünfundzwanzig vielleicht. Er sitzt neben mir, einen Barhocker als Abstandhalter noch zwischen uns. Ein netter junger Mann, wie es mir scheint, einer von der Sorte, die frech sind und doch harmlos, die man schnell gewinnt und schnell wieder verliert. Klebefrei. Klettenlos, wenn die Tentakeln ihrer Seele nicht ausgreifen. Aber wenn es sie erwischt, wird man sie nur mit Tränen wieder los. Mit ihren Tränen. Dann kotzen sie einen voll mit Leid.

Ich hoffe das Beste. Und das Beste wäre eine Nacht mit dem da und dann gehen, und vielleicht sieht man sich mal wieder, wenn es der Zufall will. Was *ich* nicht will, ist einer, der mich umzingelt. Ich möchte Spaß und keine

Kletterpflanze, die sich um mich rankt und mir die Luft abdrückt. Und ich will, dass er das Richtige sagt, wenn ich ihn anspreche. Bloß keinen Blödsinn. Nicht, dass mir die Aussicht auf eine geile Nacht in einem Pfuhl von Dummheit ertrinkt.

„Hi", sage ich, „ich bin das erste Mal hier. Spielen die hier immer Indie?"

„Nein", sagt er, „das wechselt. Je nachdem, wer hinterm Tresen ist."

„Ich heiße Marie", sage ich.

„Ich bin Kevin."

„Oh, Kevin? Es gibt also wirklich Jungs, die Kevin heißen …"

Wir quatschen so dahin. Über Namen und über Bier, über Indie-Pop, und er findet es albern, dass ich Nutini gut finde, weil mir seine Stimme gefällt.

„Das ist schwach", sagt Kevin.

„Find ich nicht", antworte ich.

Wir plätschern aufeinander zu. Immer näher, und er rückt vor auf den Anstandshocker. Nicht lange und wir stehen auf der Torstraße.

Ich blicke in den Himmel. Hier gibt es keine Sterne. Berlin ist arm, soll sexy sein, hat aber gar kein Firmament.

„Ich wohn ganz schön weit weg, willst du trotzdem noch mitkommen?" frage ich.

„Ich wohn gleich in der Nähe. Keine fünf Minuten."

Es dauert wirklich keine fünf Minuten. Gleich neben dem *BAIZ* in die Straße rein und um die Ecke. Dann sind wir da.

Auf dem Boden in der Ecke eine große Matratze. An den Wänden Fotos. Alles Stadtausschnitte: Wände,

Mauern, Häusern, keine Menschen. Die Bilder wirken einsam, weil es so wenige sind und sie so weit auseinander hängen und weil es auf ihnen nur städtische Hülsen gibt und keine Stadtbewohner. Ein Schreibtisch steht an der Wand gegenüber der Matratze. Er ist aufgeräumt. Alles scheint ordentlich auf eine unbeholfene Art. Auch der Nierentisch mit den beiden Cocktailsesseln wirkt verloren vor den großen, hohen Fenstern.

Die Dinge sollten in Gang kommen, denke ich. Aber offenbar weiß Kevin nicht, was er tun soll. Er bietet mir ein Bier an. Er dreht mir eine Zigarette. Er fummelt am Laptop rum, um Musik zu spielen. Ich sitze auf einem der Cocktailsessel und sehe ihm zu. Er bleibt neben dem Laptop stehen, aus dem jetzt irgendeine Indie-Band irgendwas singt, was ich nicht verstehen kann. Das Bier hält er in der Hand, blickt zu mir herüber, aber steht dabei ganz still. Ich stehe auf, gehe zu ihm, stelle mich ganz dicht vor ihn und streichle ihm über die Wange. Er senkt seinen Kopf, legt ihn schräg, bis seine Lippen auf meine passen, und küsst mich. Nass ist der Kuss und zögernd, zögerlich. Stimmt etwas nicht mit mir? Habe ich Mundgeruch, bin ich zu betrunken? Was ist falsch an mir?

„Ich will mit dir schlafen“, sage ich.

Er schweigt, ganz deutlich kann ich ein Gefühl von Unsicherheit an ihm bemerken.

„Ich will mit dir schlafen“, wiederhole ich, „ich will nur mit dir schlafen, nicht dich fressen.“

Vielleicht hilft es, wenn ich lächle. Also lächle ich. Es hilft nicht. Er dampft Furcht aus. Mein Gott. Wir sind jung. Da wird es doch nicht so schwer sein, den Körper des anderen in den Armen zu halten. Hat er Angst, dass er nicht kann? Oder dass er nicht gut ist. Ich will doch gar keinen perfekten Sex. Perfekten Sex habe ich sowieso nur mit mir. Ich möchte Nähe, Schweiß, den Geruch eines anderen Menschen, sein Atmen.

Ich beginne, ihm das Hemd aufzuknöpfen. Da habe ich schon keine Lust mehr. Aber irgendwie stehe ich bei mir selbst im Wort. Kevins Haut ist glatt, ich fühle mit den Händen seine Brustwarzen auf einer Brust ohne Erhebungen. Während ich ihm über die Haut fahre, steht er noch immer still, abwartend, vielleicht zweifelnd. Ach, könnte ich nur in ihn hineinsehen. Ich fühle mich falsch, am falschen Ort auch, bin jetzt durch die Atmosphäre des Zimmers in einer leichten aber perfiden Melancholie gefangen. Melancholie? Depression trifft es eher. Mir erscheint der Raum nun wie im Zwielicht, verdunkelt und bedrückend.

Das Zimmer, ja Kevin selbst – alles wirkt grau, wie verloren, nicht wie belebt, nicht einmal wie belebbar. Alles ist ganz ungreifbar, ganz farblos, und doch kommt alles näher, bedrohlich rückt es heran, bedrückend, erdrückend, wie in einem kindlichen Fiebertraum nähert sich die Situation und die Materie, in der sie lebt. Nähert sich immer weiter, und ich weiß doch: Sie erreicht mich nie. Dabei wird sie übermächtig. Ich möchte fliehen. Aber so flieht man nicht. Jedenfalls nicht, wenn man ich ist. So nimmt man nicht Reißaus. Die Möbel verlieren ihre Proportionen. Die Cocktailsessel drohen mir aus ihrer Zeit, der Nierentisch tut es ihnen gleich. Der Indie-Rock klingt wie Kindermusik, sein Rhythmus wie auf Sandförmchen geschlagen. Nichts ist mehr richtig.

Da umfassen mich die Arme des Jungen, ziehen mich an ihn heran. Nein, nein – das weiß ich –, um Nähe geht es ihm nicht. Er zieht mich heran und stößt mich weg dadurch, macht unmöglich, dass ich weiter auf seiner Haut verbleibe mit meinen nervösen Händen. Er küsst mich, aber ich glaube ihm nicht die Absicht. Seine Hände gleiten unter mein T-Shirt, und ich fühle, dass es falsch ist. Das ist Abwehr und zugleich eine Art von Zwangshandlung. Vielleicht denkt er, er müsse jetzt Sex haben mit mir. Vielleicht denkt er: *Dann ficke ich die Alte eben.* Irgendetwas in dieser Art, sagt mir der Rhythmus seines Atems, sagen mir die unbeholfenen Bewegungen seiner Finger, irgendetwas in dieser Art, denkt er, sagt mir alles. Ich lasse ihn gewähren, fühle seine Hände auf der Haut meines Rückens und fühle nichts dabei. Kein Anstieg von Geilheit, kein Hingezogenwerden, nur die mechanische Bewegung. Und doch nehme ich nicht Abstand. Nein, ich will erleben, was noch kommen mag. Will es auch erleben, wenn das Erlebnis eine unförmige, vielleicht sogar farblose graue Zeit formt. Und so fallen wir auf die Matratze. Und ich komme ihm mit meinem Körper entgegen, als er mich auszieht. Verkneife mir sogar, ihn darum zu bitten, die Socken auszuziehen. Ich habe wirklich noch niemals mit einem Mann geschlafen, der seine Socken noch trug. Besockt sieht er albern aus. Wie der Darsteller in einem zweitklassigen Porno. Haare, die igelig abstehen auf den Beinen und eine unbehaarte, glatte Brust mit diesen kleinen, blassen, rosafarbenen Brustwarzen.

Dann liegt er auf mir, hat sich ein Kondom über den Schwanz gezogen, der so sehr eine normale Größe zu haben scheint, dass er wie eine Karikatur auf mich wirkt.

Kevin stößt sanft in mich hinein. Ich empfinde die Sanftheit als Aggression, als aggressives Vorenthalten von Lust. Lau ist das. Wie kalter Kaffee ist das. Keine Wildheit, kein Überschreiten von Grenzen. Keine Lust. None at all. Ich versuche, seine Bewegungen mit den meinen zu verstärken. Stoße ihm entgegen und bemerke zu allem Übel, dass er meine Bemühungen mit noch mehr Sanftheit beantwortet. Mit einer Art von taktischem Hinein- und Hinausgleiten. Sein Atem geht ruhig. Wie Hohn ist das. Und meiner? Der hält sich in einer Frequenz, die ich auch beim Shoppen habe. Ein Geschlechtsverkehr, der wie der Besuch in einem Schuhgeschäft ist oder der Aufgeregtheit ähnelt, die ich empfinde, wenn ich mir neue Klamotten bei H&M kaufe.

Da dreht Kevin uns um. Hält mich und dreht sich auf den Rücken, zieht mich mit. Und ich sitze auf ihm. Nehme die neue Stellung an. Reite auf ihm, schnelle Bewegungen. *Ich rammle ihn*, denke ich. Halte ihm die Hände fest über seinem Kopf. Drücke sie auf die Matratze. Fahre auf und nieder. Stoßweise geht mein Atem. In mir steigt die Lust, steigt an, ganz unabhängig von Kevin und hat doch mit ihm zu tun. Damit, dass ich auf ihm sitze. Damit, dass ich sein Gesicht sehe, die Lust in diesem Antlitz mit dem leichten Bartwuchs, mit den Haaren, die auf dem Laken einen merkwürdigen Halbkreis um seinen Kopf gebildet haben. Mit den Händen, die sich bereitwillig niederdrücken lassen. Mit mir auch, die ich auf ihm bin, über ihm. Und ich stelle mir Sequenzen von sexuellen Handlungen vor. Phantasien, die durch mich hindurchrasen, kaum erfassbar und doch gegenwärtig. Dann merke ich, wie der Orgasmus in mir aufsteigt, und zugleich, zu früh, eine winzige, gewaltige Zeitspanne zu früh, ergießt sich Kevin in das Reservoir des Präservativs. Sein Glied wird kleiner, ich kann es nicht mehr in mir halten, es entgleitet mir. Und ich lasse mich von ihm fallen. Einen Moment denke ich daran, Kevin zu mir herüberzuziehen, seinen Kopf zwischen meine Beine zu drücken. Aber ich lasse es, tu nichts in der Art. Will nicht erleben, dass er sich dem entzieht und mir als Alternative das ungeschickte Herumstochern seiner Finger in mir offeriert. So liege ich also still auf dem Rücken, enttäuscht durch den fehlenden Orgasmus, den gestohlenen Höhepunkt, und warte auf die Frage nach der Qualität. *Ja*, würde ich antworten auf die Frage, ob es mir gefallen hätte. Aber die Frage kommt nicht. Kevin steht einfach auf. Steht, die Socken an den Füßen, im Zimmer. Er steht herum. Dann geht er hinüber zum Nierentisch. Dreht sich eine Zigarette.

„Du auch?“, fragt er.

„Ja“, antworte ich.

Er macht noch eine, zündet beide an. Im Zimmer verwebt sich das Wabern des Schweigens mit dem Rauch, den wir aus unseren Lungen blasen. Noch immer erwarte ich die Frage. Aber sie kommt nicht. Kevin steht rauchend im Raum. Als würde er auf irgendetwas warten, steht er da.

Er reicht mir den Aschenbecher. Ich drücke die Zigarette aus. Kevin wirkt ganz klein jetzt. Soll ich bleiben? Soll ich besser gehen? Soll ich dieses Erlebnis, das zwar eine Erinnerung birgt, aber doch nichts, was im Gefühl weiterlebt, soll ich dieses Erlebnis beenden. oder soll ich einen weiteren Versuch machen, Kevin, diesen Indiefreund, diesen auf eine so unübliche Art schüchternen Menschen, diesen Besitzer von Nierentisch und Cocktailsesseln, dem der Gummibaum noch fehlt in seinem Zimmer, diesen Freund menschenleerer Fotografien, soll ich mich ihm nähern, aufstehen jetzt und ihn umfangen mit meinem Armen? Soll ich sagen: Komm wieder auf die Matratze? Soll ich sagen: Ich will dich spüren? Und will ich ihn spüren? Ein kurioser Reiz ist in mir. Einer, der nicht passt zum eben Erlebten. Einer, der vielleicht Bergsteigern innewohnt, die an einer Wand gescheitert sind und folglich die Besteigung noch einmal versuchen müssen. Aber es ist auch ein Gefühl, wie ich es manchmal bei Kunstfilmen habe, die keine Höhepunkte bieten und bei denen ich trotz aller Langeweile ausharre bis zum Ende, immer hoffend, immer denkend, es müsste doch noch etwas kommen, und durch die Monotonie geradezu gezwungen, weiter zuzuschauen. Kevin als Bergwand, Kevin als Kunstfilm, Kevin als Indie-Musik. Kevin als Gummibaum, schießt es mir durch den Kopf: als Gummibaum, der dann doch nicht fehlt, der lebt in diesem Zimmer mit den menschenbefreiten Lichtbildern an der sonst kahlen Wand. Dieser Junge ist aus seiner Einsamkeit geboren, ist entstanden in diesem Raum, in seiner Einöde – auf kauzige Weise zur Hälfte aus der Zeit geworfen und zur anderen Hälfte doch in ihr geblieben. Mitten in der großen Stadt, die durch die Fenster das Kreischen der Tram von der Torstraße herüberwirft und das Gelächter von Rauchern vor den nahegelegenen Kneipen und Clubs durch die Fenster drückt.

Ich stehe auf. Gehe hinüber zum abgesonderten Kevin. Stelle mich vor ihn. Sehe ihm in die Augen. Die halten dem Blick kurz stand. Für einige Sekunden bleiben sie mit den meinen verbunden. Dann wandert der Blick auf den Boden. Kevin senkt den Kopf.

„Ich hätte gern etwas zu trinken“, sage ich zu ihm.

„Es gibt Bier oder Wasser.“ Er spricht leise, ganz unpassend leise.

„Kaffee?“, frage ich.

„Ja, Kaffee auch. Soll ich dir einen kochen?“

„Ja, mach mir einen Kaffee. Zwei Löffel Zucker und auch Milch.“

Wortlos geht Kevin zur Zimmertür hinaus. Ich höre ihn in der Küche klappern. Während er den Kaffee bereitet, sehe ich mich im Zimmer um. Auch wenn es nicht viel zu sehen gibt, jedenfalls nicht, solange man nicht in Schreibtisch und Kleiderschrank wühlen will. Ich will seine Privatsphäre nicht verletzen. Aber vielleicht entdecke ich etwas, was ich bislang übersehen habe. Ich sehe mir nochmal die menschenleeren Stadtansichten an. Doch sie bleiben ein Ausdruck für Leere und Langeweile. Nichts hat dieses Zimmer an Individualität. Es ist ein Unterschlupf. Eine Schlafstätte. Es schützt seinen Bewohner vor Regen und vor Menschen. Es bietet ihm vielleicht – aber wie soll ich das wissen – eine gemauerte Folie für Träume bei Tag und bei Nacht. Einen Raum, in dem er die reale Welt mit der virtuellen tauschen kann, falls er im Netz surft, so wie ich. Aber auch das weiß ich nicht.

Kevin kommt mit dem Kaffee zurück. Er trägt eine große Tasse samt Untertasse auf einem Plastiktablett. Neben der Tasse ein Gefäß mit Zucker und ein kleines silbernes Milchkännchen. Er stellt das Tablett auf den Nierentisch, und einen Moment lang erwarte ich von dem bis auf die Socken nackten Jungen, er würde einen Knicks machen und *Bitte sehr, meine Dame* sagen. Aber er macht keinen Knicks und bleibt stumm.

Ich mische mir den Kaffee zurecht. Füge den Zucker und die Milch dem dunklen Getränk hinzu. Nehme die Tasse vom Tablett, stehe mit ihr in der Hand im Zimmer, als sei ich auf einer Stehparty, wie damals im Schloss Lübbenau, als Lutz mich mitgenommen hatte zu der Vernissage eines Malers, von dem ich bis zu jenem Zeitpunkt nichts gehört hatte und dessen Namen ich vergessen habe.

Lutz hatte mir die Bilder erklärt. Hatte mich auf dieses und jenes hingewiesen, und das hat meinen Blick bis heute geschärft. Ich habe in den zwei Stunden, in denen er mit mir durch die Ausstellungsräume des Schlosses ging, alles gelernt, was ich über Gemälde weiß. Mehr ist nicht hinzugekommen. Ich habe eine eigenartige Beziehung zur bildenden Kunst. Ich mag manche Bilder, weil sie mich berühren. Und auch, wenn es nicht immer die sind, in denen ich entdecken kann, was mich beschäftigt, was jenen Teil meines Selbst betrifft, der politisch ist und sich nicht abfinden will, mit den Verhältnissen, so sind es eben die berührenden, zu denen ich mich hingezogen fühle. Manchmal natürlich, da überlappt sich das. Da berührt mich ein Bild, das auch Ausdruck sein kann, für mich auch Ausdruck sein kann meines politischen Seins. Aber das ist selten.

Als wir damals wieder im Dorf ankamen, nach kurzer Fahrt in Lutzens altem Volkswagen, da sprachen wir noch in der Wohnung über der Schenke die Bilder in die Luft und sahen sie, nun verfremdet durch Erinnerung und Worte, ganz gegenständlich. Das war Lutzens Verdienst, der mich auch während des Gespräches führte, der fragte und antwortete, der ganz und gar und mit allen Bildern, die er sich eingeprägt hatte und also wichtig fand, präsent war, so wie er immer ganz gegenwärtig ist, wenn es um Dinge geht, die ihm wichtig sind. Wir durchmaßen die Länge des Gehens vor den Bildern noch einmal, sprachen wohl auch zwei Stunden. Tranken Tee dabei aus großen alten Teetassen. Und dann flohen wir in uns, auf uns. Und der Schweiß der Flucht – auch an den erinnere ich mich jetzt. Hier in Kevins Höhle.

Mit dem Kaffee gehe ich zu Kevin, der wieder bei seinem Laptop steht, als wäre das sein sicherer Ort, als wäre das ein behüteter Platz. Ich betrachte Kevin. Die starke Behaarung seiner Beine, die nicht passen will zur Haarlosigkeit seiner Brust und seines Rückens. Die starke schwarze Behaarung seiner Scham. Die Socken.

„Zieh doch mal die Socken aus."

Und sofort tut er es, streift sich die Socken von den Füßen.

„Nackte Männer in Socken – das geht gar nicht", sage ich und lächle, weil ich immer noch glaube, Lächeln würde helfen, Kevin aus seiner beständigen inneren Klausur zu lösen. Kevin lächelt nicht zurück. Betreten schaut er auf den Boden. Ich streichle mit der freien Hand über seine Brust. Unterbreche die Berührung. Nehme einen Schluck Kaffee. Setze wieder dort auf seiner Haut an, wo ich aufgehört hatte. Sein Glied wird steif. Ich bin angerührt. Das ist der beste Ausdruck dafür: angerührt. Es ist keine Erregung, die in mir aufsteigt. Nein, in mir ist alles voller Gefühlsseligkeit, eine unbekannte Form der Sentimentalität erfasst mich. Ich reiche ihm die Tasse.

„Stell sie weg."

Er geht hinüber zum Nierentisch und stellt sie, wie?, achtsam?, auf das Tablett. Dann kehrt er zurück. Mir kommt das alles unwirklich vor. Wird er denn niemals mehr sagen, als die konkrete Antwort auf eine konkrete Frage es erfordert. Er hat doch im *Kaffee Burger* noch ganz normal mit mir gesprochen. Seit wir hier sind, ist jede Normalität entschwunden, hat eine rigide Irrationalität zwischen uns Platz genommen.

Mit beiden Händen nun fahre ich ihm über die Brust, berühre die kleinen Brustwarzen mit den Fingerspitzen. Gleite über seine Haut, hinauf zum Hals, über seine Schultern. Ziehe Kevin an mich heran. Fahre ihm in die Haare, hebe sein Kinn an. Küsse ihn. Ich spüre seinen stoßweisen Atem, fühle seine Erregung und weiß nicht, wie sich diese Situation, diese Liebkosungen, dieses Küssen unterscheidet von dem, was auf der Matratze geschehen ist. Weshalb jetzt diese Erregtheit bei ihm und vorher nicht? Weil es jetzt nicht mehr den hohen Wert des Neuen hat, weil die Angst vor dem Neuen aus ihm heraus ist? Was nur macht die Andersartigkeit aus zwischen Jetzt und der Zeit, die nicht einmal eine halbe Stunde zurückliegt?

Er öffnet mir seinen Mund während meiner Küsse auf eine eigentümliche Weise. Ich habe noch niemals jemanden geküsst, der sich so verhalten hat. Den Mund offen, weit offen, aber nicht aufgerissen, passend auf meine Lippen, die auf den seinen liegen. Seine Zunge fährt nicht hinaus, sucht nicht die meine, sondern wartet, dass ich eindringe in die Höhle seines Mundes. Was soll das?

Ganz sanft, vorsichtig, bedacht, schiebt mich Kevin zur Matratze. Er schaut mich an und ich verstehe ihn. Ich lasse mich auf das Bett sinken und er – er geht in die Knie. Er drückt mit aller Vorsicht meine Beine auseinander und dann liegt sein Kopf in meinem Schoß und ich spüre seine

Zunge. Ich lasse mich zurückfallen. Komme wieder hoch in ein halbes Sitzen. Stütze mich mit einem Arm ab. Und mit der freien Hand bin ich in seinen Haaren. Dirigiere seinen Kopf, dirigiere seinen Mund. Skurril kommen mir meine Gefühle nun vor. Dieses Aufbranden, dieses wellenförmige Aufbranden von einer Art Lust, die ich nicht kenne. Ich höre mich stöhnen. Ich lasse mich gehen. Die Hand in Kevins Haaren. Jetzt hart in seine Haare fassend, falle ich in einen Orgasmus, der mich ganz durchdringt. Und ich merke, wie Kevin sich an den Schwanz fasst, wie er sich befriedigt, während ich komme. Einen kurzen Augenblick lang bin ich unangenehm berührt, dann aber erhöht sein Onanieren meine Lust, und ich bin ihm fast dankbar dafür, diese Situation nicht zu unterbrechen für eine übliche Vereinigung, für ein übliches Rammeln. Das ist eine ganz ungetragene Lust, ein ganz neues Lustkleid. Erschöpft falle ich zurück auf die Matratze und Kevin zieht sich hinauf. Liegt neben mir. Jetzt ist das Schweigen mir recht. Es ist keine große wabernde Wolke aus unangenehmem Schweigen mehr. Das ist ein gutes Schweigen, so beredt und so voller Fragen.

Ich drehe mich zu Kevin. Liege mit dem Kopf auf seiner Brust. Spiele ganz ungeniert mit einer Hand an seinem Schwanz. Fühle die feuchte Spitze, gehe mit dem Finger darüber. Und dann streiche ich mit dem kevinfeuchten Finger über seine Lippen. Er öffnet leicht den Mund. Und sofort, ohne jede Verzögerung bringt mich dieser leicht geöffnete Mund, so wehrlos, so verwundbar, wieder in eine gelinde Lust, ganz warm steigt sie in mir hoch. Nicht mächtig, nein, das nicht, eher wie ein Lufthauch, wenn eine Tür geöffnet wird.

Ich küsse Kevin, liege dabei halb auf ihm. Dringe wieder mit meiner Zunge in seinen Mund ein. Dann stütze ich mich auf die Matratze, so dass ich über ihm bin und ihn ansehen kann.

„Was war das?“, frage ich ihn.

„Was war was?“, antwortet er und lächelt, zum ersten Mal hier lächelt er.

„Du bist eigenartig“, sage ich

„Ich weiß.“

Wir lachen beide. Ich falle zurück auf seine Brust. Krieche hoch bis zu seiner Schulter. Suche seinen Oberarm und beiße vorsichtig in sein weiches Fleisch. Und obwohl ich versuche, ihm nicht wehzutun, stöhnt er auf. Ich lache und erhebe mich.

„Ich sollte gehen“, sage ich. Kevin schweigt. „Vorher würde ich gern duschen.“

Er fischt ein Handtuch aus seinem Kleiderschrank, hält es mir hin, sagt: „Zweite Tür im Flur.“

Duschen. Und dann – meine Sachen habe ich mitgenommen in das Bad – gleich ankleiden. Und fortgehfertig erst wieder das Kevinzimmer betreten. Was immer ich erlebt habe, heute Abend, es muss ein Ende haben jetzt. Ich muss es aufnehmen in mich. Ich muss es ausschmücken, allein sein damit und es mit Ranken versehen.

Kevin bringt mich zur Tür. Wir küssen uns flüchtig. Flüchtig in jeder Beziehung. Er sieht ganz verloren aus, das Dunkel des Flurs hinter sich, beschienen vom kalten Licht der Treppenhausbeleuchtung. Er tut mir leid. Ein wenig. Vielleicht werde ich wiederkommen.

„Deine Handynummer!“, ruft er mir nach, als ich schon die halbe Treppe hinunter bin. Mein Gott, wir wissen ja gar nicht, wie wir uns erreichen können, schießt es mir durch den Kopf. Ich renne die Stufen wieder hinauf. Gib mir deine, sage ich und tippe die Nummer, während er sie aufsagt, ins Handy ein, drücke dann den grünen Hörer und höre aus seinem Zimmer ein Handy klingeln. *Kevin* gebe ich in das Adressbuch ein.

„Und wo sind wir hier?"

Er nennt die Adresse, und ich füge sie – sicher ist sicher – hinzu.

„Aber", sage ich, „ruf mich nicht an. Ich melde mich bei dir, wenn ich soweit bin."

10. Oktober

Draußen der Morgen. Kühl ist es, noch kühler als in der Herbstnacht, die ihm voranging. Jetzt bemerke ich, dass dieser Junge eine Traurigkeit abgesondert hat, die mir auf der Haut klebt, auch nach dem Duschen noch; dass alles voller Traurigkeit war: die Bilder, die Möbel, die Luft in seinem Zimmer, so als würde er sie ausdünsten wie einen Pesthauch, der sich über alles legt, was er berührt.

Ich laufe bis zur Torstraße und stehe unschlüssig herum. Im *BAIZ* noch Licht, ob es auch im *Burger* noch brennt, kann ich nicht erkennen. Soll ich noch ein Bier nehmen auf dieses Erlebnis, das mich beschäftigt, mit dem ich, das spüre ich wie eine gute Last, nicht so einfach klarkomme, so wie mit den meisten Ungereimtheiten meines Lebens. Also ins *BAIZ*. Kaum jemand noch im Gastraum. Letzte Zecher nur. Hinterm Tresen der Barmensch, müd die Augen, müd der ganze Ausdruck. Ich bestelle mir ein Radeberger, zahle gleich, trinke es nicht einmal bis zur Hälfte. Dann hinaus wieder. Auf die Straße. Ich nehme ein Taxi. Noch kann ich mir die Eskapaden leisten. Noch kann ich fünfzehn oder sechzehn Euro in eine Taxifahrt investieren – wegen der Müdigkeit ein schnell zu fassender Entschluss. Aber ich muss Arbeit finden. Mit dem Studium kann es erst im kommenden Jahr losgehen. Vorher ist kein Studienplatz in Aussicht. So lange muss ich mich über Wasser halten. Möglichst mit einem Job, den ich dann später auch nutzen kann, um das wenige Bafög aufzubessern, das ich erhalten werde – wenn es überhaupt

Bafög für mich gibt. Einhundert, zweihundert Euro werde ich von meinen Eltern bekommen. Das ist so abgemacht. Aber der Rest muss von mir aufgebracht werden. Mir macht das Sorge. Und diese finanzielle Sorge mischt sich mit dem Erlebnis von heute Nacht, Euros werden mit Kevins verrührt. Einen Brei von wilden Gedanken ergibt das. Ich döse ein während der Fahrt und werde vom Fahrer geweckt.

Ich schlafe kurz, nicht einmal bis zum Mittag. Ich sehe auf die Uhr. Es ist elf. Mehr als fünf Stunden Schlaf können es nicht gewesen sein. Ich fühle mich zerschlagen, mit einer unfreundlichen Wachheit versehen, mit einer ebenso unfreundlichen Müdigkeit auch. Unter der Dusche lass ich das Wasser heiß und kalt abwechselnd über meine Haut fließen. Dann suche ich mir heraus, was ich an Kleidung finden kann, die mir passend erscheint für die Vorstellungsrunde. Ein schneller Kaffee zum Frühstück, eine Zigarette, ein Stückchen Brot mit Käse und los.

Als erstes versuche ich es in den umliegenden Supermärkten. Aber nirgends eines der Schilder, die sonst immer in den Schaufenstern hängen und mit denen nach Aushilfen gesucht wird. Trotzdem nachfragen. Überall freundliche Absagen, Absagen mit diesem bedauernden Lächeln, das mich aggressiv macht. Und *mich* muss ich beherrschen, natürlich muss ich das, muss mir verkneifen, die Aggressivität, die das Lächeln auslöst, zu zeigen.

Ich laufe ziellos umher. Richtung Brandenburger Tor. Frage in Tabakläden, italienischen Restaurants, deutschen Kneipen, Boutiquen, einem Eisenwarengeschäft und in Läden mit unklarem Geschäftsinteresse nach. Aber ich habe kein Glück. So wird das nichts. Ich brauche einen

Plan, einen Ansatzpunkt. Ich laufe die ganze Strecke wieder zurück nach Hause. Haue mich aufs Bett. Mir ist ganz missmutig. Mir ist zum Heulen. Das kommt natürlich nicht daher, dass ich auf den ersten Anlauf hin keinen Job bekommen habe. Nein, es ist die ungewohnte Situation. Keine Eltern, keine Freunde, kein Lutz. Nichts zum Festhalten. Nur ich und die Stadt, dieser Wal. Dieses riesige Säugetier im Menschenmeer. Schlafen. Dann wird es besser werden. Dann werde ich ganz bestimmt mit einer besseren Laune aufwachen. Und dann werde ich tun, was ich mir schon vorgenommen habe und was immer noch der Ausführung harrt: Ich werde zu einem Treffen der Antifa gehen. Das lenkt mich ab, bestimmt.

Ganz sanft gleite ich in den Schlaf. Und ganz sanft erwache ich wieder. Und sofort wieder: die Frage, wer ich bin, was ich bin, was los ist mit mir. Diese Frage, die daraus erwächst, dass ich mich als anders empfinde, dass ich empfinde, etwas an mir sei gänzlich verschieden vom Verhalten anderer Menschen, etwas sei unerwünscht eigen.

Die Bäume der Alleen. Herbstwind, ein Regen, der fällt, als hätte es nie etwas anderes gegeben in dieser Landschaft als ihn: den Regen im Herbst. Und die Menschen. Schweigend alle, auch wenn sie sprechen. Verloren irgendwie. Und sich hingebend immer dem Falschen, den Illusionen, dem Furchtbaren als Glücksverheißung. Den Nazis als Hoffnungsträgern auch. Die wählen dann die Faschisten und wissen es doch besser, weil sie es gelernt haben. Aber sie verachten das Gelernte, als wären sie Schreibkundige, die sich den Alphabeten entziehen und sich als Analphabeten geben. Und dabei werden sie dümmer, werden böser, werden wütender, werden dreister in ihrer seelischen Selbstverstümmelung. Und dazwischen ich. Und Lutz und noch ein paar Inselmenschen. Die Bösen, Dummen, Dreisten, wie Gischt auf dem Meer der Gleichgültigen, Aufgegebenen, Weggestellten, den ehemaligen DDR-Bürgern, den ehemaligen LPG-Bauern, den ehemaligen Lehrern, Informellen Mitarbeitern, Volkspolizisten, Sammelstellenleiterinnen, SED-Mitgliedern. Gischt auf dem Meer der Ich-war-einmal-Menschen. Und aus den Fenstern klingen morgens die Puhdys. Und mittags schon das Fernsehen. Und abends die Geräusche des Suffs. Und immer, immer, immer schlagen die Wellen an meinen Strand. Und immer, immer spült die Gischt an meinen Strand. Und immer, immer nimmt die See mir Land.

Das Grau des Dorfes. Seit meiner Geburt im Grau des Dorfes und dem ewigen Herbstlaub an den Bäumen und den ewigen Blattleichen auf den Wegen. Seit meiner Geburt im Gewebe der Ich-war-einmal-Menschen und ihrer Ich-war-einmal-Gespräche. Im Gewebe von Erinnerung. Immer die Zukunft kleingeredet, immer das Jetzt minimiert im Verhältnis zum Eswareinmal. Ich habe mir mein Kommendes, habe mir mein Jetzt erlegen müssen, wie hungernde Jäger sich das Wild erlegen. Aber mein Jetzt, mein Kommendes hätte leben müssen. Und ich habe es umgebracht bei jeder Jagd. Nur das Ich-wareinmal, das Eswareinmal lebt, lebt auch in mir. Ich bin auch ein Ich-war-einmal-Mensch.

„Und sollte von Geburt an oder durch besondere Umstände hervorgerufen tief auf dem Grunde meiner Natur etwas Krankhaftes sein eigensinnig grillenhaftes Wesen treiben, so tut das meinem dramatischen Charakter nicht den geringsten

Eintrag. Alle tragische Größe beruht auf einem Bruch in der gesunden Natur, des kannste gewiss sein.“

Gudrun Ensslin hat das geschrieben. Nicht einfach so natürlich, nein, es war an Ulrike Meinhof gerichtet und meinte Andreas Baader. Ich habe es mir aus dem Netz gepflückt, beim Surfen. Bin von Wikipedia zu diesem Zitat gelangt. Ich surfe oft auf Wiki herum. Vom Alpenveilchen zum Quantenschleim. Link, Link, Link und jedes Mal eine neue Welt. Das mag ich. Lesen, lesen, lesen. Und alles aufsaugen in mich, für mich wenden, was sich wenden lässt. Mich ablenken von mir und zugleich mich verstärken. Fakten sammeln wie ein Eichhörnchen Nüsse. So bin ich an das Zitat gekommen.

Regungslos liege ich auf dem Bett, die Augen offen, den Blick an meine Zimmerdecke. Und da ist es mir, als blickte ich nicht hinauf zu der baulichen Sperre zwischen mir und dem Himmel, sondern als schwebte ich und schaute hinab.

Und ich sehe mich, als säße ich in einem Fesselballon und blickte auf Dorf, Landschaft und Marie hinab. Da geht Marie die Dorfstraße entlang. Ihr kleiner Zopf hüpft lustig bei jedem Schritt. Auf dem Rücken trägt sie einen schwarzen Rucksack mit einem roten Stern. Sie hat die Hände in die Seitentaschen ihrer Jacke gesteckt. Sie geht die ganze Dorfstraße hinab, über die Grenze des Dorfes hinaus und setzt sich auf die Bank im Wartehäuschen. Es muss früh sein, denn die Busse hier fahren nur zu früher Stunde und am Abend. Sie dreht sich eine Zigarette, über die Kante vom Betondach des Buswartehäuschens kann ich den Rauch ziehen sehen. Der Bus kommt. Er bringt sie in die Kreisstadt. Ich fliege hinterher.

Sie steigt aus, läuft am Schlösschen vorbei, überquert den Marktplatz, stellt sich zu einer kleinen Menschenmenge, die sich dort versammelt hat, wo der Platz in zwei große alte Straßen mit mächtigen alten Häusern übergeht. Man gibt ihr ein Plakat. DIESE STADT BLEIBT BUNT. BRAUN IST NUR DIE SCHEISSE, steht darauf. Sie hält es hoch. Auch die anderen Plakate werden hochgehalten. Die Menschen dort und Marie stehen hinter Absperrgittern, die Hamburger Gitter heißen. Vor ihnen steht die Polizei. Dann höre ich bis hier hinauf Trommeln und Grölen. Auf dem Marktplatz nun Neofaschisten. Mehr und mehr werden es. Ein Lautsprecherwagen fährt auf den Platz. Um die Nazis herum: ein schützender Ring aus Polizei. „Deutsche Polizisten schützen die Faschisten", rufen die Demonstranten. Dazwischen skandieren die Nazis ihre Parolen.

Ein neues Bild: Da geht Marie die Dorfstraße entlang. Regen fällt. Es ist Frühjahr, noch ist die Luft winterkühl fast. Krokusse brechen durch den schweren Boden. Bäume tragen erstes Grün. Die Marie, die da die Dorfstraße entlanghüpft, ist zehn, elf Jahre alt. Marie läuft zur alten Wurstfabrik, die schon lange stillgelegt ist, auf deren Terrain es aber einen Spielplatz gibt mit Betonboden und einer eingelassenen Sandkiste, mit einem rostigen Klettergerüst und einer defekten Schaukel. Dort wird Marie spielen. Allein, den ganzen Nachmittag über.

Und noch ein Bild erscheint: Da geht Marie die Dorfstraße entlang. Von der Bushaltestelle kommt ihr ihre Mutter entgegen. Sie wird Marie in den Arm nehmen, und Marie wird die Wärme des Körpers spüren und den Geruch ihrer Mutter wahrnehmen. Aber sie wird nicht mehr spüren, als nur das, es wird nicht nach innen gehen. Es wird sein, als fasste sie eine Heizung an und röche den Wind von Feldern. Die Marie, die ich dort sehe, ist vierzehn oder ein wenig älter. Sie wird ihre Mutter loslassen und weiter gehen. Es ist Sommer, die Luft ist warm. Ein leichter Hauch durchweht das Dorf, ein warmer leichter Hauch. Sie wird in ein Haus treten. Dort werden andere Jugendliche sein; nicht viele, denn viele gibt es hier nicht. Und sie wird sehen, wie nahe sich einige davon sind. Sie wird dieses Nahesein als singuläres Bild zwischen allen anderen Bildern sehen und sich fragen, wie das geht: sich nahe zu sein. Sie wird empfinden, dass sich die Freunde unter den Jugendlichen in einem Einverständnis befinden, dass *die* über Dinge miteinander reden, die aus dieser Nähe, aus dem Einverständnis hervorgebracht werden, und sie wird nicht begreifen, wie das geht. Sie wird stumm sein die meiste Zeit und nichts zu sagen wissen. Sie wird nur reden, wenn es um *etwas* geht, um etwas, was man als sachlich bezeichnen könnte. Und später wird sie mit jemandem in einem Kuss verharren, in einer festen Umarmung, wird den Körper spüren und wird das gleichsetzen, wird das für sich interpretieren als Nähe, die sonst unerreichbar bliebe, und wird sich noch nichts dabei denken, dass so erst erreichbar wird, was die anderen doch schon hatten, nur mit Wörtern, mit Blicken nur, ganz ohne Berührung.

Etwas stimmt nicht mit dir, Marie, sage ich zu mir. Und ich friere.

Jetzt ist es schon neun Uhr abends. Das Antifa-Treffen wird vorbei sein oder schon fast zu Ende. Wieder habe ich es nicht geschafft. Und ich fühle mich ein bisschen schuldig. Aber gut ist die Zeit, um einen zweiten Anlauf zu wagen und nach einem Job zu suchen. Diesmal in den Clubs dieser Stadt. Und während ich mich auf den Weg zur U-Bahn mache, die Schloßstraße hinunter, da spukt mir nicht mehr Kevin im Kopf herum, nein, jetzt ist es die Begegnung mit dem Mann im *BAIZ*, der gar nicht in sein Alter passen wollte. Und mit ihm kommt mir in die Gedanken, dass es doch nicht schlecht sei, ich würde mehr lesen über die DDR, die mir noch in die Wiege gelegt, aber zur Krabbelgruppe schon wieder weggenommen worden ist.

Tabak kaufen, nicht vergessen. Obwohl man in Berlin natürlich immer Tabak, Bier, Wein und etwas zu essen bekommen kann. Rund um die Uhr sind die Spät-Kaufs geöffnet. Dieser Wal reißt sein Maul auf vierundzwanzig Stunden am Tag.

Am Mehringdamm steige ich aus, und dann laufe ich, Club für Club, Bar für Bar hinauf bis zum Bahnhof Luftbrücke und die andere Seite wieder zurück und dann in die Yorckstraße hinein. Aber ich habe kein Glück.

Es ist noch vor Mitternacht. Da geht noch was, denke ich. Und ich fahre bis zum Kleistpark und mache mich in Schöneberg auf die Suche. Auf einem Grundstück, nicht in einer Häuserzeile, wie es üblich erscheint in diesem Kiez mit den alten großen Gründerzeitbauten, steht eine Kneipe. Allein steht sie dort, umgeben von einem hübschen Gärtchen. Außenplätze, die trotz des kühlen Herbstes aufgebaut sind wie an einem Strand, das kleine Gebäude rot gestrichen. Ein gemütliches gelbes Licht dringt durch die Fenster. Über der Tür steht auf einem Brett, das von zwei Lampen beschienen wird: Zur Kleinen Burg.

Die Bar ist leer. Ein langer, den ganzen Raum durchmessender Tresen aus dunklem glänzendem Holz der Tür gegenüber. Umlaufende Bänke an den freien Wänden, davor Tische, die mir etwas zu zierlich im Verhältnis zu Bar und Bänken erscheinen, Stühle davor. Die Barhocker aus Metall mit braunen Ledersitzen. An den Wänden moderne Gemälde, groß im Format, so farbenfroh und gewichtig, dass sie dem Raum eine ganz unnostalgische Atmosphäre geben. Alles wirkt auf eine eigentümliche Weise sowohl edel als auch unpathetisch. Man hat nicht den Eindruck, hier mehr bezahlen zu müssen als in den anderen Bars des Viertels, aber an einem besonderen Ort zu sein. Und die Frau hinterm Tresen, ich schätze sie auf Mitte dreißig, zögert keinen Moment.

„Das ist ja großartig!“ Sie ist ganz aus dem Häuschen. „Unser Barmann hat gerade gekündigt. Und ich kann ja nicht jeden Tag hier allein arbeiten. Wann können Sie denn anfangen, Schätzchen.“

Sie hat tatsächlich Schätzchen zu mir gesagt. Das finde ich mysteriös, weil es nicht zur Umgebung passt.

„Ja, also. Ich weiß nicht. Wann soll ich denn?“, frage ich zurück.

„Meinetwegen gleich morgen. Morgen Abend um acht. Ginge das?“

„Im Prinzip schon.“ Eigentlich geht es immer bei mir. Ich habe ja nichts zu tun. „Aber wollen Sie denn gar nicht wissen, ob ich das auch kann?“

„Was kann? Wir haben Flaschenbier und keine Cocktails. Jedenfalls nicht, solange wir niemanden haben, der auch welche machen kann. Und eine Flasche Bier werden

Sie doch aufkriegen, Schätzchen?" Sie sieht mich fragend an und legt den Kopf schief.

„Ich habe schon bei uns auf dem Dorf in der Kneipe gearbeitet. Auch Bier aus dem Hahn gezapft, die Fässer gewechselt, die Kohlensäure ausgetauscht …"

„Na sehnse. Aber das Geld … Ich kann nicht so viel bezahlen …" Sie starrt jetzt an mir vorbei und sieht auf eine komische Art unglücklich aus.

„Was wäre denn *nicht viel*?"

„Reichen denn sieben Euro fuffzich die Stunde plus Trinkgeld?"

Mir fällt ein Stein vom Herzen. Ich habe schon befürchtet, sie käme jetzt mit zehn Prozent, und dann stünde ich mir zum Schluss die Beine in den Bauch, der Laden wäre leer und ich würde zehn Prozent von nichts bekommen. Mit sieben Euro fünfzig kann ich leben. Jedenfalls wenn der Laden einigermaßen läuft und noch Trinkgeld hinzukommt.

„Das ist okay", sage ich, und meine Antwort zaubert nicht nur ein Lächeln auf die Lippen der Frau, sondern auch eine Flasche mit Rotwein auf den Tresen.

„Wollen wir es begießen?"

„Und meinen Namen wollen Sie gar nicht wissen oder wo ich wohne?"

„Oh, ich bin von der Kündigung noch ganz durcheinander. Natürlich will ich das."

Ich hole meinen Ausweis heraus und lege ihn ihr hin. Sie notiert sich alles.

„Aber ohne Lohnsteuerkarte", sagt sie

„Sowieso."

„Ich heiße Katharina. Mit Nachnamen übrigens wirklich Burg. Nur klein bin ich nicht. Immerhin einsfünfundsiebzig."

Sie schenkt den Rotwein ein. Außer uns ist niemand im Laden. Jetzt ist es schon halb eins, und Katharina, die Burg, wirkt leicht angetrunken.

„Ist es immer so leer?“, will ich wissen.

„Früher nicht. Aber ich war krank, Schätzchen. Und der neue Barmann – er hat mir alle Gäste vergrault. Ich bin immer noch nicht ganz gesund – der Rücken. Deshalb kann ich nicht allein den Laden machen.“

„Oh – das ist ja schlimm“, sage ich und finde, ich klinge gar nicht nach mir. Nein, ich meine nicht, dass meine Anteilnahme geheuchelt ist. Sie ist nicht stark genug. Denn die Frau tut mir leid. Sie wirkt auf mich so nahe, vertraut fast schon. Vielleicht, weil sie mich auf eine unbeschreibbare Weise an Lutz erinnert, an ihn in seiner manchmal leeren Schenke, wenn er aussah, als wäre er ein Museumswärter, zwischen all seinen Sammelstücken.

„Sie sehen, Sie kommen wie gerufen.“ Katharina setzt das Weinglas an und stürzt das Getränk hinunter. „Übrigens sollten wir uns nicht siezen. Wie das klingt. Sag Katharina zu mir und ich sage …“, sie blickt auf ihren Notizzettel, „… Marie zu dir.“

„Kann ich so kommen, wie ich jetzt angezogen bin?“

„Aber natürlich, Schätzchen. Keine Verrenkungen. Wir sind ein ganz normaler Laden mit ganz normalen Gästen.“

Ich trinke meinen Rotwein. Katharina kippt nach.

Wir reden. Das Gespräch rollt wie ein Meer rollt bei mäßigem Wind. Gleichmäßige Wellen, groß und ohne den Auswurf von Gischt. Ganz gleichmäßig, wenn man so will, mit Tiefgang. Wir reden über die DDR, nachdem Katharina mitbekommen hat, woher ich stamme. Sie warnt mich, nicht allem zu glauben, was ich höre. Egal, von wem es komme. Man müsse, so sagt sie, abwägen, den Tonfall beachten. Und lesen solle ich, viel lesen. Sie habe, wirft sie dabei ein, Literaturwissenschaften studiert, Lesen liege ihr also im Blut.

Sie sei, sagt sie in einem Ton, als gestünde sie eine frühe Verfehlung ein, früher selbst einige Male in der DDR gewesen, in Ostberlin, das damals … die Bezeichnung fällt ihr nicht ein … Ich helfe aus: Berlin, Hauptstadt der DDR … Genau, dort sei sie gewesen, als Kind noch. Mit ihren Eltern, die in der SEW gewesen seien. Hier seien viele damals in der SEW gewesen, und dann erzählt sie mir von dieser kleinen Partei in Westberlin, die so schwach nicht war, aber stark auch nicht. *Nie mehr als zwei, zweieinhalb Prozent.* Sie habe ihren Frieden aber nicht gemacht mit der DDR, sagt sie und streckt ihren schlanken Körper. So einfach gehe das nicht. Das könne man nicht als Linke, und eine Linke sei sie ja, wenn auch nirgendwo organisiert. Man müsse sehen, was da falsch war.

„Unbedingt", stimme ich ihr zu. Und sie schenkt nochmals nach, schenkt die Gläser wieder randvoll. Dann beordert sie mich hinter den Tresen.

Katharina zeigt mir die Kühlung, erklärt mir die Kasse und zeigt mir den kleinen Raum, wo die Flaschen zum Nachfüllen stehen. Auch das Bier steht dort.

„Gibt es keinen Kühlraum?"

Sie verneint. Dann eilt sie mit mir weiter, weist mir den Weg zu den Reinigungsutensilien, erklärt mir die Fallen, die in Herren- und Damentoilette auf mich warten – *da verstopft es gern* –, und schon sitzen wir wieder zusammen am Tresen.

Eigentlich würde ich jetzt gern mehr erfahren von Katharinas Jugend mit ihren Eltern, von ihren Besuchen in der DDR, die sie vielleicht besser kennt als ich, die ich doch nur die Abrisshalde kenne, die von jenem Staat übrig geblieben ist. Aber ich will nicht nachfragen, will nicht in sie dringen, nicht, weil ich Angst davor hätte, sie könnte das vielleicht als Angriff auf ihre Privatsphäre, auf ihre Person gar, missinterpretieren, also nicht, weil ich Angst um den gerade gefundenen Job als Rettungsengel hinter dem Tresen einer leeren Kneipe hätte, sondern weil ich nicht übergriffig wirken will. Vielleicht aber will ich auch nur nichts hören, was mein rotweingeschwängertes Bild von einer noch immer linken Frau hinter dem Tresen stören könnte.

„Ich sollte jetzt gehen, es ist schon …“, ich blicke auf mein Handy, „eins.“

„Bleib ruhig noch, wenn du magst. Wir haben bis zwei geöffnet. Immer. Man muss offen haben, auch wenn niemand da ist. Falls noch einer kommt, nicht dass man den vergrault, weil man sich nicht an die eigenen Öffnungszeiten hält.“

„Die Stadt ist wie ein Wal“, sage ich ohne Grund nach dem nächsten Glas Wein. Bis ich es sage, haben wir gemeinsam geschwiegen. Jede hat ihr Schweigen dem anderen Schweigen an die Wange gelegt. So empfinde ich diese fünf oder zehn Minuten, in denen kein Wort gewechselt wird.

Katharina, die auf den Tresen geblickt hat und ganz abwesend aussah, hebt den Kopf.

„Ich habe Angst vor Ahab“, sagt sie.

„Melville“, antworte ich. Dann schweige ich wieder. Ich weiß nicht, was ich sagen soll. Außerdem merke ich den Wein. Ich beginne, betrunken zu werden.

„Ein schönes Stück Weg nach Charlottenburg.“

„Ich nehme den Nachtbus.“

„Du kannst auch bei mir übernachten. Ich wohne gleich hier um die Ecke.“

„Aber ich … ich will nicht lästig fallen vor dem ersten Arbeitstag.“

„Hoffentlich auch nicht nach dem zweiten.“ Katharina lacht. Und ihr Lachen klingt wie – ja, ich weiß, das hört sich kitschig an, aber wenn es doch stimmt – es klingt nach Silber. Völlig unbeschwert. Auf dem Lachen lastet keine leere Kneipe, kein abgehauener Tresenmann, der die Gäste vergrault hat. Es klingt wie Kinderlachen. Hell und fröhlich. Ihre rot gefärbten Locken, halb lang sind die, springen lustig um ihr Gesicht herum, das mir jetzt nicht älter als das meine scheint. Katharina ist eine schöne Frau. Beim Lachen richtet sie sich auf. Ihr Körper streckt sich dabei, als wollte sie, angetrieben durch ihr Lachen, den Boden verlassen, als wollte sie abheben und zum Flug ansetzen.

„Aber nein“, sagt sie, „das ist nicht lästig. Ich habe ein Gästezimmer. Und ein Handtuch für morgen früh werde ich auch noch finden. Aber noch kann ich nicht gehen. Wenn du müde bist, gebe ich dir den Schlüssel. Es ist leicht zu finden.“

„Nein, nein“, wehre ich ab. Das erscheint mir dann doch zu viel. Allein in einer fremden Wohnung, deren Besitzerin ich erst seit kurzen neunzig Minuten kenne, will ich nicht sein. Dann lieber hier sitzen und sich die Bilder ansehen an den Wänden. Stadtbilder, Bilder von Gebäuden, gemalt in bunten Farben mit strengen Linien und vor den Stadtansichten Menschen, ganz klein gegen die Gebäude. Gute Bilder sind das. Und ich sage es Katharina. Sie nickt erfreut. Ja, sagt sie, die seien vom Sohn ihrer besten Freundin. Er studiere Kunst in Berlin. Im Meisterstudium jetzt. Meisterstudium? Sie klärt mich auf, als sei sie Wikipedia: Man studiere zuerst auf das Diplom. Und man müsse danach einen Professor finden, der einen als Meisterschüler annimmt. Das Meisterstudium dauere dann noch ein Jahr. Und eine Kommission würde darüber entscheiden, wer überhaupt zugelassen werden würde. Er, der diese Bilder gemalt hat, hat es sich verdient, befinde ich, stehe auf, merke, dass meine Schritte mir bereits unbeholfen vorkommen, und schreite die Bilder ab, betrachte sie … ja, betrachte sie intensiv. In der Intensität der Betrachtung schwappt der Wein. Zurück am Tresen finde ich mein Glas wieder gefüllt.

„Gar keine Musik?"

„Oh … ich hab's gar nicht gemerkt. Aber du hast recht. Es fehlt Musik."

Katharina fummelt an einem Laptop herum, der auf der Abstellfläche an der Rückwand hinter dem Tresen steht. Ich erkenne sofort, was kommt. Schon mit dem ersten Takt ist es klar: Lily Allen, *Fuck you*. Das nimmt mich noch mehr für die rothaarige Frau ein. Und Katharina tanzt. Tanzt mit leichten, kleinen Bewegungen hinter dem Tresen. Sie hält dabei Abstand zu Kühlung und Spüle, steht zwanzig, dreißig Zentimeter davor. Schwingt die Hüften, hebt langsam die Arme und singt das *Fuck you* mit, singt es aus dem Herzen, und dann schließt sie die Augen. Irreal alles. Ich kann mich nicht dagegen wehren, auch zu tanzen, tanze um den Tresen herum und dann hinter dem Tresen mit ihr gemeinsam, bis wir uns umarmen, eine Art von Walzer auf das Stück tanzen und uns hinterher festhalten. Sie ist ganz warm und weich in meinen Armen, und ich hoffe, ich bin es auch in den ihren. So halten wir uns für einige Sekunden, als Amy MacDonald schon *This is Life* singt. Gerade merke ich, wie Katharina beginnt, wieder zu tanzen, da fragt eine Stimme durch den Raum: „Was geht denn hier ab?", und wir beide prusten zugleich los. Wie siamesische Zwillinge.

In der Tür steht ein Mann. Er trägt einen Trenchcoat. Ich kenne Trenchcoats nur aus dem Fernsehen, aus alten Humphrey-Bogart-Filmen. Einen Moment denke ich: Da steht der Bogart in einer Kneipe in Schöneberg. Und ich flüstere Katharina ins Ohr: „Der Bogart ist da." Und wieder können wir uns, weinselig beide, nicht verkneifen loszulachen. Aber der Bogart ist gar nicht der Bogart. Er heißt, sagt mir Katharina, Baptist.

„Nich Dein Ernst."

„Nee, mein Baptist."

Baptist sitzt an der Bar und trinkt einen schweren Weißwein, der gelb im Glas steht. Meine erste Amtshandlung. Offenbar zur allgemeinen Zufriedenheit erledigt. In Baptistens Mund hängt eine Zigarette. Er sieht wirklich ein wenig aus wie Bogart.

„Und wer bist Du?", fragt er mich. Ich will antworten, aber der Rotwein hat mich langsam gemacht. Katharina kommt mir zuvor.

„Das ist Marie. Ist hier heute Abend hereingeflogen wie ein Engel. Ich habe sie gleich eingestellt. Ab morgen hier hinter dem Tresen."

„Wer wird schon darauf verzichten, wieder hierher zu kommen, wenn sich das herumspricht. Zwei so schöne Frauen hinter dem Tresen statt eines Barkeepers mit ewig schlechter Laune, der jede zweite Bestellung vergisst."

Eigentlich mag ich solche Sprüche nicht. Aber wenn jemand aussieht wie Bogart, darf der das, entscheide ich.

Katharina holt die Flasche mit dem Havana Club aus dem Regal. Sie nimmt drei Gläser, schüttet hinein, was sie für eine angemessene Menge hält. Ein dreifacher Rum auf einen Liter Rotwein. Mein Körper rebelliert im ersten Moment. Ein leichtes Würgen, aber dann ergibt er sich und akzeptiert den Anschlag. Adieu leichter Morgen, denke ich und frage Katharina, ob sie Paracetamol im Hause habe, Aspirin oder irgendetwas anderes von dem, was ich am kommenden Morgen ganz sicher benötigen werde. „Mach dir keine Sorgen, Schätzchen", ist ihr einziger Kommentar.

Baptist Bogart ordert sich noch einen zweiten schweren Weißwein, und ich schenke ihm das Glas voll, stelle es auf den Tresen, spieße das benutzte auf die Bürsten und ziehe es dann nochmal durch das Becken mit dem nachlaufenden klaren Wasser. Dabei sehe ich Bogy zu, wie er trinkt. Er tut es ganz bedächtig, aber mit langen Schlucken. Er scheint den Wein beim Trinken zu liebkosen. Während er das Glas mit der Rechten zum Mund führt, hält er mit der Linken, den Arm auf den Tresen gestützt, seine Zigarette senkrecht, die Glut nach oben, der Rauch steigt auf in kleinen Wirbeln. Dazu der Trench, den Kragen hochgeschlagen, darunter ein dunkelgrauer Anzug, ein hellgraues Hemd, ein leichter Schal, er wird aus Seide sein, zwischen Anzugkragen und dem Mantel.

Er sieht aus, als käme er aus einer Diskussionssendung mit diesem Sloterdijk – und ich hoffe inständig, er wird nicht Ansichten haben wie dieser abgrundtief deutsche Philosoph. Aber dann spricht der Trenchcoatmann. Er bestellt andere Musik. *Musik zum Wein*, wie er sagt. Und bittet darum, dass man Konstantin Wecker einlegen solle.

„Haben wir den Wecker?" frage ich. Doch da hat Katharina schon das Verzeichnis gewechselt, und die MP3-Software verarbeitet jetzt die Dateninformationen von *Genug ist nicht genug* zu hörbarer Musik. Ich kenne das Stück. Ich habe es oft gehört, wenn meine Mutter es gespielt hat. Von einer Platte noch. Wenn sie es auflegte, klang es immer nach Verzweiflung, hatte mit ihr zu tun und mit dem Dorf, mit dem psychosomatischen Beinnachziehen, mit ihrer Ehe, mit dem ganzen Schlamassel und mit gar keiner Zukunft. Damit war für mich das Lied verknotet. Ganz fest. Unlösbar, gordisch. Das denke ich noch in den Sekunden, als die ersten Takte aus den Boxen tropfen. Aber der Bogart ist mein Schwert. Ich brauche es nicht zu heben. Es schlägt von selbst zu.

„Wie schön", ruft das Bogartschwert, „wie wunderschön ist es doch, wenn genug nie genügen kann. Immer weiter, Katharina und … äh … du, wie heißt du noch … Marie … immer mehr müssen wir wollen. Immer den ganzen Kuchen und wenn wir ihn haben, die ganze Bäckerei und dann die ganze Mehlfabrik und die Molkerei und überhaupt alles. Und Sonnenuntergänge in Berlin. Und einen warmen Herbst und guten Wein. Und lange Nächte."

Dann beginnt er falsch, aber voller Inbrunst mitzusingen. Wir lassen den Wecker läuten, legen Wader auf. Wader, den kenn ich, den hatte ich – und niemand kannte ihn von meinen Freunden – schon mit dreizehn; die Arbeiterlieder. Ich würde gern tanzen, würde diese Musik, die doch gar nicht dazu gemacht ist, in meinen rotwein- und rumschweren Kopf hineintanzen, wie Lily Allen vorhin und Amy MacDonald fast. Und so beginne ich, langsam, vorsichtig, unauffällig, mich zu bewegen, bis ich bemerke, dass auch Katharina wieder anfängt, die Hüften zu schwingen, und ich tänzle auf sie zu. Ganz verhalten tanzen wir hinter dem Tresen, tanzen nebeneinander. Der Trenchcoatmann tanzt nicht.

Katharina schenkt ihm, es ist jetzt schon drei, einen weiteren Rum ein. „Aufs Haus. Dann ist aber Schluss."

Dreißig Minuten später verlassen wir den Laden, und ich trotte neben ihr her, einmal um die Ecke, noch ein paar Meter die Straße hinauf. Katharina wohnt in einer geräumigen Altbauwohnung. Drei Räume. Große Drucke an der Wand, volle Bücherregale, allerlei Tinnef davor. Das Gästezimmer ist klein und gemütlich. Es liegt nach hinten hinaus. Durch das geöffnete Oberlicht fallen erste Küchengeräusche aus anderen Wohnungen in das Zimmer. Ich ziehe mich aus. Katharina wirft mir ein Handtuch zu und bleibt in der Tür stehen. Sie sieht mich an. Lächelt. Dann verschwindet sie. Ich lege mich hin und falle in einen tiefen Schlaf.

Ich träume von Kevin. In dem Traum bin ich Rapunzel. Er steigt an meinen Haaren hinauf in meinen Turm. Der Turm ist hoch. Aus ihm kann man ein Meer sehen, das gefüllt ist mit weißen Walen, wie eine Hackbällchentütensuppe mit Tütensuppenhackbällchen. Und an allen Walen hängen Ahabs und winken. Als Kevin oben ist, schneide ich meine

Haare ab und werfe sie in das brausende Wasser des Meeres. „Was hast Du getan!“, schreit Kevin, dann springt er im Zimmer umher wie Rumpelstilzchen und zerreißt sich.

11. Oktober

Als mich Katharina weckt, ist es schon früher Nachmittag. Sie läuft im Bademantel geschäftig in der Küche umher. Aufbackbrötchen und Aufschnitt stehen auf dem Tisch, sie hat Kaffee gekocht. Die Herbstsonne fällt durch die Scheiben und taucht die Küche in ein freundliches goldenes Licht. Ich lobe die Wohnung, sage, ich hätte mich gleich, sofort, hier wohlgefühlt. Das sei wichtig für mich. Ich müsse, sage ich, immer gleich heimisch sein. Dann würde alles stimmen.

Wir sitzen uns am Frühstückstisch gegenüber. Die Sonne lässt Katharinas Gesicht erstrahlen. Irgendetwas stimmt mit mir nicht. Es kann doch nicht sein, dass ich bei jedem Menschen, der mir nahe kommt, sofort daran denke, seine Haut zu spüren, mit ihm zu schlafen, ganz einzudringen in das, was versteckt sein mag, den stoßweisen Atem zu hören, das Stöhnen, das Gesicht zu sehen, wenn der Orgasmus kommt, und mich auch seinen tastenden Händen hinzugeben. Das ist eine Kompensation für irgendetwas, denke ich über mich. Das ist alles nur das Füllen einer Lücke, die an irgendeiner Stelle in meiner Seele entstanden ist und zu irgendeinem Zeitpunkt, den ich nicht kenne. Einer Lücke, die vielleicht aus dem begrenzten Umfang des Dorfes resultiert oder von meinen Eltern geschlagen wurde, sich aus der Enge des ganzen Lebens speist oder aus einem Verlust, den mein Bewusstsein gar nicht wahrgenommen, nicht in das Register der Schmerzen überführt hat. Das ist nicht normal, so denke ich. Oder ist es das doch? Denken das auch andere, denken das vielleicht alle anderen oder ihre Mehrzahl? Aber bei ihnen folgt keine Tat. Das wäre dann der Unterschied, wenn sie es denken würden: dass sie es nicht tun. Kybernetisch: Gefühl → Tat. Maschine, ich. Und ich weiß um die Gefahren dabei, um die schrecklichen Gefahren, die einen zum Kotzen bringen können und dazu, dass sich das Herz ganz zusammenkrampft. Wenn man dem Menschen, mit dem man eben noch Haut auf Haut zusammengelegen hat, auf eine plötzliche, für mich immer unerwartete Liebesbeteuerung sagen muss – ja, muss, da kann es gar kein Ausweichen geben, weil das Ausweichen alles noch viel schlimmer machen würde – : *Ich Dich nicht.* Nur diese drei Wörter. Und dann Pause machen. Innehalten. Und danach beteuern, man würde ihn mögen und wäre ihm gern nahe, aber man liebe ihn eben nicht. Wie der Versuch, die Blutung aus dem Stumpf eines abgerissenen Beines mit einem Papiertaschentuch zu stillen, sind diese Beteuerungen. Aber wenigstens tut man etwas. Wenigstens lässt man den anderen nicht allein mit seinem Schmerz. Wenigstens hat man eine Entschuldigung.

Ich kann die Ansätze von Katharinas Brüsten durch die Öffnung sehen, die von den Seiten des Bademantels gebildet wird. Nein, ich will jetzt nichts tun, was zu dieser verfluchten Nähe führt, was mich hinabführen wird – das weiß ich jetzt schon, das spüre ich mit jeder Faser meines Körpers – zu einem schrecklichen Moment, einem unausweichlichem Augenblick. Aber wie soll ich das verhindern. Sie ist mir so nahe. Ich kann sie über den Tisch … nein, ich kann sie durch den Tisch, trotz des Tisches spüren, als umarmte sie mich. Als umarmte sie mich schon. Warum bin ich nicht, wie andere sind. Warum denke ich jetzt nicht daran, dass ich ihr helfen muss mit dem Abwasch oder daran, ob es sinnvoll wäre, noch einmal nach Hause zu fahren. Ich aber denke jetzt nur daran, wie die Sonne auf unsere Haut scheint. Uns gemeinsam wärmt. Und dabei habe ich noch niemals so die Haut einer Frau gespürt wie die eines Mannes. Noch nie hatte ich Sex mit einem Menschen meines Geschlechts. Da sitzt mir jemand gegenüber, der schön ist und dessen rote Locken an eine wilde Waldbewohnerin erinnern, an Ronja Räubertochter vielleicht – und dieser Mensch hält seine Nacktheit, seinen Körper und seine Verletzlichkeit nur notdürftig bedeckt mit dem weißen Frottee des Bademantels. Jetzt nur nicht aufstehen. Sie nicht. Ich nicht. Jetzt nur nicht hinübergehen. Nicht Hand auf Schulter legen. Nichts tun, was die Pforte öffnen könnte.

Katharina schiebt sich den letzten Bissen in den Mund. Dann steht sie auf und geht duschen. Ich warte, immer noch in Slip und T-Shirt, bis sie wieder aus dem Bad ist. Dann husche ich hinein. Beeile mich, unter die Dusche zu kommen. Ich fühle das warme Wasser auf meiner Haut und bin erlöst. Mit dem Handtuch um mich eile ich in das Gästezimmer, um mich anzuziehen. Das bringt Sicherheit. Und danach noch ein Schluck Kaffee in der Küche. Es ist mittlerweile drei Uhr am Nachmittag geworden. Katharina fragt mich, ob ich noch nach Hause fahren will. Ja, das will ich. Und vielleicht dort noch lesen oder irgendeinen Blödsinn im Nachmittagsfernsehen schauen.

Es dauert vierzig Minuten, bis ich zu Hause bin. Also muss ich kurz nach sieben los, wenn ich um acht im Laden sein will. Ich habe noch etwas Zeit. Ich zappe durch die

Programme. Bevor die Augen mir zufallen, stelle ich den Handywecker. Ich will an meinem ersten Tag in der Burg nicht verschlafen.

Als ich einige Minuten vor acht Uhr ankomme, ist Katharina schon da. Die Getränke sind nachgefüllt, die Stühle unten. Alles ist fertig. Die Gäste können kommen. Im Hintergrund läuft jetzt Bar-Jazz. So wie in manchen amerikanischen Serien. Wir stehen hinterm Tresen und warten. Es dauert lange, bis jemand kommt. So habe ich Zeit, mit ihr die Arbeitszeiten zu besprechen. Wir einigen uns auf Donnerstag, Freitag und Samstag. Das sind drei Tage à vierundvierzig Euro fünfzig. Macht fünfhundertvierunddreißig Euro im Monat, plus Trinkgeld. Mit dem Geld von meinen Eltern und wenn ich etwas aus der Erbschaft, die ich nach dem Tod meiner Großeltern bekommen habe – fünftausend Euro insgesamt – hinzunehme, müsste ich gut klarkommen.

Es dauert bis zehn Uhr, dann kommt der erste Gast. Und nach und nach trudeln mehr ein. Hier scheinen nur freundliche Menschen zu verkehren. Jedenfalls gibt es auch dann keine bösen Worte, als ich – der Laden ist da schon halbwegs gut gefüllt – eine Bestellung vergesse und ein anderes Mal statt eines Weines ein Bier bringe. Auch die von mir befürchteten Anmachen finden nicht statt. Am Ende stimmt die Kasse für Katharina und auch die Trinkgeldkasse für mich. Fünfzehn Euro Tipp. Das ist nicht schlecht. Ein Drittel Tagesverdienst.

Morgen ist Montag. Ich habe also frei. Zur Sicherheit frage ich nochmal nach: Aber natürlich! … und nach einer kleinen Pause: Schätzchen. Ob ich wieder bei ihr übernachten will. Ich erfinde eine Ausrede.

Ich will nach Hause. Aber dann rufe ich, schon in der U-Bahn, Kevin an. „Bist Du noch wach?“

Ganz offensichtlich nicht, denn sein *Ja* klingt ganz verschlafen. Ich stelle mir seine struppigen Haare vor, sehe, wie er, die Augen geschlossen, das Handy ans Ohr hält. „Ich könnte noch vorbeikommen.“ Er murmelt etwas. „War das ein Nein?“

Kevin beeilt sich jetzt, deutlich zu sprechen. Natürlich will er, dass ich komme.

Er sieht mich erwartungsvoll an, als ich die Treppe hinaufsteige. Steht da in Boxershorts, hat Kaffee gekocht, ruft es mir schon auf der Treppe entgegen und ist wieder ganz beflissen. Bringt den Kaffee wieder auf dem kleinen Tablett. Und wieder so, dass ich auf den Knicks warte, der nicht kommt.

Wir liegen beisammen in diesem trostlosen Zimmer, dessen Ausdünstung von Einsamkeit mir wieder auf den Magen drückt, ein unangenehmes Kribbeln erzeugt. Ganz dicht aneinander liegen wir. Auf dem Rücken, den Blick an die Zimmerdecke, die mir keine Bedrückung macht, mit ihrem alten Weiß, mit ihrem schemenhaften Stuck. Dann beginnt jenes wieder, für das ich keinen Namen habe. Der kniende Kevin vor der Matratze, ich breitbeinig auf ihr. Er den Kopf gesenkt, meine Hände greifen nach seinen Haaren, ziehen seinen Kopf zwischen meine Beine. Ich lasse mich, halb aufgerichtet, in den Orgasmus fallen, so gut es geht nach den Stunden hinter dem Tresen. Dann wieder Schweigen. Seit an Seit, Haut an Haut. Kein Wort auf kein Wort. Worüber soll ich mit ihm reden? Ich habe kein Thema, das ich ihm anbieten könnte. Weshalb schweigt auch Kevin? Weil es ihm, wie mir, am Thema fehlt oder er gar, wie fremd ist mir dieses Wort, aus Ehrerbietung kein Wort herausbringt?

Endlich sage ich, was ich gestern schon sagen wollte: dass mir die Sache komisch verkommt, mysteriös, eigenartig und eigenwillig. Dass mir dieser Abstand, der sich breitmacht beim Sex, ganz fremd ist.

Kevin schweigt. Dann krabbelt er wie ein kleiner trauriger Käfer aus dem Bett. Es macht mich aggressiv, dass er so traurig aussieht, dass jede Bewegung diese Trauer in sich hat. Es ist eine böse Tat, sich mit einer solchen Attitüde zu behängen.

Er kniet vor dem Bett und sieht noch viel kleiner und trauriger aus. Es ist zu viel, viel zu viel von dieser melancholischen, depressiven Attitüde. Wer soll das ertragen. Die ganze beschissene Traurigkeit zieht mich mit runter. Und ich sage es ihm, sage ihm, ach was, schreie ihm entgegen, dass er sich nicht so hündisch gebärden solle, dass ich selbst für mich genug an Traurigkeit hätte, ich bräuchte seine nicht. Ich könne das nicht ertragen, ich käme damit nicht klar. Ich sollte mich besser schnurstracks verpissen und mich um meine eigenen Probleme kümmern. Die würden genug Kümmerei verlangen.

Es klingt viel härter, als es soll. Aber alles in mir sträubt sich gegen das kevinsche Grau. Nicht mit mir! Ich liefere mich diesem Seelenvampirismus nicht aus. Ich weiß, dass in solchen Momenten größter Abscheu vor etwas auch mein Blick bös wird.

Und Kevin? Seine Unterlippe beginnt zu zittern. Er sieht aus wie ein kleines Kind. Und dann brechen Tränen aus ihm heraus. Er beginnt zu heulen. Wie ein Schlosshund. Sein ganzer Körper zittert und wird noch kleiner, während er zuckt, sich verkrampft. So erbärmlich sieht er jetzt aus, dieser traurige Kevin, dass ich hinunterrutsche von der Matratze und ihn in den Arm nehme, ganz fest halte ich ihn. Und ich merke, wie seine Tränen meine Brust hinunterfließen, merke, wie wir durch die Tränen aneinandergeklebt werden. Sein Schluchzen, das Zucken, es geht jetzt auch durch mich. Ich streiche ihm über das Haar. Konvulsivisch zuckt dieser Körper in meinen Armen. Soll ich Erbarmen schenken? Schenkt man Erbarmen überhaupt, oder kann man es nur gewähren, großzügig, von oben herab? Soll ich Mitleid haben, soll ich es zeigen? Soll ich gar mitleiden mit diesem verheulten Jungen, dem in der Stadt verlorenen, dem mir in den Armen liegenden? Soll ich ihn meiner Zuneigung, meiner Freundschaft versichern?

Kevin umklammert mich wie ein Ertrinkender. Er hat seine Hände an meinen Rücken gepresst und sein Gesicht an meine Brust. Ich aber lockere seinen Griff. Da rutscht er herunter an mir, macht sich ganz klein, liegt nun mit seinem Kopf auf meinen gekreuzten Beinen. Sein Schluchzen wird leiser, weicht einem Wimmern, aber ich spüre die noch immer rinnenden Tränen, die laufen jetzt meine Unterschenkel hinab. Kevin heult in Embryostellung weiter. Heult und heult. Es scheint gar kein Ende nehmen zu wollen.

„Es gibt doch gar keinen Grund, so traurig zu sein", spreche ich zu ihm. Nein, nicht *sage ich zu ihm*. Ich spreche zu ihm, wie eine Pfarrerin von der Kanzel, wie eine Mutter zum weinenden Kind; da kann man nicht von *sagen* reden. Kevin aber antwortet mir mit immer neuen Tränen, mit diesem leisen, durchdringenden Flennen. Verdammte Heulerei. Wie hilflos ich mich fühle. Dabei habe ich doch nichts getan, was einen solchen Augenblick des Leids rechtfertigen könnte. *Nein* habe ich zu seinen Attitüden gesagt. Das ist mein Recht, und man kann es mir nicht nehmen, nicht mit all diesen Tränen, dieser jämmerlichen Nacktheit, diesem Zittern des Körpers da auf meinen Knien. Das geht doch nicht.

„Kevin!", sage ich so ruhig, wie ich kann. „Kevin. Ich habe doch nur gesagt, dass du mir mit deiner Teenie-Melancholie auf die Nerven gehst. Ich habe nicht gesagt, dass wir uns nicht mehr sehen können."

Da richtet er sich auf. Ganz verrotzt sieht er aus, seine Nase läuft; er wischt sich mit dem Handrücken über das Gesicht. „Ich bin doch so stolz auf dich!"

„Stolz? Aber weshalb denn?"

„Weil ich dich getroffen habe. Weil du hier bist. Weil ich dich … dich …"

Nein, sag es nicht, denke ich. *Sag es nicht!*

„… weil ich dich liebe."

Mein Gott, welch ein Idiot. Mich lieben? Wir haben doch nicht einmal drei vernünftige Sätze über irgendetwas gewechselt. Wir haben nicht einmal über den mysteriösen Sex gesprochen, den wir miteinander haben. Über nichts haben wir geredet. Und jetzt liebt der Idiot mich. Warum nur, warum? Was nur ist der Grund, der Menschen so schnell lieben lässt. Ohne jede Grundlage, ohne jedes Wissen um das Objekt der Liebe.

„Aber, wir haben doch nicht einmal eine Minute über uns geredet. Wir haben über gar nichts gesprochen. Nicht einmal über diesen mysteriösen Sex. Nur über Vornamen und Musik. Du kannst mich doch jetzt nicht einfach lieben. Ich habe Angst davor!"

„Aber, ich liebe dich nun einmal. Was soll ich denn machen? Ich habe es mir nicht ausgesucht. Es ist einfach so gekommen."

„Dann entliebe dich wieder. Bitte, entliebe dich. Ich mag dich. Ich mag sogar diese eigenartigen Dinge, die zwischen uns passieren. Ich will dich nicht verlieren, und ich will nicht fliehen müssen."

„Man kann sich nicht entlieben. Entweder man liebt, oder man liebt nicht. Wenn man liebt, dann kann man nichts tun. Man ist der Liebe ausgeliefert."

„Aber ich … ich liebe dich nicht. Ich mag dich, aber mit Liebe hat das nichts zu tun. Und ich will nicht weglaufen müssen vor dir und deiner Liebe."

„Weglaufen?"

„Ja, weglaufen. Weil ich nichts hören will von Treue und nicht angewanzt werden will. Ich will nicht traute Zweisamkeit. Ich will meine Freiheit."

„Aber ich will dich gar nicht an mich binden. Ich will doch auch meine Freiheit. Ich will nur mehr von dir in meinem Leben. Ich will dich nicht besitzen, ich will nicht, dass du treu bist, und ich will nicht mehr Zeit."

„Aber mehr von mir in deinem Leben …

„Qualitativ, nicht quantitativ. Ich will manche Dinge teilen mit dir. Und über mich reden und über dich natürlich auch."

Kevin redet sich in Rage. Er verteidigt seinen Standpunkt. So kenne ich ihn gar nicht, weil ich ihn gar nicht kenne. Ich weiß nicht mal, was er arbeitet oder studiert. Keine Ahnung. Und jetzt liebt er mich voll, kotzt seine ganze Liebe zwischen meine Schenkel, auf meine Brüste, in mein Hirn. Ich habe einen starken Fluchtinstinkt.

Diese Liebesbeteuerung wirkt auf mich wie eine Gruppe Löwen auf eine Gazelle. Ich will weg, will weglaufen. Aber ich kann dieses Bündel Elend, doch nicht allein zurücklassen. Welch ein unsäglicher, nein, welch ein unseliger Bruch. Eben noch haben wir zusammen an die Decke gestarrt, befriedigt wir beide. Alles war in Ordnung. Nur Sex, nur ein bisschen Nähe, und dann ein solcher Zusammenbruch, nur wegen meiner Worte. Und der Grund für all die Tränen, für Rotz und Wasser: Liebe. In mir steigt eine schwere, dunkle Aggressivität auf. Ich möchte aufspringen und irgendetwas kaputt schlagen. Meinetwegen auch Kevin. Ihm in die Eier treten für seine Scheißliebe, für diese unerlaubte Annäherung, für diese Rempelei, für diese Blutgrätsche in meine Gefühle.

Ich springe auf. Kevin hat das nicht erwartet. Sein Kopf schlägt hörbar auf den Dielenboden seines Zimmers. Mein Gott nochmal, was soll ich jetzt nur tun? Ich will an das Fenster treten. Die Cocktailsessel und der Nierentisch stehen mir im Weg. Ich schiebe den Tisch zur Seite, und dann blicke ich stumm auf die Straße hinab. Menschenleerer Morgen, grau fällt der Tag über die Nacht her. In mir steigen nun Widerwillen und Verzweiflung auf. Worauf habe ich mich eingelassen? Wäre es nicht das Beste, jetzt sofort das Weite zu suchen, abzuhauen, nach Hause zu fahren und dort in der Badewanne zu liegen, *Fuck you* als Endlosschleife zu hören? Vermutlich wäre es das. Aber ist das auch das Richtige? Ist die Befreiung aus einem Moment auch eine Befreiung, die hält? Da ist die Stadt, der Wal, dieser große weiße Wal und irgendwo, das spüre ich, wartet ein Ahab auf mich. Es ist dieser Gedanke, der all die bösen Gefühle in mir lindert. Kevin kann kein

Ahab sein. Er weiß nichts von Walen, weiß nicht einmal, dass unter uns einer schwimmt: alt, groß und wütend. Das wäre die Erlösung in einem ganz anderen Leiden, einem Leiden, wo ich die bin, die liebt und der die Liebe, dieses Tier, das Leid in den Hals beißt.

Ich öffne das Fenster. Geräusche fallen in das Zimmer, echte, richtige, lebende Stadtgeräusche. Die Straßenbahn kann ich hören, Menschen schlagen Autotüren zu, starten ihre Fahrzeuge, jemand hört Aurelie. Es reicht schon dieser kurze Moment, dieser Augenblick, in dem der Wall, der Kevins Wohnung umgibt, durchbrochen ist, um die Trostlosigkeit seiner Behausung leichter zu machen für mich. Ich schließe das Fenster wieder. Rücke den Tisch an seinen alten Platz. Kevin sitzt ratlos auf dem Fußboden. Er weint nicht mehr. Ich knie mich hinter ihn. Umfasse seinen Oberkörper mit den Armen. Wiege ihn, so wie man ein Kind wiegt, und ich ertappe mich dabei, wie ich beginne, ein Wiegenlied zu summen. Bloß jetzt nicht aus der Rolle fallen. Aber was ist meine Rolle? Und wer ist der Regisseur? Habe ich das Textheft in der Hand, oder gibt hier schon er, nein, sie: Gibt schon diese Heulsuse die Anweisungen und soufflîert mir, was ich sagen soll und vielleicht auch sagen werde? Ich bemerke auch die inländischen Veränderungen in mir. Im Land meiner Autonomie gibt es Hooligan-Krawalle. Fettleibige Amors haben den Bogen gegen den Baseballschläger eingetauscht und schlagen alles kurz und klein. Schon will ich, meine innere Stadt schon halb in Trümmern, sagen: *Vielleicht liebe ich dich – irgendwann, bald vielleicht sogar*. Da, in letzter Sekunde, den Satz schon auf den Lippen, besinne ich mich – und schweige. Ich muss die Lippen aufeinanderpressen, die Zähne zusammenbeißen, um schweigen zu können. Ich muss aufbauen, was diese Amors verwüstet haben. Das sind die gaukelnden Mitleidsschatten, die in mir jetzt ihr Unwesen treiben. Nicht jetzt umfallen, nicht die Schutzwälle verlassen. Ich will mich jetzt nicht aus Mitgefühl an diesen Elenden da in meinen Armen binden, nur aus dem Grund, Schmerz zu lindern. Ich will nicht seine Angst tauschen gegen Angst in mir.

„Komm schon", sage ich zu Kevin, „wir haben Sex miteinander. Mehr nicht. Aber immerhin."

Kevin schweigt, und so spreche ich weiter: „Wir sollten vielleicht reden über das, was wir zusammen tun. Warum wir es tun und was wir dabei empfinden. Aber jetzt wäre der falsche Zeitpunkt."

Kevin wirkt ruhiger nun. Er befreit sich aus meinen Ammenarmen, steht auf, blickt von mir weg, blickt in das Zimmer. Schweigt noch. Doch dann, begleitet von ratlosen Armbewegungen, sagt er, immer noch von mir fortgewandt: „Es tut mir leid. Ich weiß gar nicht, was geschehen ist." Dann geht er hinaus. Ich höre die Tür zum Badezimmer. Ich höre das Rauschen der Dusche. Lange bleibt er fort.

Ich stehe auf. Suche meine Sachen zusammen. Draußen ist es hell fast inzwischen. Ich ziehe mich an. Setze mich in einen der beiden Cocktailsessel. Es ist noch kalter Kaffee in meiner Tasse. Ich nehme einen Schluck, ich dreh mir eine Zigarette. Als Kevin zurückkommt, sage ich: „Ich muss jetzt wirklich gehen. Ich muss schlafen, allein, zu Hause bei mir."

Kevin zeigt Verständnis, aber ich sehe ihm an, dass es ihm nicht recht ist. Er möchte, dass ich bleibe, über diese

Tagnacht bleibe, bei ihm. Aber ich will nicht. Nur nicht nachgeben. Nur nicht mitleidig sein.

Ich stehe auf. Kevin bringt mich zu Tür, wir küssen uns auf der Schwelle. Küssen uns kurz, fast so nur, wie man sich zu Verabschiedungen unter guten Freunden küsst und umarmt. Dann laufe ich die Treppe hinunter. Und mit jeder Stufe fühle ich mich befreiter, empfinde ich ein ansteigendes Glücksgefühl.

12. Oktober

Es ist jetzt schon fast sechs Uhr in der Früh. Kühl die Luft, hellgrau das Licht über der Stadt. Ich habe keine Lust, mit den öffentlichen Verkehrsmitteln von Pankow nach Charlottenburg zu fahren. Also genehmige ich mir wieder ein Taxi. Das kommt auf die Trinkgeldkasse des Abends heraus. Ungefähr.

Zu Hause: Badewanne einlaufen lassen, Laptop hochfahren, Nutini-Ordner auswählen, alle Musikstücke laden. Und dann – während die raue Stimme durch die Räume huscht, immer wieder im Badewannenwellenschlag untergeht, wieder hervorkommt unter den Wellen – die Augen schließen und an etwas denken, was nichts zu tun hat mit Kevin.

Danach, gewärmt vom gütigen Wasser, halb im Schlaf schon, ins Bett und den Wecker stellen auf sechzehn Uhr. Einschlafen mit dem Wunsch auf keine Träume, die sich hinüberretten ins Wache. Als ich erwache, bin ich tatsächlich nicht behängt mit Traumerinnerungen. Ich fühle mich ausgeschlafen, und heute habe ich frei. Keine Kneipe, kein Tresen, kein Kevin. Der ganze Rest des Tages und meinetwegen auch die ganze Nacht für mich.

Im Fernsehen nichts, keine Lust, durch das Internet zu strolchen. Nur ein Blick in Facebook. Aber auch da nichts, was mich binden könnte an die virtuelle Welt. Dann hänge ich noch eine Stunde auf YouTube herum. Danach ist Schluss. Ich will etwas tun, was mich ablenkt vom Üblichen. Da kann mir das Netz nicht helfen, denn das Netz ist üblich, wie meine Wohnung oder das Lesen.

Ich laufe durch die Straßen, laufe zum Schloss hinauf, gehe spazieren in seinem Garten. Trinke einen Espresso auf dem Klausenerplatz. Sehe mir die Fassaden der Häuser an, entdecke Skulpturen und Absonderlichkeiten. Laufe die Schloßstraße hinauf. Da liegt, in einem dieser Häuser mit den großen Vorgärten das Lokal *Kastanie*, dessen warmes Licht mich dazu verleitet, den seinen zu durchqueren. Noch bevor ich die Tür der Kneipe erreiche, sehe ich eine Gedenktafel:

Hier wurde am 1. Februar 1931
der Antifaschist
Otto Grüneberg
geboren am 7. Februar 1908
vom SA-Sturm 33 ermordet.

Darunter hängt ein Kranz.

„Ein Bier hätte ich gern“, sage ich, als ich dann eingetreten bin und am Tresen sitze. Auf die Nachfrage nach der Größe bescheide ich mich mit einem kleinen. Ich bitte um Zettel und Stift und gehe nach draußen, mir Namen und Jahreszahlen zu notieren. Als ich wieder in die *Kastanie* komme, eine Minute später, sitzt da einer neben meinem verwaisten Barhocker. Ein älterer Herr im Kulturfreundlook: schwarze Jeans, graue Jacke, graues Hemd, verwuschelte graue Haare, grauer Schal.

„Sie interessieren sich für Otto Grüneberg?“

„Keine Ahnung. Ich weiß ja nichts über ihn.“

„Der SA-Sturm hat ihn an der Ecke erwischt und auf ihn geschossen.“

Er erzählt mir die Geschichte. Erzählt mir davon, wie sich Grüneberg, 23 Jahre alt, zur *Kastanie* geschleppt hat, davon, wie die damaligen Besitzer die Polizei riefen. Aber der Polizist, der kam, tat nichts, um den stark blutenden Otto zu retten. So alt wie Kevin war der Otto damals. Und vielleicht auch genauso voller Ängste, alle verborgen womöglich unter dem Mantel seiner politischen Arbeit. Ich kenne das. Alle Ängste zuschütten, begraben unter *Keine Zeit* und unter *Das ist wichtig* und unter *Das ist ein Nebenwiderspruch*.

„Wer weiß das schon", sagt der ältere Kulturfreund. Wir sprechen über die Situation heute, über die Neonazis, die sich breitgemacht haben in Berliner Kiezen, die in Dortmund immer wieder Büros der Linken überfallen, die sich in den neuen Bundesländern wie Schimmelpilze ausgebreitet haben, über die politischen Morde an Ausländern und Antifaschisten, die die Polizei so gern unter *Auseinandersetzungen zwischen rivalisierenden Jugendgruppen* abtut. Wir reden über die Autonomen Nationalisten, die sich mit den Attributen der Linken behängen und nur versteckt, kleinformatig, ihre Erkennungszeichen tragen. Über die, die Doc Martens eingetauscht haben gegen italienische Designerschuhe und Springerjacken gegen Anzüge, sich die Haare wachsen ließen und jetzt aussehen wie durchschnittliche Angestellte. Aber im Herzen immer noch die Herrenrasse, White Supremacy, Judenhass und Massenmord.

Ich erzähle ihm, woher ich komme und dass ich in einer Kneipe arbeite. Ich erzähle ihm von meiner politischen Arbeit auf dem Dorf und in der Kreisstadt. Erzähle ihm von den Nazi-Überfällen auf unsere Infostände. Und die

Polizei hat nicht die Nazis festgenommen, sondern uns. Von den anzüglichen Fragen erzähle ich ihm, die sie mir während der erkennungsdienstlichen Behandlung gestellt haben. Und von der Frage, ob ich nicht Verständnis hätte, wenn *nationalgesinnte deutsche Jugendliche … nach den Jahren unter der SED-Diktatur* … Auch davon berichte ich: dass sie uns, die Opfer des Überfalls, gefragt haben, ob wir wüssten, mit was wir die anderen Jugendlichen denn so provoziert hätten, dass die sich zur Wehr (jetzt schaut der Mann mich ungläubig an: *Ja, zur Wehr!* wiederhole ich) hätten setzen müssen. Das Gespräch hält mich eine Stunde am Tresen der *Kastanie* fest.

„I see a Darkness“, sage ich.

„Cash“, antwortet der Mann, und ich entgegne: „Bonnie Prince Billy. Draußen wird es dunkel.“

Ich war zwölf, als das Album von Cash herauskam. Da kaufte sich mein Vater die American Recordings, und ich hörte das Lied zum ersten Mal. Ich habe nichts verstanden, aber es ist mir trotzdem nahegegangen. Ich habe mich hingesetzt und den Text mit einem Wörterbuch übersetzt – da ging es mir noch näher, ganz in mich hinein ging es.

Der ältere Kulturfreund hört nicht mehr zu. Er spielt mit seinem grauen Schal und blickt auf die Straße.

„Ich muss gehen“, sage ich.

„Man sieht sich“, antwortet der Mann.

Wieder zu Hause, meine kleine Wohnung umfängt mich, so wie ich Kevin umfangen hatte. Meine Wohnung als Amme, das ist mehr noch als ein Fluchtpunkt. Die Couch, auf die ich ausgestreckt gerade so passe. Ein Glas Wein auf dem Tisch, ein paar Scheiben Brot gemacht:

all die einigermaßen guten Käsesorten, die Aldi so hergibt. Und dann lesen. Foucault diesmal. Ich darf nicht vergessen, dass man leicht vergisst. Das gilt doch auch für mich. Und ich will nicht im kommenden Jahr mein Studium beginnen mit dem Schatten dessen im Kopf, was ich schon gewusst habe, bevor ich – *das merke ich! das ist so! das halte ich nicht auf! das soll in Fahrt kommen noch mehr!* – mich treiben ließ im Kielwasser des Wals.

Der Wille zum Wissen. Alles habe ich schon einmal gelesen, auf jeder Seite stehen meine Anmerkungen. Bleistiftschrift. Kugelschreiberschrift. Ach, wo habe ich nur den Füllfederhalter gelassen, den mir meine Mutter geschenkt hatte zum achtzehnten Geburtstag: grüne Tinte. Anmerkungen sind das, über die ich jetzt, vier Jahre nachdem ich das Buch zum ersten Mal las, manchmal lachen muss. Wie dumm sie klingen. Dabei sind sie gar nicht dumm. Nur war mein Wissen begrenzter. Seit ich dieses Buch zum ersten Mal las, habe ich auch die anderen beiden Bände gelesen, habe Lenin aufgesogen und mich mit Kautsky beschäftigt, habe mich an Althusser versucht und an Wolfgang Harich. Die Antworten, die ich damals – ganz offensichtlich ist es die Suche nach Antworten, die meinen Anmerkungen vorausging – finden wollte – jetzt habe ich sie oft. Anderes fällt mir auf: was ich verstand auf Anhieb, jene Stellen, an denen sich keine Einträge finden lassen, sind mir nun die offenen Fragen. Vertragen sich nicht mit dem, was ich gelernt habe. Widerwillen macht mir der Foucault nun mehr als einmal. Dieses ganze Abrutschen in Kausalitätsketten, bei denen die letztliche Kausalität fehlt: die Kausalität der Macht, der wirklichen Macht und nicht die der kleinen Mächte. Die Kausalität der Besitzverhältnisse, das

Fundament also, auf dem das Gedankengebäude sich aufrichtet, als hätte es gar keinen Baumeister, Schimäre von Beobachtung, Nebel über der Parzelle. Alles wird letztlich unergründlich gemacht. Das ärgert mich nun, und ich erinnere mich, dass ich vor vier Jahren genau dieses geliebt habe, ganz verschossen war ich in den Gedanken, dass die Welt so vielschichtig sei – man könne sie gar nicht mehr ergründen, nur Diskurs um Diskurs über sie führen. Dabei herrscht nur Nebel. Damals allerdings habe ich dem Foucault noch unterstellt, auch er sei ein Apologet des *Endes der Geschichte*. Aber natürlich ist er das nicht.

Ich lese, bis mir die Augen zufallen. Im Wegdämmern der Wille, wach zu bleiben. Ich setze mich auf. Das Buch liegt jetzt auf dem Tisch. Daneben, kauzig von mir, so etwas zu haben, liegt ein Band griechischer Heldensagen. Ich blättere darin, bleibe hängen bei einer, lese ein wenig, und dann überfraut mich der Halbschlaf, ich döse, und vor mir, in einer Art abendlichem Nachmittagstraum, kämpft Agamemnon vor Troja. Schnelle Traumbilder. Da stirbt er schon. Und alle seine Freunde kommen zum Begräbnis, haben Webbooks dabei und i-Phones und twittern Meldungen über die Trauerfeierlichkeiten in alle Welt. Paris Hilton singt *Kein Sex mit Nazis,* und der Sänger der Bandbreite tanzt dazu Sirtaki. Aus meiner Traumreise werde ich durch mein Handy gerissen.

„Ich hoffe, du bist noch wach."

„Wer ist denn da?", frage ich schläfrig nach.

„Na – du bist gut. Hier ist Lutz."

„Lutz! Das ist ja schön. Wie geht es dir?"

„Prima, alles ist so wie immer. Keine Vorkommnisse. Ich rufe an zur Klärung eines Sachverhaltes."

„Hä?“
„Ich will nächste, also kommende Woche von Mittwoch bis Sonntag nach Berlin kommen. Bist du da? Kann ich bei dir schlafen.“
„Aber ja. Natürlich. Gern sogar!“
Ich bin nach dem Telefonat ganz aus dem Häuschen, so sehr freue ich mich auf den Besuch. Ich weiß gar nicht, wohin mit mir. Es hilft mir auch nicht, dass ich mehrmals im Zickzack durch mein Zimmer laufe. Also nochmal runter auf die Straße. Noch einmal rauf zum Schloss und hinüber zum Klausenerplatz. Dann zurück in die Wohnung. Und jetzt den Fernseher anschalten und irgendeine Sendung gucken, irgendwas zum Ablenken, bis zum Einschlafen. Ich ziehe mich aus, gehe ins Bett und lass den Fernseher meinen Schlaf überwachen.

13. Oktober

Bis Donnerstag gehört die Ausgestaltung meiner Tage ganz mir. Fahre am Dienstag, der ein sonniger Herbsttag ist, das Licht schon ein halbes Winterlicht, zur Topographie des Terrors. Auf dem Niveau der Straße steht in dem Terrain, das die Wilhelm- mit der Stresemannstraße verbindet, ein Bretterzaun. Am Zaun Bildtafeln; vor dem Weg, der an ihnen vorbeiführt, ein Graben. Die alten Wände des Gestapohauptquartiers darin noch zu sehen. Bildtafeln auch hier. Verbrecher in Uniformen. Verbrecher in Anzügen. Opfer, denen man Angst und Folter ansieht. Und dann das Wissen: Viele dieser Verbrecher haben gerichtet, gelehrt, verwaltet, die öffentliche Meinung geprägt, ganze Generationen von Juristen, Lehrern, Forschern, Polizisten, Beamten, Angestellten, Journalisten ausgebildet in dem, was – auch das hat man versucht, mich zu lehren – eine freie Demokratie geheißen wird und eine freiheitlich-demokratische Grundordnung.

Wir hatten das, als ich sechzehn war. Der Zufall wollte es, der Unterricht kollidierte mit meinen Demokratieerfahrungen. Die Wirklichkeit war anders als die Theorie. Das haben Wirklichkeiten so an sich. Es ist sozusagen ein Gen der Wirklichkeit, sich von der Theorie zu unterscheiden. Das erklärt sich mathematisch: Die Theorie hat keine anderen Zustände als die angenommenen, sie unterliegt keinen plötzlichen Einwirkungen durch Individuen, Naturgewalten, Kriege. Sie ist rein. Eine Theorie ist immer wie Maria, nicht wie ich natürlich, sondern wie *die* Maria.

Von der hat einer aus meiner Jugendorganisation gesagt: Das ist die Ikone der Sexualitätsfeindlichkeit – sogar Kinder kriegen ohne Geschlechtsakt ist möglich. So sei auch die Theorie. Und als wir uns damals mit Eduard Bernstein beschäftigten, da hat er es wiederholt und hinzugefügt: Selbst ungewollte Kinder kann man bekommen, als Theorie, und denen merke man dann an, dass sie sich keiner Befruchtung verdankten, sondern die mystischen Geburten eines fernen Denkens seien, unbefleckt von Erkenntnis, rein sozusagen im Sinne einer reinen Leere.

Das Konkrete ist konkret, weil es die Zusammenfassung vieler Bestimmungen ist. Marx hat recht. Hier auf diesem Pilgerweg des Leides, des Faschismus, der Unmenschlichkeit und der ewigen Frage der Eigentumsverhältnisse, auf diesem Pilgerweg findet man sie: die Zusammenfassung vieler Bestimmungen. Das ist die Reproduktion des konkreten Leides aus der abstrakten Machtfrage.

Vor mir Schülerinnen, aus Italien nehme ich an. Und vor ihnen her, als Entenmutter, ihre Lehrerin. Die ist interessiert an der ganzen Sache. Ihre Klasse ist es nicht. Augenscheinlich. Aber der Augenschein kann trügen. Ich bin, schätze ich, fünf Jahre älter als die. Und ich kann mich daran erinnern, dass mir schulische Pflichtveranstaltungen krass gegen den Strich gingen. Auch ich verhielt mich dort uninteressiert, sogar an Orten, an denen ich aus eigenem politischem Antrieb vorher schon gewesen war. Der Grund ist eine Doppelung: Die Pflicht, das Fremdbestimmte, fällt zusammen damit, dass man sowieso nichts glaubt, was die Vertreter eines Systems erzählen, mit dem man überwiegend schlechte Erfahrungen gemacht hat. Eines Systems, das einen einzwängt in Leistungsanforderungen, deren Leistungen man so nicht leisten will, in Bewertungssysteme, deren Werte man nicht wertschätzen will, in Repressionssysteme, die einen verbiegen sollen und verwertbar machen. Da geht dann der Besuch einer Gedenkstätte seines Sinns verlustig in dem Augenblick, in dem er nur noch das ist: Pflichtveranstaltung, Mittel zum Zweck, Hauch aus der Atmung des Apparates, dieser Lungenmaschine der Verhältnisse.

Ich verstehe das Kichern, ich verstehe die Gespräche, die sich augenscheinlich nicht um die Topographie drehen, sondern – hätte ich besser aufgepasst in Latein, vielleicht verstünde ich jetzt mehr – sich drehen um Berlin und die Walfischnächte.

Ich hätte, schießt es mir da durch den Kopf, gestern zum Treffen der Antifa-Gruppe gehen sollen, endlich. Aber ich habe es wieder versäumt. Einfach nicht daran gedacht. Ich nehme mir fest vor, wenigstens jemanden aus der Gruppe anzurufen. Und ich weiß: Ich werde es vergessen. Es ist so vieles neu hier. Es ist so groß hier. Es gibt so viel zu entdecken.

Ich bleibe lange in der Topographie. Mir machen diese Gedenkstätten Angst. Und ich brauche diese Angst. Ich brauche den daraus hervorwachsenden, *aus diesem mit Blut gedüngten Mutterboden hervorwachsenden*, Hass auf die Faschisten. Dieser Hass ist mir lieb. Die Angst, die ich ganz körperlich empfinde, dass auch ich einmal (und dieses *einmal* ist auch die Vorstellung, ich wache auf, die Topographie und diesen Herbsttag habe ich nur geträumt und bin in einer Zelle, mein Körper zerschlagen, durstig, alles ist Schmerz in mir, alles ist Todesangst) verhaftet, eingesperrt, gefoltert, ermordet werde. Dass sich die Verhältnisse ändern, falls ich nicht träume, dass sich die Verhältnisse schon geändert haben, falls ich es doch tu. Ich bleibe lange vor den Bildtafeln stehen. Manchen Text auch lese ich. Aber eigentlich sind es die Gesichter der Täter, die ich sehen will. Diese *doitschen* Fressen, dieses ganz Durchschnittliche, dieses keinesfalls Psychopathische in ihren Blicken. Ich brauche eine gute Stunde, um die Strecke abzulaufen, gehe den ebenerdigen Weg und den anderen im Gang unter dem Niveau der Straße. Und dann noch einmal den ersten, so dass ich am Ende des Horrorweges am Ausgang zur Stresemannstraße bin. Dort bleibe ich stehen. Ganz steif. Nicht lange, nein, das nicht. Aber für einen Moment, bis das Bild dieses zusammenfotografierten Grauens ein Teil von Wissen wird und sich aus dem Gefühl soweit gelöst hat, dass ich von ihm nicht mehr gefangen bin.

Im Martin-Gropius-Bau hängen Bilder von Harald Schmitt. Bilder, die den Untergang des Sozialismus zeigen. Soll ich hineingehen? Das wäre zu viel – nach diesem Rundgang durch den Terror wäre das zu viel für mich. Ich brauche jetzt etwas, was mich nicht innerlich erreicht, etwas, was mich zerstreut. Ich latsche zum Potsdamer Platz, langsam, irgendwie kommt es mir vor, als schlurfte ich den Weg dorthin. An einer Hauswand steht die überdimensionale Figur eines Elektrikers auf einer Leiter. Oder ist es gar kein Elektriker? Jedenfalls ist es gut gemacht. Die übermäßige Größe der Figur fällt erst beim zweiten Hinsehen auf. Ich muss lachen. Wie lange ist es her, dass ich gelacht habe? Warum lache ich so wenig, weshalb bin ich so … Ja, was denn? … ist das Melancholie, oder bin ich einfach schlecht drauf, immer schlecht drauf? Oder fehlt mir etwas? *Wer liebt mich?*, scheißt mir das Gehirn ins Denken. Da ist es mit dem Lachen vorbei. Trotz eines weiteren Blicks auf den überdimensionierten Kerl auf der überdimensionierten Leiter.

Der Blick auf das Ritz am Potsdamer Platz. Hinter der Fassade vielleicht ein Paar aus England, beide um die vierzig Jahre alt. Hat er schütteres Haar? Trägt sie ein Kostüm wie aus einem englischen Krimi? Streiten sie sich? Sagt sie: *Ich will ins Museum,* und er: *Ich kann keine Museen mehr sehn*? Merkt er den Reim? Natürlich nicht. Er sagt es in Englisch. Da ist kein Reim in dem Satz. Den gibt es nur in Deutsch. Werden sie gemeinsam einschlafen? Wird ein Teil des Paares an der Hotelbar sitzen, während der andere sich in den Schlaf quält? Schlafen sie noch miteinander? Hat er eine Geliebte, hat sie einen Geliebten? Haben sie Kinder? Sagt ein Teil von ihnen: *Ob Mike die Uni schafft?* Sind sie Vegetarier, oder haben sie einen Bauernhof mit Viehzucht? Eine Farm, groß und im Heart of England, mit weichen Hügeln und einsamen Bäumen? Wohnt neben ihnen im Hotel ein Geschäftsmann aus China? Werden Sie zum High-Tea gehen, den das Ritz anbietet wie die großen Hotels in *Goodoldengland*?

Ich starre auf das Hotel und stelle mir gleichzeitige Geschichten vor. Keine von der anderen zu scheiden. Alle sind verwoben. Kokolores.

H&M! Bestimmt gibt es in dem Einkaufszentrum einen H&M-Laden und ich kann mir etwas kaufen. Stoff statt Liebe. Mode statt Herzschmerzen. Also rein in das Einkaufszentrum, und dann laufe ich erst einmal in den drei Stockwerken herum. Trinke einen Espresso, esse Eis, lande in einem Geschäft für Krimskrams. Und natürlich kann ich nicht widerstehen und komme heraus mit einem kleinen Kästchen, wie von Miniaturpiraten, und einer Jumbotasse in Form eines Katzenkopfes. Die Tasse hat sogar Ohren. Mit der Tüte in der Hand – und das stört mich! das sage ich euch – laufe ich weiter herum. Treibe zwischen den Regalen eines Schuhdiscounters hindurch und … Ihr ahnt es schon …, als ich vor der Tür stehe, habe ich schon zwei Tüten in der Hand. Piratenkästchen, Katzentasse und Sneakers. Dabei wollte ich doch zu H&M. Jetzt dahin also! Schnurstracks.

Ich wühle mich durch die Klamotten. Dies passt nicht, das steht mir nicht. Da sind die Farben zu hell, und da ist das Schwarz nur ein Grau. Kann ich diese Hose tragen? Nein, lieber eine Jeans. Für Jeans geht man zum New Yorker, oder? Dazu habe ich jetzt keine Lust. Ich kauf mir hier eine! Aber auf keinen Fall Skinny Legs. Regular? Nee, lieber Boyfriend Fit. Gewaschen, vorbehandelt. Farbe: blau. Ein Top brauche ich noch. Schwarz am besten. Ein Tanktop in Schwarz. Das passt sogar. Und dann nichts wie raus mit meinen drei Tüten. Dann gleich runter in die S-Bahn und ab nach Hause.

Und wieder: Was kocht man, wenn man allein ist? Kocht man dann überhaupt? Kochen die anderen, die allein in ihren Einraumwohnungen sitzen, für sich Gerichte, die man sonst nur für zwei kocht? Oder kochen die wie ich? Holen die sich eine Tiefkühlpizza, ein Fertiggericht für die Mikrowelle, eine Dose aus den Vorräten? Nur alles schnell? Aber darauf kommt es mir gar nicht an. Nur alles ohne Hingabe – das ist das Wichtige. Emotionsloses Kochen. Alles mit Emotion und Ambition schafft Illusion, Vision, Fiktion. Auf Liebe. Ich bin so ausgehungert nach

Liebe. Aber jene, die man mir anbietet, die esse ich nicht. Nein, ich esse solche Liebe nicht! Ćevapčići habe ich noch im Kühlschrank. Folie einstechen, und dann 4 Minuten bei 800 Watt in die Mikrowelle. Nur keine Umstände.

Es ist jetzt fast einundzwanzig Uhr. Und morgen ist wieder frei. Ich werde nochmal unter die Dusche gehen, und dann rein in die neuen Jeans, das neue Top überziehen und ab. Ich muss nochmal raus. Es gibt hier so unendlich viel zu erleben. Wenn ich zu Hause bleiben würde, ich fühlte mich wie tot. Zu Kevin will ich nicht, und mit Kevin will ich nicht hinaus, heute nicht. Der kann warten. Ich muss Abstand haben zu der Szene, die er mir gemacht hat. Viel Abstand muss ich haben zu diesem vermaledeiten Abend, zur kevinschen Sintflut.

Das warme Wasser rinnt an mir herunter. Ich liebe es, den Geruch der Lavendelseife zu riechen und den Schaum des Shampoos zwischen den Fingern zu spüren. Ich liebe es, in den beschlagenen Spiegel Gucklöcher zu putzen. Und ich liebe, wie ich die Luft spüre hinterher: Kühl ist sie, manchmal fällt ein kalter Hauch mich an, der mir Gänsehaut macht.

Bevor ich mich anziehe, betrachte ich mich im Spiegel. Wassertropfen rinnen an ihm herab, der Nebel ist vergangen. Ich sehe Brust und Scham, sehe mein Gesicht und die nassen Haare. Ich streiche mit gespreizten Fingern durch sie hindurch, immer wieder. Bis sie anfangen zu trocknen. Dann erst setze ich den Kamm an. Diese fünf Minuten müssen sein. Nass ist das Haar immer noch, aber die Nässe ist geringer geworden. Ich kann das fühlen, während ich durch die Haare fahre, ganz haptisch, ganz körperlich verändert ein Teil von mir seine … ja was verändert er? … seine Konsistenz? Aber dieses Gefühl ist nur durch die Berührung zu erfassen. Nichts anderes gibt es an mich weiter als meinen Kontakt zu mir selbst. Es ist nicht, als ob ein Schmerz nachlassen würde; es ist nicht, als würde Lust aufsteigen oder Hunger. Es ist etwas Eigenes, etwas, was mich betrifft und sich doch nicht in mir meldet. Ich föhne meine Haare nie. Sie sind nicht lang, und dick sind sie auch nicht. Sie trocknen von selbst, meistens dauert es nur eine Viertelstunde.

Auf der Straße vor der Haustür stehe ich ratlos herum. Wohin nun? Zum *Dicken Wirt*? Oder sich den Umstand machen und nach Mitte fahren? Ins *BAIZ*, in den *Schokoladen*? Nach Mitte! Das andere ist mir zu nahe an meinem Zuhause. Da wäre ja der ganze Erlebnis-Charakter weggeheimatkiezt. Also wieder zum U-Bahnhof latschen, am Alex umsteigen. Dann die Torstraße hinauf zum *Schokoladen*. Es ist nichts los. Ein paar Typen stehen herum. Ich nuckle an meinem Bier. Hier bleib ich nicht. Also laufe ich die Torstraße wieder hinunter, zum *BAIZ*. Ich senke den Altersdurchschnitt glatt um zehn Jahre. Um diese Zeit sind noch nicht die Leute in meinem Alter hier. Altlinke und Ganzaltlinke belagern den Tresen. Ich belagere mit. Erst auf den zweiten Blick sehe ich, dass beim Kicker eine ganze Traube junger Leute hängt. Sie sehen nicht aus wie Deutsche. Irgendwas an ihnen ist anders. Ich tippe auf Australien oder die USA. Sie sehen so hübsch unverbraucht aus, wie neu aus dem Regal. Vermutlich rauchen sie nicht, trinken nur in Maßen und haben Sex nur mit Personen, die sie auch heiraten wollen. Wie aus einer Nachmittagssoap. Die *Gilmore Girls* fallen mir spontan ein. Und dann – es läuft mir kalt den Rücken herunter – diese

Serie, auf deren Namen ich nicht komme: eine Pfarrersfamilie mit Kindern, vor denen sich anständige Eltern gruseln müssen. Wenn die über die Stränge hauen, heißt das, sie trinken Fanta aus der Flasche statt aus dem Glas. Da hinten spielen also die Lover der *Gilmore Girls*, allesamt aus klerikaler Züchtung, Tischfußball. Und neben mir holt ein Altlinker aus seinem Rucksack einen großen Käse.

„Bin gerade zurück aus Frankreich“, sagt er, fingert ein Messer hervor und beginnt, den Käse in Stücke zu schneiden. Die Käsequader machen die Runde. Der Käse schmeckt gut. Ich kriege am meisten ab. Vermutlich, weil ich jung, niedlich und weiblich bin. Na gut, wenn es der Käsefindung nutzt.

In diesem Laden gehört man immer gleich dazu. Keine Minute am Tresen und schon in einem Gespräch. Und man muss keine Angst haben, von irgendwelchen Idioten mit systemfreundlichen BILD-Parolen vollgetextet zu werden. Hier besteht keine Gefahr, die Forderung nach der Todesstrafe, die Litaneien nach höheren Strafen für Jugendliche, nach Abschiebung von Ausländern um die Ohren gehauen zu bekommen. Man ist auf sicherem Terrain. Und man zieht ja nachts nicht um die Häuser, um in Idioten-Terrarien vollgelabert zu werden. Ich fühle mich wohl hier, auch wenn neben mir keine Leute in meinem Alter sitzen, sondern Männer und Frauen, die ich gern als Eltern gehabt hätte – obwohl ich mit meinem IM-Vater und meiner psychosomatisch das Bein nachziehenden Mutter ganz zufrieden bin.

„Ach, da bist du ja wieder.“

Durch die Tür kommt der alterslose Mann mit dem silbernen Haar. Ein breites Grinsen, eine herzliche

Umarmung, Schulterschlagen bei den anderen am Tresen. Einen Blick durch den Laden.

„Na, wieder Touristen da?“, sagt er zur Bedienung.

„Wie immer. Franzosen heute. Die Amis kommen erst noch.“

Franzosen? Das bringt mein Weltbild durcheinander. Weshalb sehen jetzt auch jugendliche Franzosen aus wie amerikanische Pfarrerskinder aus idyllischen Kleinstädten?

„Und? Was macht das Dorf?“

„Ich weiß nicht. Ich war noch nicht wieder zu Hause. Ich muss mir erst Berlin ansehen.“

„Da hast du viel zu tun.“

Er verschafft sich Platz neben meinem Barhocker, bestellt sich ein Störtebeker, und schweigend neben einander nuckeln wir an unseren Flaschen.

„Das finde ich auch“, sage ich.

„Was?“

„Das man auch hübsch zusammen schweigen können muss.“

„Genau.“

Schweigen.

„Bist Du eigentlich irgendwo organisiert“, fragt er mich.

„Ja. Schon seit sieben Jahren. Aber seit ich in Berlin bin, habe ich nichts mehr gemacht.“

„Da warst Du zwölf“, sagt er.

Ich lache: „Nee, nee, älter schon. Ich bin fünfundzwanzig.“

Er erzählt mir, wie er sich durch die Zeiten gerettet hat. „Nicht aufgeben. Schon gar nicht sich selbst aufgeben“, das habe er durchgehalten, sagt er. Treu geblieben sei er sich immer, auch als andere nach dem Anschluss der

DDR sich ins Private, in die PDS oder in die SPD verabschiedet hätten. „Ich nicht", insistiert er. Er hätte das nie in Erwägung gezogen. Es kann doch nicht sein, dass man wegen einer Niederlage aufhört zu kämpfen – seine Stimme wird lauter jetzt, fast herrisch. Da müsse man doch mehr kämpfen noch als vorher. Da müsse man doch alles geben. Dann gehe es doch erst richtig los!

Ich widerspreche ihm nicht. Das erinnert mich wieder an meinen Vater und den Eierkuchen-IM-Job für die Stasi. Eine Erinnerung als Spiegelbild und Widerspiel. Der da, der Mann mit dem silbernen Haar und den so jungen Augen, er ist nicht, was mein Vater war: einer auf den nur Verlass ist, wenn man ihm etwas anbietet. Er ist keiner der affengleich für die Banane eine Aufgabe löst, sondern es deshalb tut, weil die Aufgabe eine Lösung erfordert. Nicht mehr, nicht weniger. Was hätte werden können, denke ich, aus dem Land, das man mir aus meiner Zeit gestohlen hat, diesem unbekannten Land, dieser Terra incognita, diesem Märchenland, über das jeder ein anderes Märchen zu erzählen weiß, wenn die zigtausend Informellen Mitarbeiter des Ministeriums für Staatssicherheit nicht geschnüffelt und gespäht hätten, wenn es unter den zigtausend haupt- und nebenamtlichen Parteisoldaten der SED eben nicht so viele Söldner gegeben hätte, die sich der Karriere wegen verkauft haben und deren Rede nicht Ja-Ja und Nein-Nein war, sondern nur Ja-Ja. Wenn es also Widerspruch gegeben hätte, öffentlichen Widerspruch und öffentlichen Wettstreit der Meinungen. Ausgetragen im ND und der Jungen Welt. Mit offenem Visier und Visionen, so klar wie gute Träume am Nachmittag. Wäre ich dann nicht Bürgerin dieses neuen Großdeutschlands geworden, hätte man mich dann nicht einfach herübergeschafft in dieses neue Land, virtuell, wie alle Länder, aufgemalt die Grenzen auf Papier, unnatürlich, wie alle Länder, menschengemacht? Wäre ich dann nicht einsam, liebeseinsam im Meer dieses Wals? Zöge meine Mutter ihr Bein nicht nach, wie man eine Erinnerung hinter sich her schleift? Würde mein Vater dann stolz sein können auf seine Jahre im Schuldienst, auf das, was er geschaffen hat? Wäre ich dann noch in dem Dorf, auf dem Land, das Blauhemd tragend vielleicht?

„Broiler."

„Was?", fragt er zurück.

„Broiler – es gibt keine Broiler mehr."

„Manche sagen noch Broiler zu halben Hähnchen."

„Viele sind es nicht."

„Kollektive und Broiler, Juice und die Arbeiter- und Bauernfakultäten sind nicht mehr. Friede ihren Aschen." Und zum Tresenmann: „Zwei Radeberger noch."

Jetzt grinst er wieder breit. Er erzählt, wie er zuerst in der SEW war und dann aber Umwege gehen musste im Auftrag der SED. Wie er spionierte, was in der DDR kundschaften hieß. Wie er im Knast saß. Ich höre ihm zu, gespannt wäre der falsche Ausdruck. Es ist etwas anderes, etwas, was nichts damit zu tun hat, dass er mir eine Geschichte erzählt, nicht damit, dass er mir seine Geschichte erzählt, sondern etwas zu tun hat mit mir, mit meiner Geschichte und mit dem großen, tiefen Unbehagen, dieser unbestimmten Trauer; ich traure einem Verlust hinterher, der unbestimmt ist wie die Trauer, unklar, nebelhaft, verborgen hinter tausend Märchen, und nun diese eine wahre Geschichte dagegen, so kommt es mir vor, gegen die Überlieferungen, die oral history. Und ist doch auch nur eine, eine Erzählung. Aber eine, die, wie ich erkenne, als er geendet hat nach einer guten Viertelstunde, gar keine Ausflüchte kennt, keine schäbigen Entschuldigungen. Keine Notausgänge öffnet sich der Erzählende. Nichts von all den Usancen, die ich bis zum Kotzen gewohnt bin. Nichts. Und da fühle ich mich dem Mann gefährlich nahe. Ganz gefährlich nahe. Und wieder denke ich: Mit dir stimmt was nicht, Marie. Mit dir stimmt doch etwas nicht. Du kannst doch wirklich nicht mit allen Menschen pennen wollen, wenn sie dir nahe werden, wenn sie dich Wärme spüren lassen.

Ich trinke aus. Ich muss jetzt flüchten, vor mir und meinen komischen Ambitionen, Nähe näher machen zu wollen, Wärme wärmer. Je schneller ich fliehe, desto besser. Was jetzt herauskommen würde, wäre ein ONS, einer der uns beschämt, nach dem man nicht weiß, was man sagen soll. Das darf nicht sein. Nicht mit ihm. Es wäre nichts, als nur die Fortsetzung dieses Abends mit anderen Mitteln. Es wäre nichts Eigenes, es hätte keinen Charakter, Mimikri von Sex wäre es, eine Travestie. Ich muss weg.

„Zahlen." Und zu ihm: „Ich hau besser ab und leg mich hin."

Er sieht für einen kurzen Moment traurig aus. Dann lächelt er wieder breit. „Viel Spaß beim Job."

Schon aufgestanden, frage ich ihn, wann er wieder hier wäre. Vielleicht hätte ich da wieder frei. Und dann, ich will das gar nicht sagen: *Dann könnten wir zu dir gehen.* Jetzt ist es doch geschehen. Verdammt. Aber gefragt ist gefragt, und er sagt: *Ja, warum nicht.* Aus seiner Jacke fingert er Zettel und Kugelschreiber, schiebt mir beides rüber.

„Schreib mir bitte deine Handynummer auf." Er holt sein Handy raus und wählt meine Nummer. „Damit du auch meine hast."

Noch bis ich auf dem Bahnsteig des U-Bahnhofs stehe, ärgere ich mich über mich. Ich wollte das nicht. Ich wollte mir Zeit lassen. Das Terrain erkunden. Vielleicht ist er trotz allem eine Dumpfbacke. Man kann nicht vorsichtig genug sein. Ich will nicht noch einen Kevin am Hals haben. Ein Exemplar reicht wirklich.

Sollte ich Kevin nicht anrufen? Es ist gemein, ihn hängenzulassen nach all den Tränen. So hole ich, während ich auf die Bahn warte, mein Handy aus der Tasche und rufe an. Natürlich wieder dieser Kieks, ganz kurz, wenn ich meinen Namen sage, als würde etwas in ihm hüpfen. Dann dieser Tonfall zwischen Aufgeregtheit und Resignation.

„Kommst du noch zu mir? Heute? Gleich?"

Ich will nicht, aber Kevin kämpft, und ich lasse mich breitschlagen. Also wieder raus aus der U-Bahn und zurück Richtung *BAIZ*.

„Nein, nein. Nicht so schnell", sage ich, als Kevin beginnen will, sich auszuziehen. „Hol mir lieber was zu trinken." Und als er zurückkommt: „Wer bist du eigentlich, Kevin. *Wer* bist du?"

Da beginnen wir zu reden. Von seiner Jugend in Westberlin. Von der kleinen Villa, seinem Vater, der Ingenieur ist, und seiner Mutter, der ewigen Hausfrau. Er hatte sie schon, da war er noch ein kleines Kind, sagt er, alt in Erinnerung. Und so alt ist sie immer geblieben. Niemals ist sie älter geworden, niemals hat sie in die Zeit gepasst. Immer war sie von gleichem Alter. Vermutlich schon, als seine Eltern geheiratet haben. Von den schrecklichen Abenden mit Verwandten, mit Onkel und Tante, Großeltern und Nichten und Neffen erzählt er. Da musste der kleine Kevin freundlich sein, eine gewisse, so nennt er das, Überlegenheit wurde von ihm erwartet, eine Art Erwachsenheit, die aufzubringen er nur unter Mühen schaffte. In Baggyhosen, die Kleidung immer altersgerecht, aber sichtbar teuer, sauber, irgendwie perfide adrett. Bei Tisch nicht kippeln, die Ellenbogen (er spricht das *Elmbogen* aus) nicht auf den Tisch. Und nachher spielen, *zwangsspielen* nennt er das, mit den Nichten und Neffen. Seine Eltern hätten sogar extra dafür ein Crocketspiel angeschafft. *Das ist das Bescheuertste, was man machen kann in einem Garten.* Ich habe keine Ahnung, was Crocket ist. Er erklärt mir, man müsse kleine Bälle mit einer Art langstieligem Holzhammer durch kleine Tore schlagen. Im Winter habe er die Zwangsspielerei in seinem Zimmer vollführen müssen. Dabei habe er die Nichten und Neffen nicht ausstehen können. Genauso wenig wie die ständige Kontrolle der Hausaufgaben, den Nachhilfeunterricht, wenn er mal irgendwo schlechter stand, als es seine Eltern erwarteten. Er habe es nicht ausstehen können, wenn sie von Sendungen mit volkstümlicher Musik schwärmten und sie ihm schmackhaft machen wollten. Und im Urlaub auf die Seychellen oder an andere Orte, die *voll langweilig* waren, wo man nichts habe tun können als Kind und später als Jugendlicher, außer dann nachts in den Clubs zu landen, zusammen mit anderen mitreisenden Jugendlichen. Und während des Urlaubs immer Fotografien davon. Später bei den verhassten Verwandtschaftsabenden wurden die herumgereicht. Und er,

Kevin, habe sich davon gedemütigt gefühlt. Insbesondere, weil diese Bilder immer noch als Vorzeigeobjekte – *War er nicht süß?* – in Gebrauch seien und sich also die Demütigung fortsetzen würde. In der Schule erst der Außenseiter, das reiche Kind. Dann engagiert. Schulsprecher. Dabei bei den großen Schulstreiks. Schulbesetzungen auch. Demonstrationen. Auf die Fresse von den Bullen. Das ist wie bei mir. Nur, dass ich nicht die Außenseiterin war wegen des Reichtums meiner Eltern, sondern weil mein Vater Lehrer war – damals. Aber was bei mir zu einer zweiten Haut geführt hat, was mich dazu gebracht hat, zu lesen, mich dauerhaft zu engagieren, das ist bei ihm voluntaristisch geblieben, situativ. Er behauptet, das sei eben anarchistisch. Und ich schweige, werfe ihm nicht vor, dass die Anarchisten, die ich kenne, diese zwei, drei, mehr wüssten von Geschichte als ich, dass die Kropotkin kennten und andere, dass sie mir über seien, wenn wir über Marx und Bakunin redeten, und dass Reden oft nicht mehr sei als ihr Bericht über jenes, was sie wissen und dem ich nichts entgegensetzen kann, weil ich nichts weiß darüber. Nach Mühsam frage ich ihn, den ich noch nicht gelesen habe. Und auch Kevin hat nichts gelesen von ihm.

Wir reden über Musik, über die Kargheit seiner Wohnungseinrichtung – *Ich kann das nicht so gut einrichten, sind halt Möbel* –, über Lieben und Verluste, über unsere ersten Besäufnisse. Wir reden stundenlang. Ich fühle mich ihm jetzt ganz verbunden, ganz dicht an ihm fühle ich mich.

Als er später wieder seinen Kopf zwischen meine Beine legt, da hebt er ihn einen kurzen Moment darauf wieder, nachdem ich seine Zunge schon gefühlt habe, und nimmt meine Hand. Er führt sie sacht zu seiner Wange, entfernt sie wieder, hält sie fest dabei und führt sie zurück zu seinem Gesicht. Wiederholt das mehrfach und sieht mich flehentlich an. Ich begreife, was er will. Aber ich will keinen Dammbruch. Ich will ihn nicht schlagen. Nicht jetzt jedenfalls. Aber der Blick – ganz ausgehungert ist er nach Ohrfeigen. Und so schlage ich doch zu. Vorsichtig. Sanft. Nur nichts tun, was übertrieben wäre. Ich bin nicht so. Ich mag das nicht. Aber es erregt mich. Und als ich Kevin hinunterbeuge, als ich seinen Kopf auf meine Scham drücke, da braucht es nicht lange und Wellen durchdringen meinen Körper.

Wir schlafen gemeinsam ein. Zum ersten Mal liegen wir, Löffelchen, Löffelchen, dicht beieinander.

14. Oktober

Wir wachen gegen Mittag auf. Während ich in der Küche nach dem Kaffee suche, holt Kevin Brötchen.

Will ich über gestern reden, über die drei, vier Ohrfeigen, die ich ihm gegeben habe, diese sonderbaren Liebesgaben, diese verwegenen Streicheleinheiten? Kevin versucht es mir zu erklären. Aber das braucht es gar nicht mehr für mich.

„Es macht halt Spaß“, wird mir abschließend beschieden.

Dem ist nicht viel entgegen zu setzen.

„Hat vermutlich was mit deiner Kindheit zu tun“, sage ich.

Da lacht er und winkt ab. „Nee, nee. Die meisten, die nicht darauf stehen, hatten eine viel schlimmere. So passt das nicht zusammen. Das wäre doch total unlogisch.“

Dann könne es aber immer noch irgendwie mit dieser grottigen Indie-Musik zusammenhängen.

„Da könnte was dran sein“, sagt Kevin und lacht wieder. Wir bleiben zusammen bis zum späten Nachmittag. Wir reden, wir albern herum. Aber keine langen Küsse. Ich habe keine Ahnung, warum nicht. Es ist einfach so: Wir küssen nur kleine Willkommens- und Abschiedsküsschen auf die Haut des anderen. Bis auf den ersten Abend haben wir nie wieder anders geküsst, nicht mehr so, wie damals. Niemals mehr hat Kevin mir seinen geöffneten Mund hingehalten, niemals wieder wurde die Öffnung durch meine Zunge penetriert.

„Du machst deinen Mund gar nicht auf, wenn wir Sex haben."

„Was?"

„Deinen Mund, zum Küssen."

„Oh, das war ein Missverständnis."

Ein Missverständnis? Was gab es da misszuverstehen?

Er habe eigentlich, setzt Kevin zur Erklärung an, also eigentlich habe er mich verleiten wollen …

„Sag es nicht", sage ich, „sag es einfach nicht."

Ich weiß, was er sagen will. Ich spüre das instinktiv. Nein, mein lieber Kevin. Es muss Grenzen geben. Und dann auch noch am ersten Abend – eine wagemutige Frechheit. Kevin hat viel mehr Stärke, als ich ihm zugetraut habe. Seine Schwäche … die ist vielleicht gar keine, sondern der Versuch, andere nicht zu verletzen. Ich würze mein Bild von ihm mit mehr Achtung. Wie viele Mädchen mögen ihm schon abgehauen sein, wenn er bei ihnen versuchte, was bei mir gelungen ist. Wie viele haben darauf bestanden, dass es nicht geschieht, und hat er ihnen einen langweiligen Abend in Missionarsstellung beschert?

„Frag nicht", sagt er.

Da ist sie wieder. Diese Melancholie in seiner Stimme, diese auf eine unbegreifliche Art sowohl reale als auch artifizielle Trauer, die zugleich übertrieben theatralisch wirkt in ihrer Bescheidenheit und komisch, weil sie unvollendet bleibt. Aggressivität bei mir als Resultat.

Er bringt mich zur U-Bahn.

Eine Umarmung zum Abschied.

„Nicht hinterherwinken. Gleich weggehen, sonst habe ich ein schlechtes Gewissen, weil ich schon abhaue", sage ich, als die Bahn einfährt. Er gehorcht. Als ich einsteige, ist er vom Bahnsteig verschwunden.

In der Bahn denke ich von ihm, über ihn: *Ich hab ihn lieb*. Das ist das richtige Wort: *lieb haben*. Er aber liebt mich, und das ist etwas ganz anderes als lieb haben. In allem sehe ich jetzt diese Liebe, wie Schimmelpilz. Jede Handbewegung, jeder Blick, jedes Wort: liebesbepilzt. Ich will nicht von diesem schimmeligen Beziehungsbrot essen. Ich will nicht infiziert werden mit den Sporen der Liebe. Fest, ganz fest nehme ich mir vor: Abstand halten! Zeit soll verstreichen, bis ich ihn wiedersehe. Ihn und seine jetzt lästig wirkende Liebe, ihn und seine Art von Sex, ihn und seine Melancholie und ihn und seine Unterwürfigkeit. All das ist mir viel zu nah. *Ich hab ihn lieb*, sage ich zu mir, um die immer wieder aufsteigende Aggression zu unterdrücken. *Alle Liebhabesoldaten: Legt an! Feuer!* Aber die Aggression lässt sich gar nicht erschießen durch das andere Gefühl. Sie sagt, sie hätte ja, bitteschön, nichts zu tun mit dem Liebhaben und ich solle doch mal lieber aufhören, in meiner Seele herumzuschießen, sonst würde noch die Außenhaut verletzt, und die Seele stürzte ab, weil der Druckausgleich nicht mehr funktionierte.

Badewanne. Andere Klamotten. Einen Tee nebst Zigarette und auf dem Balkon stehen, in den Hinterhof lauschen. Lesen. Surfen. Schlafen.

15. Oktober

Als ich in der Burg ankomme, ist Katharina wieder schon da. Alles ist gastfertig. Uninteressant wird diese Arbeitsnacht. Kaum Gespräche mit den Gästen. Ich schleppe die Bestellungen durch den Raum, kämpfe mit der Espressomaschine, fülle mehrfach nach. Uninteressant – aber umsatzstark. Und hoher Umsatz bedeutet viel Trinkgeld. Alles ist smooth – das liegt am Barjazz im Hintergrund. An Frank Sinatra und Dinah Washington, Julie London und Tony Bennett. Es ist sozusagen ein stilvoller Abend, die meisten Gäste sind am Ende über das durchschnittliche Maß hinaus alkoholisiert, und glücklich sind sie auch.

Wir schließen pünktlich. Um halb drei schon stehen wir vor der Tür.

„Zu mir oder zu dir?", fragt mich Katharina lachend.

Ich habe nichts getrunken, ich fühle mich ausgeruht und fit. Aber ich habe Hunger. „Wir könnten uns etwas kochen", sage ich.

Also zu ihr. Spaghetti mit Tomatensoße müssen reichen. Wer will schon nachts um drei für Stunden an den Herd. Obwohl jetzt natürlich endlich eine Gelegenheit wäre, anders und anderes zu kochen, als ich es für mich allein tu. Aber um diese Uhrzeit …

Katharina holt eine Flasche Rotwein aus ihrem Wohnzimmer. Wir sitzen zusammen in der Küche. Nur dann und wann tauschen wir Sätze, reden über die Gäste, über den Abend. Belangloses reden wir. Langsam steigt das Morgengrau dem Nachtschwarz auf den Kopf. Eine kuschelnde Müdigkeit umfängt mich nach dem Essen und dem Wein. Ich fühle mich warm, bettsüchtig, traumerwartend.

Als ich erwache, schläft sie noch. Ich stehle mich leise ins Bad, dusche, schleiche in die Küche, mache mir Kaffee und lege ihr einen Zettel hin: „Danke für das weiche Bett."

Dann husche ich aus der Wohnung und fahre nach Hause.

16. Oktober

Alt kommt die Stadt mir vor, die ich aus den S-Bahn-Fenstern sehe. Oder fahre ich durch eine falsche Zeit? Zurückgeworfen aus meiner in eine vorhergegangene? In meinem Haus, schon als ich die Haustür öffne, der Geruch von Heimeligkeit. Aber in den Steinen der Wände, im Mörtel, unter den Tapeten, unter den Dielen, in den Zimmerdecken: überall die Vergangenheit. Sie atmet, sie windet sich in die Gegenwart; sie ist nicht tot zu kriegen. Wer hat hier gelebt, vor fünfzig Jahren, vor sechzig? Wer hat dieses Gründerzeithaus trocken gewohnt vor hundertdreißig Jahren? Welche Familie hat hier vor Verzweiflung geheult, geschrien, welche rachitischen Kinder haben hier ihren Pseudokrupp in den Armutsdunst gehustet? Welche Frau ist hier, feucht noch alles um sie herum, schimmelig, giftig, Mutter geworden zum x-ten Male, wie viele Engelmacherinnen sind hierhergekommen, eine Seele vor dem Leben zu bewahren? Haben die Stiefel der SA die Stufen der Treppen mit lautem Tritt als Trommel des Hasses genutzt? Sind Türen aufgebrochen worden? Schlug man hier Männer tot, die nichts wollten als Freiheit und Gerechtigkeit? Haben hier die Faschisten Jüdinnen und Juden aus dem Haus gezerrt, während der Pogromnacht, während der Jahre dieser ungetünchten, ungeschminkten kapitalistischen Herrschaft?

Wer hat in meiner Wohnung gewohnt? Und wie sah die aus, als das Haus gebaut wurde? Wo waren die Wände damals? Oder war sie auch damals schon eine

Einraumwohnung mit Küche? Hat dort jemand gewohnt, dessen Taten als waberndes Böses zwischen den Wänden hängen? War es ein Denunziant? Einer, der seine kommunistischen, sozialdemokratischen, seine jüdischen Nachbarn verriet bei der Gestapo? Oder wohnte hier einer, der verraten wurde. Einer, bei dem es klopfte nachts um halb vier? Einer, dem sie die Zähne schon auf der Treppe ausschlugen, den sie nach Auschwitz schafften zum Sterben oder der totgeschlagen wurde schon hier, in diesem Berlin. Und der Totschläger, war der hinterher wieder Schutzmann oder Lehrer, Steuerbeamter oder Straßenbahnschaffner, saß der in irgendeinem Parlament in Westberlin oder Westdeutschland? Hat der große Reden geschwungen? Saß der vielleicht wieder zu Gericht unter Adenauer über die Kommunisten und sperrte die Geschundenen, die ein paar Jahre vorher von ihm und seinen Konsorten geprügelt worden waren noch in den Konzentrationslagern, nun wieder in Einzelhaft, in dieser durch das Make-up des Demokratismus verkleideten Republik West?

Da greifen Hände aus meinen Wänden, greifen Hände aus meinen Wänden, greifen Hände aus meinen Wänden, greifen nach mir. Sie schütteln mich. Wach auf! Wach auf! Wir sind noch da! Wir gehen nicht weg! Nicht die einen Wir, welche die anderen Wir getötet haben. Nicht die anderen Wir, die gestorben sind für das Ende des Sterbens. Nicht die Wir, welche die Trockenwohner ins Haus holten, die Kinder mit den kranken Lungen, die Mütter mit den eingefallenen Wangen, die Väter mit den tränenden Augen. Und nicht die Wir, die nur die Wahl hatten, hier krank zu werden oder aber unter den Brücken. Wir alle sind hier. Wir, in den Wänden.

Ich kann sie spüren, ich kann sie hören. Nein, nicht, als hörte ich Stimmen in meinem Kopf. Ich kann sie hören, wie ich Bücher beim Lesen reden höre, wie man eine Erinnerung reden hört. Denn sie sind Erinnerungen: Erinnerungen an die Topographie des Terrors, an Gelesenes und Erzähltes, an Gedenktafeln und Stolpersteine, an die Tafel vor der *Kastanie*. Sie sind die Stimmen in meinen Wänden, geboren aus meinen Erinnerungen an Erinnerungen, aus dem Bild der Kinder im KZ. Aus den Schilderungen von Auschwitz. Aus den ausgezehrten, den verhungernden Leibern, aus den Gebeinen der Toten, aus den Aschen, aus den Schreien der Gemarterten, aus den Schreien der vergewaltigten und dann totgeschlagenen Frauen, aus dem Schmerzensgeheul derer, denen sie die Arme auskugelten mit extra entwickelten Vorrichtungen. Erinnerungen aus der Schilderung des Gestankes von verbrennendem Menschenfleisch, aus den Schilderungen des Wahnsinns in den Augen der Häftlinge und der deutschen, preußischen Tötungssachlichkeit der Wärter, der SS-Männer und der Nazi-Weiber, die Aufsicht führten über die Tötungsmechanerie, als wäre es die Aufsicht über eine Straßenkreuzung in Berlin. Korrekte Mörder, vorschriftsmäßige Folterer. Die wenigsten von ihnen klinische Sadisten, die wenigsten pathologische Mörder. Aber jeder und jede von ihnen für Mord, Vergewaltigung, Folter und Qual, für jedes Verbrechen gegen die Menschlichkeit zu gebrauchen. Wenn es nur einen Befehl gab dazu, eine Ordre.

Aus den Bildern von Auschwitz ist meine Erinnerung gemacht: aus dem Bild des SS-Mannes, glänzend die schwarzen Schaftstiefel, sauber die schwarze Uniform, der ein Kind von der Hand der Mutter nimmt; das Kind, ein Jahr alt oder zwei mag es sein – packt er an den Beinen, und dann schlägt er den Kopf des Kindes gegen eine Wand, schlägt den kleinen Kopf an die Wand, immer wieder, bis der Schädel aufplatzt, und dann legt er dieses tote Kind – blutig ist es, das Gehirn quillt aus dem, was ein Kopf einmal war, der ein Gesicht einmal hatte, und das Gesicht konnte lachen – dieses Kind legt der der Mutter wieder in die Arme, und die kann nicht einmal schreien. Nicht mal das kann die dann noch. Und der, der das tat, der ist hinterher wieder wer in jener gottverdammten BRD. Die Mutter aber, die war schon tot da, schon tot, noch bevor sie in das Gas getrieben wurde in dieser Tötungsanstalt, deren Mörder auch Steine wurden im Fundament des Staates, den man mir nun gegeben hat, auch mir gegeben hat als meinen, ohne mich zu fragen. Und den ich achten soll nun. Aber ich kann ihn nicht achten. Verachten nur kann ich ihn. Ihn und sein Fundament, das er nicht los wird, nicht in neuen tausend Jahren, nach den tausend, in denen die Steine gebrannt wurden, die so viel tragen, von den bunt angemalten Mauern des Staatshauses, in denen das Kind geschlagen ward mit dem Kopf an die Wand.

Und die Skrupellosigkeit ist so fest eingemauert in dieses Fundament, dass sie gar nicht aus den Mauern herausgeschlagen werden kann. Und es dünstet aus dem Staatsfundament und hinein in diesen Staat: das Alte, das Nichtvergangene, und dient auf vielfältige Weise, macht Kriege möglich mit sich selbst als argumentativem Grund, wie den gegen Jugoslawien. Oder wie den in Afghanistan. Ein hartnäckiger Krieg ist das. Ein guter Krieg für die westlichen Krieger. Ein Krieg, in dem man neue Waffen ausprobieren kann und ihre letale Wirkung. Noch immer läuft dieser Krieg. So ein guter Krieg ist das! Läuft und läuft. Und auf den Ostermärschen, da laufe ich mit ein paar Jungen neben den Alten. Nicht viele zusammen. Nicht so viele, dass wir diesen Krieg stoppen könnten.

Lutz hat mir eine Karte geschrieben: „Freue mich auf dich und Berlin!" Auf der Karte: ein herbstlicher Baum, die Blätter bunt. Dahinter ein abgeerntetes Feld.

Brötchen habe ich mir geholt, schon belegt: eines mit Ei und eines mit Salami. Während ich sie esse – dazu ein Glas Milch –, surfe ich durchs Netz, sehe nach, was es bei Myspace Neues gibt und bei Facebook, lese Nachrichten, vertreibe die Gedanken an die Vergangenheit und ihre Gegenwart aus dem Kopf. Aber es gelingt nicht, es gelingt einfach nicht so, wie es gelingen müsste, damit sie mir alle vom Halse bleiben, die Gedanken, die angelesenen und doch so tief empfundenen Erinnerungen, die gar nicht meine sind … Nein, das ist falsch. Richtig wäre es, zu sagen: die gar nicht meine waren, bevor ich sie hineingelassen habe in meine Seele, die nun fertig werden soll mit ihnen und doch gar nicht weiß, wie das gehen soll, fertig zu werden mit solchen Erinnerungen.

Frische Luft wäre nicht schlecht. Und vorher noch ein kurzer, tiefer Schlaf. Ich greife mir den dritten Band von Foucault und lege mich ins Bett. Ein paar Seiten noch lese ich, dann falle ich in Morpheus' Arme.

Als ich erwache, ist es schon fast neunzehn Uhr. Nichts mehr mit Spaziergang. Also unter die Dusche, und dann ab in die Burg. Heute ist Freitag. Da ist die Bar am stärksten besucht, da drängen sich die Gäste bei uns vorm Tresen. Jedenfalls: Das ist die allgemeine Hoffnung. Ein voller Laden, so richtig rappelvoll – auf den hofft Katharina und darauf, endlich wieder mit einer einzigen Wochenend-Einnahme die Miete für einen ganzen Monat bezahlen zu können. So wie es früher gewesen sei (behauptet sie).

Katharina ist wieder vor mir im Laden.

„Wann kommst du eigentlich? Ich könnte dir beim Vorbereiten helfen, wenn du mir sagst, wann ich hier sein soll", frage ich sie.

„Ach nee, lass man. Ich schaffe das gut allein."

Vielleicht braucht sie die Zeit vor dem Öffnen, um die Atmosphäre der Burg in sich aufzunehmen, um allein zu sein noch mit Bar und Bildern, mit Tresen und Hockern. Um nachzudenken beim Auffüllen. So, wie es mir Lutz von sich erzählt hat. Wie er manchmal Stunden lang in seiner geschlossenen Schenke steht und lauscht, riecht, über die Tische streicht. Und sich an dieses und jenes erinnert.

Schon kommen die ersten Gäste. Manche mit ihren Rucksäcken noch, direkt von der Arbeit. Baptist kommt auch früher als sonst. Natürlich im Trenchcoat, natürlich in Intellektuellengrau. Und wie immer sitzt er an der Bar. Trinkt noch keinen Wein, bestellt sich Latte stattdessen. Schweigt. Sieht uns zu. Das heißt: Er sieht mir zu. Jede Bewegung scheint er zu beobachten.

„Man sieht das Spiel deiner Muskeln, wenn du dich bewegst."

„Ich sollte die Steroide weglassen."

„Na ja, wie eine russische Kugelstoßerin siehst du wirklich nicht aus. Eher wie eine vom Ballett."

„Du übertreibst."

„Keineswegs."

Dann bin ich mit einem Tablett voll Bier auf dem Weg an die Tische. Gesprächsfetzen fliegen mir zu. Über Arbeitsverhältnisse, Liebesverhältnisse, Finanzen und Renovierungen. Versatzstücke von fremden Leben, von fremdem Leben. Ist mir Leben fremd? Dieses Leben, das sie alle führen? Reicht es nicht, dass ich meine Einraumwohnung renoviert habe, dass ich Gespräche führe, dass ich lieben will und Dosenfutter in mich stopfe? Ihre Gespräche sind anders, das fühle ich. Diese Leute können die ganze Zeit miteinander reden. Pausenlos. Sie wechseln das Thema alle paar Minuten, kommen von der Frage, welches Duschgel am besten riecht, zum Krieg in Afghanistan. Sie können das. Alle scheinen das zu können. Ich nicht. Ich verfalle in Schweigen, wenn die Gespräche, die ich führe, von dieser für mich greifbaren Ebene der Sachlichkeit rutschen auf die der sinnlosen Wörter, der Allgemeinplätze, des Smalltalks. Was soll ich sagen dann? Die Geburtstage meiner Eltern, welch ein Graus. Die Tanten, Onkel, Neffen, Freunde, Dorfbewohner, Lehrerkollegen, Hobbymaler. Und alle sagen etwas zu mir, sagen Dinge, die mich nicht interessieren, texten mich voll. Und ich sitze dabei und kann nicht weglaufen. So war das. So ist das.

Aber hier geht es. In der Bar hinterm Tresen, da bin ich gar nicht ich. Da trete ich auf und spiele eine Frau hinter dem Tresen. Da spiele ich auch die Gespräche, da spiele ich absurdes Theater. Da kann ich das. Da beherrsche ich den Smalltalk.

„Immer noch am Foucault?“, fragt mich Baptist Bogart, als ich wieder mit dem Tablett und einem Schwung ausgetrunkener Gläser zurück am Tresen bin.

„Ich bin jetzt beim dritten Band. Je mehr ich lese, desto vertrackter kommt mir alles vor. So als würde in jeder Erkenntnis absichtlich ihre Konterkarierung schon impliziert sein. Als hätte Foucault Angst gehabt davor, zu erkennen und also handeln zu müssen oder, was vermutlich schlimmer noch gewesen wäre für ihn zu diesem Zeitpunkt: handeln zu wollen.“

„Komische Analyse. Du beschäftigst dich nicht mit dem Text, sondern mit der Intention des Autors, ihn zu schreiben.“

„Es gibt Kausalitäten zwischen dem Produzenten und dem Produkt, oder?“

„Aber nicht solche, die du vermutest. Du glaubst, der ganze Diskurs Foucaults wäre nichts als Flucht vor der Erkenntnis. Das ist ziemlich krass.“

„Oh ... Jugendsprache!“ Ich lache.

„Quark.“

„Im Ernst: Ich glaube natürlich nicht, dass er sich hingesetzt hat und überlegt hat, wie er Bücher mit Travestie füllt. Es ist die Tendenz. Bestimmbare Denkmuster sind es. Und vielleicht bin ich wirklich zu psychologisch an die Sache herangegangen. Aber politisch? Das würde bedeuten, ihm und anderen Philosophen Absicht zu unterstellen oder Dummheit.“

„Na ja ...“

Während wir uns unterhalten, öffne ich neue Bierflaschen, tippe die Bestellungen in die elektronische Kasse, fülle Absinth in Absinthgläser, lege Löffel darüber und bezuckere die Löffeltäler. Dann bin ich wieder unterwegs an die Tische.

Unser zerrissenes Gespräch kommt nicht mehr in Gang. Eine Zeitlang schweigen wir. Baptist ist der einzige Gast am Tresen. Alle anderen haben sich an die Tische verteilt. Während ich ihre Bestellungen abarbeite, sorgt Katharina für Nachschub, läuft durch den Laden, hält Schwätzchen, sorgt für eine gute Atmosphäre. Sie ist überall zugleich.

Die Schicht geht lange. Zum Glück bleibt Baptist bis zum Ende; er verlässt mit uns den Laden. Und über Gesprächen mit ihm, über Gesprächen, die sich um Literatur und Philosophie drehen, die politische Situation und unsere ganz unterschiedlichen Ansichten zur LINKEN, wird die Zeit auch dann kurz, als die Schlagzahl der anderen gegen Morgen nachlässt und die Bestellungen tröpfchenweise und artikulationsgestört eingehen.

„Nach Hause geht es jetzt aber nicht!“, sagt Katharina bestimmt. „Erst wird bei mir gefrühstückt.“

Und so trotte ich neben ihr her den kurzen Weg bis zu ihrer Wohnung. Sie fährt auf, was der Kühlschrank zu bieten hat, während ich Kaffee koche. Ich bin müde – sie sicherlich auch –, aber auf eine angenehme, kuschelige Weise.

Katharina verschwindet im Bad, kommt wieder, geduscht und in ihrem weißen Bademantel. „Geh doch auch duschen. Das tut jetzt richtig gut. Und ein Bademantel für dich hängt an der Tür.“

Das warme Wasser läuft sanft meinen Körper hinab. Ich fühle mich gut.

Aufbackbrötchen, Salami, Schinken, Käse, Kaffee und Frühstückseier. Der ganze Küchentisch ist vollgestellt. Aus dem Radio kommt komische Musik, vermutlich das, was Jazzfans unter Chill-Out verstehen. Aber irgendwie passt die Musik zum Morgen. Draußen wird es langsam hell. Der Schwärze der Nacht folgt ein freundliches Grau. Es gehen die Bäume vor dem Fenster auf.

Katharina sieht müde aus. Schön müde – denn die Müdigkeit gibt ihr einen Touch von Verruchtheit. Ein wenig erinnert sie an eine Bardame aus einem alten Film: das Make-up verwischt vom Duschen, die Haare noch nass, nachlässig den Bademantel über die nackte Haut gezogen, seine Ärmel aufgekrempelt.

„Gästezimmer?“, fragt sie.

Ich antworte nicht. Natürlich weiß ich, was sie mich eigentlich fragen will.

„Ich finde dich sehr sympathisch“, sagt sie nach der Pause, die durch meine fehlende Antwort entstanden ist.

Oh, nein, bitte das nicht auch noch. Nicht noch mehr kevinsche Komplikationen. Auch nicht mit einer Frau. „Ich glaube“, sage ich, „das Gästezimmer wäre das Vernünftigste.“

„Ach, Vernunft. Die wird häufig überschätzt.“

Wir räumen den Tisch ab. Katharina umfasst meine Hüften. Sie fühlt sich weich an, warm und ich kann ihre Haut riechen, diesen Geruch nach frisch gemähtem Heu, nach Gras, nach Erde. Sie riecht wie ein Park im Herbst. Es ist schwer, dem Geruch zu widerstehen und der Wärme, die von ihr ausgeht. Aber ich bleibe dabei: Gästezimmer. Keine Experimente jetzt.

Ich liege wach, kann nicht schlafen, obwohl die Müdigkeit bleischwer auf mir lastet. Zwei Stunden starre ich die Decke an, dann wieder rein in meine Klamotten.

Vorsichtig lausche ich in den Flur. Alles ist ruhig. Ich nehme die Flucht auf. Nach Hause jetzt. Natürlich wird sich Katharina wundern, dass ich nicht mehr da bin, wenn sie aufwacht. Verletzt sein wird sie nicht, hoffe ich.

17. Oktober

Zu Hause angekommen nochmal unter die Dusche. Das Laptop anwerfen und K.D. Lang als Einschlafmusik. *The stars fill the sky. So in love with you am I.* Und wer liebt mich? Wer, den ich auch liebe, den ich lieben kann, den ich lieben will?

Ach, ich esse meine Liebe nicht. Ich werde verhungern, weil ich die Nahrungsaufnahme verweigere. Ich bin liebesmagersüchtig, liebesbulimisch, fress die Nähe und kotze sie aus, kotze sie über die, die mir nahe sein wollen. Ich fresse keine Kröten, nein, keine Kröten. Nur Prinzen fresse ich, und wenn ich nicht aufpasse, wenn ich mich nicht unter ein schweres Regiment stelle, dann fresse ich auch eine Prinzessin. Und ich kotze sie wieder aus, all die Prinzen, all die, die mir ihre Liebe an den Leib geworfen haben, in den Kopf gerotzt haben, zwischen die Beine gedrückt haben, auf mich geseiert haben. Ich habe sie gefressen, durchgekaut, runtergeschluckt. Aber keinen habe ich verdaut. Kotze, kotze, kotze. Ihr Fleisch liegt mir schwer im Magen, lastet mir in den Gedärmen, rumort in mir, macht mir Bauchschmerzen, liegt mir auf der Seele, wie Leichenfleisch. Stinkt, suppt, geht nicht weg, verwest nicht, verwest nicht, verwest nicht.

Und dabei will ich doch lieben, will doch, bitte, du Stück Scheiße in mir drin, du gottverdammtes Arschloch in mir drin, du blödes Schwein Ich – ich will doch lieben. Warum nur, warum kann ich es nicht? Weshalb nur kann ich nichts, als nahe sein für ein kleines Stückchen

Zeit, Wärme rauben, aber nicht warm werden mit einem Menschen, nur eindringen in das Innerste der anderen und dann nicht bleiben, nicht darüber hinausgehen und so bleiben? Alle können lieben und glücklich sein. Aber ich? Ich kotze, erbreche mich, vergewaltige mich selbst, beraube mich meines Glücks. Ach … ich … ich armes Ich. Erotika Pathemata.

Und zu diesen Gedanken K.D. Lang. *Hallelujah*! Und dann noch, schon im grauen Schlaf fast: Polly Scattergood. Ich hasse den Weg auch. Meinen Weg. Den hasse ich. Und laufe ihn, laufe ihn immer weiter und weiter und weiter und weiter und weiter und weiter und weiter. Ich regiere mein Reich, aber mein Reich ist ein schlechtes Reich. Bin ich, gestrandet im einundzwanzigsten Jahrhundert, gestrandet in Berlin, gestrandet in Deutschland, nicht von dieser Zeit, nicht von diesem Ort? Bin ich versehentlich hierher gefallen? Weshalb nur habe ich so oft das Gefühl, alles sei falsch, sei nicht so, wie es sein müsste, wenn es mit rechten Dingen zuginge?

Mir träumt, ich sei Zenobia. Vor meinem Palmyra stehen die Legionäre Aurelians, und alles ist aus. Das Ende ist nicht mehr aufzuhalten.

Das Ende ist nicht mehr aufzuhalten. Zu schwach ist meine Armee, zu schwach sind die Mauern. Ich habe den Römern den Weizen Ägyptens geraubt, als ich mein Reich durch Krieg vergrößerte. Ihr Hunger hat sie böse gemacht. Jetzt bellen ihre Hunde vor der Stadt, bereit, losgelassen zu werden. Jetzt schlagen sie ihre Schwerter auf die Schilde. Und nicht lange mehr, da wird sich der Strom aus Legionären und Kampfhunden ergießen über die Straßen meiner prachtvollen Stadt.

Aurelian sieht aus wie Kevin, als er eindringt mit seinen hohen Militärs in meinen Palast. Verloren wie Kevin steht er dabei, als seine Männer meinen Ratgebern die Hälse abschneiden. Die da fallen, sehen alle aus wie Lutz, und durch das Fenster schaut, unbeteiligt, der alterslose Silberhaarmann.

Ich wate im Blut meiner Männer. Und an einem Tisch, unsichtbar für die Römer, sitzt, ganz aus der Zeit gefallen, Geoffrey Chaucer und schreibt über mich Zeile für Zeile in seine Canterbury Tales.

Lutz erhebt sich tot. Aus seinem Hals strömt noch das Blut. „Es wird berichtet! Ich bin hoch erfreut", sagt er mit einer frequenzverzogenen Kinderstimme, die schauerlich widerhallt von den Marmorwänden. „Es wird berichtet", wiederholt er, „über die Augusta, die Kaiserin von Palmyra. Sie machte immer alles falsch. Aber es wird berichtet. Immerhin eine Frau. Das ist selten in der Antike." Er wendet sich an Chaucer, und seine Stimme klingt nun wie die eines Greises: „Sie hat Aurelian geschrieben, sie wäre, gleich Cleopatra, lieber tot als Gefangene. Nun sind wir tot, und sie ist gefangen. Wir aber schrieben nie."

Aus den Blutlachen kriechen rote Frösche, weiße Pferde fliegen an den Fenstern vorbei, auf jedem reitet eine Kopie des Silberhaarmannes, er selbst aber steht breitbeinig mitten im Raum und schmiedet mit schweren Hammerschlägen ein Schwert. „Schwert und Schild der Partei", ruft er dabei. Dann ist er fort. Klingend fällt das Schwert zu Boden und zerbricht in tausend winzig kleine Gangster-Rapper, die mir entgegenschreien, dass ich gar nicht die Augusta sei, sondern eine Schlampe, und das hier sei auch nicht Palmyra, sondern Schlampenhausen. Dann singen sie volkstümliche Lieder; singen und sehen dabei mächtig böse aus.

Ich kann mich nicht erinnern, wann ich zuletzt aus dem Bett gefallen bin. Vermutlich, als ich vier oder fünf war. Mir ist, als wachte ich schon in der winzigen Zeitspanne auf, die es braucht, bevor ich auf den Boden aufschlage. Aber natürlich ist das unmöglich. Auch brauche ich einige Sekunden, bis ich realisiere, dass ich nur geträumt habe. Meine Güte, denke ich, was alles passieren kann, wenn man sich für Geschichte und Politik interessiert. Ich hocke zwischen Bett und Couchtisch und sehe vermutlich total blöde aus der Wäsche. „Kolossal bekloppt", würde Lutz dazu sagen.

Ein Kaffee wird dringend gebraucht. Mich fröstelt. Was würde geschehen, wenn man immer träumt, man hätte geträumt, und dann wieder, dass man geträumt hätte und so fort, bis in alle Ewigkeit. Was ist eigentlich wirklich? Mir kommt die ganze Realität manchmal total unwirklich vor. Außerdem sollte ich mir angewöhnen, richtigen Kaffee zu trinken, und mich fernhalten von löslichem Zeug, das nur die Farbe mit Kaffee gemein hat. In die Fenster kriecht das graue Licht der Dämmerung. Es ist fünf Uhr. Ich habe noch Zeit, bis ich los muss. Aber in mir steckt eine dicke, fette Müdigkeit: in allen Knochen, im Kopf, in den Augen. Ich trinke meinen Kaffee aus, lade in YouTube die Polly-Playlist und lege mich aufs Bett. Masturbation hilft mir immer in solchen Fällen. Hand an mich legen, mir irgendwas vorstellen und nochmal eindösen, bis der Handywecker mich weckt. Die Träume sind zerstoben, in alle Gedankenwinde verstreut. Und traumlos schlafe ich mich hinüber bis zum Läuten des Handys.

Sonnabends ist die Burg nicht so voll wie am Freitag. Vermutlich, weil viele nicht arbeiten und also auch nicht gleich von der Arbeit herkommen. Außerdem sind am

Sonnabend die Leute fit für Clubs, gehen ins Berghain oder in den Monarch, sagt Katharina.

„Nicht eher ins Theater? Ich meine, wegen des Alters?"

„Klar. Und wohl auch eher ins Berghain als in den Monarch."

„Wegen des Alters?"

„You got me, darling. Fünfundzwanzig Jahre Techno. Dat is wat für die Jungs und Mädels um de vierzich."

Der Abend ist langweilig. Chansons im Hintergrund, Gäste im Vordergrund. Ruhige Gäste, nur manche kommen an die Umschlagsgeschwindigkeiten heran, die freitags erzielt werden. Aber immerhin – es sind nicht wenige Leute da. Um Mitternacht ist es sogar für eine gute Stunde voll. Keine Sitzplätze mehr frei, sogar der Tresen besetzt. Aber alles bedächtig. Die Schicht endet pünktlich.

Katharina ist die Frage, ob ich sie begleiten wolle, anzusehen. Ins Gesicht geschrieben, wie man so sagt. Aber sie spricht sie nicht aus. Sie steht da, den Schlüssel, mit dem sie die Tür der Bar gerade abgeschlossen hat, noch in der Hand, und blickt mich an. Mir kommt der Blick lang vor, tief, beides fast unendlich. Dann, als ich mir sicher bin, dass die Frage kommt und ich mir zugleich sicher bin, dass ich, leicht trunken vom Wein, *Ja* sagen werde, ein volles, ein umfassendes, ein *Wir-schlafen-miteinander-Ja* – da lächelt sie lediglich, süffisant, spöttisch, und dann wünscht sie mir eine gute Nacht. Sie lässt mich stehen.

Ich fühle mich verletzt, und ich empfinde dieses Gefühl als kindisch, als blöd, als pubertär. Immerhin war ich es ja, die ihre Avancen abwehrte. Ich verweigerte mich den weichen Kissen und der warmen Haut. Jetzt will sie mich nicht mehr. Das habe ich mir selbst eingebrockt, und ich sollte die Suppe jetzt auch essen, ohne zu murren. Immerhin hat mich ihr ungalanter Abgang davor bewahrt, schwach zu werden, wieder einmal schwach zu werden – mir selbst gegenüber – und also meinen Gelüsten nach körperlicher Nähe nachzugeben, die von nichts getragen werden als von ihnen selbst und meiner fixen Idee. Meiner fixen Idee, die der unerfreulichen Zwangshandlung innewohnt, das physikalisch gewonnene Gefühl der Nähe umzuwandeln in eine neue physikalische Aktion, die dann aufs Neue andere Nähegefühle hervorbringt. Die Wahnidee eines Perpetuum fixo des währenden Glücks.

Es ist jetzt halb drei. Die Nacht ist zwar nicht mehr jung, aber vorüber ist sie nicht. Berlin schläft nicht, und mir ist es egal, wann ich schlafe. Hauptsache nicht jetzt – noch wach, will ich nicht den Rest der Nacht bis in den späten Morgen (ich kenne mich ja) vor dem Rechner verbringen, um in Social Networks mich mit gestörten Arschgesichtern zu streiten oder sinnlos durch YouTube zu streifen oder mich gar Rentnern aus Wanne-Eickel oder Suhl an den virtuellen Hals zu werfen, die von sich behaupten, sie seien fünfundzwanzig und Studenten der Sportwissenschaften in München. Solches Verhalten führt erstens zu Übermüdung und zweitens nicht zu angenehmen Träumen, sondern solchen von Palästen und Tod.

18. Oktober

Die alternde Nacht wirft Stille über die Stadt. Fern bellt ein Hund, die Motorenbässe der Nachtbusse singen durch die Straßen. Der Regen, dessen vergangene Anwesenheit ich am nassen Glitzern des Asphalts erkenne, hat die Luft gesäubert, die sich kühl, aber nicht kalt auf mein Gesicht legt. Dieser späte Zipfel der Nacht, den ich in der Hand halte und nicht loslassen will – alles ist gut, ist bestellt wie ein Feld –, bietet mir Möglichkeiten, die ich nicht kenne, überwältigt mich wieder einmal, überwältigt die immer noch in mir hausenden Dorferinnerungen, die Verhaltensweisen des Dorfes, die ganze Trostlosigkeit. Dort aufzuwachen nachts – das hieß nichts als Virtualitätsknüppel gegen das Wachsein, hieß von Zeit zu Zeit, sparsam dosiert, umherzustreifen zwischen Feldern und Hainen, die einmal Wälder waren, hieß Langeweile, unausweichliche Langeweile. Aber jetzt kann ich mich in Leben stürzen, nicht in eines nur, in alle, deren ich habhaft werden kann. Berliner Nacht. Schwarz zu blau. Döner. Clubs. Sprechen. Hören. Schmecken. Ficken. Sein. SEIN. Mein Gott, SEIN!

Die Nacht ist so schön. Ich laufe eine Viertelstunde durch die Straßen, bewacht von den großen alten Häusern, beleuchtet durch die hellen Fensterscheiben der Clubs und Bars, die noch offen haben, dann nehme ich mir ein Taxi. Und ab in den Monarch. Endlich nachsehen, was da geht. In der Mitte der Tresen. Bier oder Wein? Ich sollte weniger trinken. Ich nehme mir fest vor, mit dem Aufhören in dreißig Jahren anzufangen. Erst einmal ein Bier.

Die Musik gefällt mir nicht, aber das ist egal. Schlimmer ist es, dass die Leute eine Wand bilden gegen mich. Oder bilde ich eine Wand gegen die Leute? Ich stehe allein herum. Niemand, mit dem ich reden könnte, keiner, der mich anspricht. Ich trinke aus, zahle, will gehen. Aber dann – wohin soll ich? In die Oranienstraße? Ich habe keine Lust, umherzulaufen, spüre jetzt die Müdigkeit, die aus der Schicht in der Burg geboren worden ist. Sie ist aus dem Krabbelalter heraus und wird bald eingeschult.

Jetzt Wein, weiß, Geht-so-Qualität (was mehr ist als anderenorts). Nochmal umschauen. Aber es verändert sich nichts. Das liegt an mir. An Katharina. An der Schicht. An was weiß ich. So hat es keinen Zweck. In dieser komischen, schüchternen, egozentrischen Stimmung bin ich nicht in der Lage, in eine der Gruppen einzudringen, die hier ihr Wesen treiben. Und es gibt nur Gruppen und Grüppchen hier. Bis auf einen vereinzelten Gast, der aber so sehr nach eigenartiger Weltsicht aussieht mit seinem Taschentuch als Mützenersatz, der Latzhose und dem pinkfarbenen T-Shirt, dass ich mich nicht einmal traue, in seine Nähe zu kommen. Ich bin es, die solche Typen dann am Hals hat. Es könnten noch zehn andere Maries hier sein, unweigerlich käme er auf mich zu, würde mich vollquatschen, wahlweise mit Geschichten über UFO-Entführungen, geheime Aktionen des tongalesischen Geheimdienstes, Ansichten über Stalin oder über seine Nachbarn. Nachbargeschichten sind das Schlimmste, pure Folter.

Da kommt noch ein Wein.

„Ich wollte gehen“, sage ich zur Frau hinterm Tresen, als sie ihn mir gibt. „Wir gehen alle – früher oder später“, antwortet sie.

Nach dem Wein: Schluss. Jetzt ab.

Um halb fünf liege ich im Bett. Als ich aufwache, ist es erst elf. Ich bin ausgeschlafen, das kommt mir spanisch vor. Senile Bettflucht scheidet in meinem Alter aus. Vielleicht ist es aber auch nur so, dass mir der wirklich – man glaubt es kaum, aber es stimmt – goldene Sonnenschein, der durch mein Fenster bricht, der mich wärmt und alles in ein weiches Licht taucht, jede Melancholie vertreibt (während sich im Hinterkopf eine Art Merker bildet: verstärkte Melancholie bei Sonnenuntergang sofort einschalten), die Wachheit eingerieben hat. Ich koche mir einen Instantkaffee, entscheide mich für Cornflakes als Frühstück, trage alles rüber zum Bett, greife nach dem Foucault, trinke, mampfe, lese.

Alles ist eine Machtfrage. In mir reifen die Machtfragen, die keine anderen sind als jene der kleinen Mächte, die Michel F. auf das Papier geworfen hat. Meine Machtfragen sind seine Sexualitätsfragen, jedenfalls jetzt, unter dem goldenen, einbrechenden Sonnenlicht. Alles wird zu Gewalt. Ein wenig fürchte ich mich vor mir, vor diesen Phantasien, die ja nicht von irgendwoher kommen, sondern in mir gezüchtet worden sind. Von mir gezüchtet, nehme ich an. Ich will mich nicht darauf verlassen, dass die Gesellschaft sie in mir angesetzt hat. Nein, nein. Die wäre gar nicht in der Lage, mir etwas so Gutes anzutun, wie diese Vorstellungen es sind. Diese Vorstellungen, die mich nun ablenken, in deren Zentrum ein Kevin leidet, der nicht wie Kevin aussieht, sondern jemand ist, von dem ich weiß, es ist Kevin; der ein anderes Erscheinungsbild bietet, aber trotzdem dieser Junge ist und alle Jungen dazu, die meinen Beuteschemata entsprechen: ein Repräsentant für meine aufsteigende, gewalttätige, böse, jede Schranke überschreitende Lust, Lust zu verkehren in Macht. Mir wird schlecht. Mir wirds geil. Mir wird schlecht. Mir wirds geil. Immer abwechselnd. Und beide Gefühle unangenehm angenehm, mehr noch sogar: ekelhaft gar, überbordend ekelhaft angenehm, fremd, alienhaft, krass. Fette fettige Gefühle. Und immer das Bild von Kevin. In jedem Buchstaben des Buches, in den Zwischenräumen, ganz deutlich kleine, winzige, leidende, provozierende, verstörende, boshafte, rumpelstilzchenartige Kevins. Und in meinem Kopf einer in ganz normaler Kleinheit, einer, dem ich in die Eier trete für seine Scheißnähe, Scheißliebe, Scheißverlorenheit, Scheißkleinheit. Und dabei immer Michel Foucault. Seite um Seite: Kevin, Buch, Nichtverstehen, Ablenkung, Rückblättern, Wiederholung.

Ich stehe auf, greife im Stehen nach der Tasse, trinke den letzten Schluck. Dann dusche ich, dusche lange, heiß, wasche mir die Haare. Beim Trockenrubbeln nach dem Duschen verlieren sich die letzten Kevinreste aus meiner Gegenwart. Jetzt fühle ich mich auf eine gute Weise leer, bereit, gefüllt zu werden mit Neuem, mit irgendetwas anderem. In meinem Bauch kribbelt Spannung. Ich muss raus jetzt, raus in die Stadt, unter die Sonne, in die Straßenschluchten. Anziehen. Dann ab zum Schloss, durch den Park rennen, ja, ja, ich meine rennen, ganz schnell, so als ginge es um mein Leben, bis mein Atem stoßweise geht und das Herz mir bis zum Hals klopft. Innehalten, anhalten. Oberkörper vorbeugen, Hände oberhalb der Knie auf die Beine, Arme durchgedrückt, dabei heftig und laut atmen. Das ist ein gutes Gefühl. Ein Gefühl, als hätte man etwas getan, etwas von Gewicht: Steine geschleppt oder so.

So verharre ich im Schlosspark für eine Minute, und dann kann ich langsam weitergehen, schlendern, mir die Leute im herbstlichen Park anschauen und mir Geschichten zu ihnen ausdenken. Über den Mann auf der Bank, den mit der bleichen Windjacke, mit dem schütteren Haar. Der denkt an seinen Sohn: *Dass der Bengel nicht schreibt! Wie lange ist er jetzt schon in Köln? Sechs Monate, oder sind es sieben? Bei dieser merkwürdigen Frau. Das wird nicht gutgehen. Ich kann sie nicht leiden, das ist doch eine Dramaqueen und affig noch obendrauf. Total affektiert, wenn die mit ihren Sportklamotten schon ankommt. Du solltest dich sportiver kleiden, Schwiegerpapa … Schwiegerpapa – noch sind sie nicht verheiratet, noch nicht! Und wenns nach mir geht, dann bleibt das so. Sportiver anziehen, sportiver anziehen … soll ich auch in Trainingshosen rumlaufen, so wie die? Immerhin hat er einen Job, der ihm Spaß macht. Da bin ich sicher. Elektroingenieur. Das ist nicht schlecht! Sogar mit Personalverantwortung. Aber schreiben könnte er ruhig mal, nicht nur immer SMS-Nachrichten schicken, nicht nur immer ein paar hundert Zeichen. Ob er zu Weihnachten nach Hause kommt? Ich würde schon gern mal wieder mit ihm um die Häuser ziehen. Ich werde etwas dagegen tun müssen, immer einsamer zu werden. Seit Liesl fort ist, bin ich auf dem absteigenden Ast. Ich gehe nicht mal mehr einen trinken am Abend. Nur auf die Arbeit und manchmal hier in den Park, das ist doch kein Leben.*

Und die junge Frau dort, die mit dem Kinderwagen, bei der ganze Generationen preußischer Gardeoffiziere von innen nach außen durchzuschlagen scheinen, diese junge Frau mit der ruhigen Haltung von Saturierten, mit Wachsjacke und Jeans, mit brauen Schuhen – teuer alles, das sieht man, das soll man sehen –, die denkt an gestern Abend, da war sie clubben, nicht wo wir hingehen, das heißt kurz war sie noch im Berghain, aber dann ist sie rüber in einen Club mit Aussicht über die Stadt. Zwanzigster Stock, zweiundzwanzigster. Gläschen Witwe in der Hand oder einen anderen Schampus, Fingerfood, House, Konversation: Fick-mich-huch-huch-was-hab-ich-denn-da-gesagt, bisschen auch über Sarrazin (geht-gar-nicht-recht-hat-er-lehn-ich-ab-genau-getroffen-hat-er-darf-man-aber-nicht-sagen) und gleich danach schon über das Kind und den Kindergarten, Montessori oder, wenn das Kind Pech hat, Waldorf-ich-tanze-meinen-Namen, und über die Pläne für die Schulbildung: privat, öffentlich geht gar nicht mehr, na ich bitte Sie, der Lehrermangel, ich will ja nichts sagen, aber die Eltern dieser Kinder kümmern sich ja nicht, und dann die Kopftücher, nein nein … nur privat und später dann, da sind wir uns ganz sicher, mein Mann und ich, Internat, ganz liberal.

Oder der da. Du denkst vielleicht, der denkt gar nicht mehr oder wenn er denkt, dann an den nächsten Suff, fragt sich, wo er das Geld für billigen Wodka herbekommt. Ja, ja – das denkt der *auch*. Aber eigentlich denkt er – *Jetzt hör doch mal zu, Marie! / Ich hör ja schon zu, Marie!* –, wie das war, als er noch nicht daran denken musste, wie er an das Geld für billigen Wodka kommt. Er denkt sich gerade nach Hause, zehn oder zwanzig oder dreißig Jahre zurück, nach irgendwo, DDR, BRD, was weiß ich. Mutter, Vater, Fernseher, Essen auf dem Tisch, Bett nebenan, Poster an der Wand, Plattenspieler, Heizung, morgens Schule, Freundin, und von da aus, von der Vergangenheit aus, die ihm jetzt Gegenwart ist, denkt er sich in die Zukunft, also Richtung heute, in eine Zukunft, die ganz anders werden sollte, als sie geworden ist, denkt sich, es wird schon klappen mit der Lehrstelle, hat der Meister ja schon zugesagt, was soll da noch schiefgehen. Jetzt, hast du's gesehen Marie! (*Ja, Marie, ich hab's gesehen!*), friert er mehr. Richtig geschüttelt hat es ihn bei dem Gedanken, richtig durchgegangen ist die Kälte jetzt. Da friert es ihn in diesem Herbst nochmal so stark, verstärkt die kalte Sucht, verstärkt die kalte Hoffnungslosigkeit, macht böse das, was böse ist: die Erinnerung an Heim und Wärme.

Und gleich erinnere ich mich mit ihm. Erinnere mich an Abendbrottisch und Schnittchen, an dünnen Tee und Spreewaldgurken, an Zungenwurst oder *Rügener Badejunge* auf Bauernbrot. Erinnere mich an gelüftete Kinderzimmer, an Daunenbetten und Gute-Nacht-Küsse, an Frühstückstische und den Kaffeegeruch im ganzen Haus, an das Brummen von Vaters Auto, wenn er zur Arbeit fuhr. Vater musste vor mir aus dem Haus – und ich vor Mutter. Und da friert es mich, und ich frage mich: Friert es mich, weil ich mich erinnere an dies alles als wohlgeordnete Enge, als lächelnde Stupidität, oder friert es mich, weil ich mich daran erinnere als freundliche Heimeligkeit, Nestwärme? Ja, sagt das eine Gefühl, das negative; ja, sagt das andere Gefühl, das positive. Welches bist du, frage ich das negative. Es ist jenes, das nicht ich ist, antwortet das positive. Und ich friere ratlos.

Ein Grund, den Park zu verlassen und den Bus zu nehmen, dann die Bahn, und zu fahren – wohin? Ich habe kein Ziel. Nichts habe ich geplant zu erkunden. Also lasse ich mich treiben und werde am Hermannplatz ausgewürgt. Da spuckt die U-Bahn mich in den Rachen des

Wals. Eine halbe Stunde bin ich durch Berlin gekurvt mit Bus und Bahn. Eine halbe Stunde in halbleeren Transportmitteln. Schon bevor ich nach Berlin gezogen bin, habe ich *Sinfonie einer Großstadt* gesehen, schwarzweiß, stumm. Und darin auch die S-Bahnen und die Menschen auf der Straße. Und jetzt laufen bei mir immer die Zwanziger mit. An manchen Ecken denke ich: *Wennde da jetze rumjehst, denn biste nich mehr int Jahr Zwanzichneune, denn biste int Jahr Neunzehnfünfundzwanzich, denn biste wieda zu Hause, und denn kannste zu deene Mutta jehn, und die trejt ne Kittelschürze und die macht dir ne Stulle. Un denn kannste erzähln, dassde jeträumt hast vont Jahr Zwanzichneune und det de Menschen janz meschugge jewesen sin.* Aber wenn ich dann um die Ecke biege, dann ist da kein Tor zu einer anderen Zeit, und ich bin immer noch im Herbst des Jahres Zwanzig-neun. Dabei glaube ich nur dann, dass ich hierher gehöre, wenn ich im Netz surfe. Wenn ich durch die Straßen gehe, wenn ich in Clubs und Kneipen gehe, dann kommt mir die Wirklichkeit ganz virtuell vor, und ich möchte den Stecker ziehen. Aber es ist kein Stecker da, den ich ziehen könnte, und ich tu das, was das wache Gegenteil von schwerem Träumen ist und für das es kein Wort gibt.

Ich müsste mal wieder zum Friseur. Ich gehe nicht oft dorthin, manchmal nur, um ein paar Stufen schneiden zu lassen, die Haare zurechtstutzen zu lassen, dass der kurze Zopf gut und frech wippen kann. Ich mag den Zopf, ich mag es, ihn aus den Augenwinkeln zu beobachten, wenn ich an Schaufensterscheiben vorbeigehe. Da hüpft er fröhlich auf und ab, da ist meine ganze Fröhlichkeit in dem Zopf, und ich fühle mich lustig. Ja, das ist wohl ein gutes Wort für dieses Fühlen: lustig. Aber hier will ich lieber nicht zum Friseur. Du hast Vorurteile, sage ich zu mir. Aber ich rede mich damit heraus, dass es doch viel schlauer sei, in Charlottenburg oder Schöneberg zum Friseur zu gehen, nahe an der Wohnung oder nahe an der Burg. Menschen mit Vorurteilen dieser Art brauchen Ausreden, sonst müssten sie zugeben, völlige Idioten zu sein, und wer gibt schon vor sich selbst gern zu, dass er ein Vollhorst ist. Ich jedenfalls glaube ganz fest meiner Ausrede und habe nur ein wenig ein schlechtes Gewissen wegen des Vorurteils, dass türkische oder arabische Friseure meine nicht vorhandene Frisur versauen könnten.

Ich verordne mir einen Döner. Im Dönerladen stehen die üblichen arabischen oder türkischen Jungs herum. Sie reden, vielleicht auch über mich, aber es hört sich nicht aggressiv an, da ist nichts Boshaftes und nichts Übergriffiges. Nur der Döner könnte besser sein. Das Fleisch ist kalt, das Scharf ist unscharf und die Knobisauce weiß nicht, was Knoblauch ist. Satt macht er aber. Immerhin.

Dreimal tapere ich um den Platz. Die Leute beginnen schon, mir skeptisch hinterherzublicken. Dann fällt mir ein: Nach Kreuzberg brauche ich doch nur den Kottbusser Damm raufzulaufen. Also los. Es ist weiter, als ich gedacht habe. Außerdem habe ich Durst. Aber ich trau mich nicht, in eine der Kneipen zu gehen, an denen ich vorbeilaufe. Vor ihnen stehen entweder junge Männer mit Kampfhunden, oder es grölen deutsche Stimmen unheilschwangere, unverständliche Laute. Und die Kneipen, die mir gefallen würden, die haben geschlossen, jetzt am Sonntagnachmittag. Ich latsche gemütlich vor mich hin. Vierzig Minuten bis zum *Tante Horst.* Dann gibt es endlich, endlich was zu trinken.

Während ich drinnen am Tresen sitze und einen Rotwein in mich gieße, gießt die Stadt einen kurzen schweren Regen in sich, den sie sich aus dem Himmel zapft. Der Regen fällt senkrecht vor den Fenstern zu Boden, so als würde die Erde ihn wirklich aus den Wolken melken. Wo die schweren Tropfen aufschlagen, spritzen sie, als wären es zerspringende Edelsteine. Ich drehe mir eine Zigarette und schaue gebannt dem Regen zu, der immer neue Muster aus Wasserscherben auf den Boden wirft.

Im Herbst scheint die ganze Stadt manisch depressiv zu sein: lässt sich hängen, wenn sie sich aus ihrem Himmel, dem Himmel über Berlin, einen hinter die Binde gießt, wirft sich in hektischen Aktivitäten an jeden, dessen sie habhaft werden kann, diese Riesenstadt, diese Stadt der Zwerge und des Mittelmaßes, diese verbaute, verrunzelte Stadt fickt ihn mit tausend Dildos, gemacht aus Clubs, Geschäften, Seen, Stadtwäldern, Straßenschluchten, Plätzen. Fickt mich dann auch, macht mich aber nicht raus aus meiner Melancholie, nicht so, wie man jemanden raus macht aus einer Schale, gebiert mich nicht neu, lässt mich immer die Alte sein. Macht nichts, lüge ich mir vor. Macht nichts! Kommt noch! Noch sei ich, sage ich zu mir, zu sehr an Land, an Dorf also, noch nicht auf dem Meer aus Menschen und Häusern, noch – mir fällt Melville wieder ein – sei ich nicht auf der Pequod, fahre nicht durch die wahren Stürme, noch sei gar kein Ahab in Sicht. Aber er, sage ich mir, würde schon kommen. Und dann wird alles anders, wenn ich erst, die einzige Überlebende meiner vielen Ängste, treiben würde auf dem Sarg durch die Stadt – und habe keine Vorstellung davon, was das wäre, wie das wäre, wie das wird.

„Noch einen Wein, bitte." Draußen zerbricht noch immer Himmelrotzundwasser glänzend auf Pflaster und Teer. Drinnen füllen Gespräche den Raum, wispern ihn voll, lachen in ihn hinein. Und darin ich. Das kann ich nicht lange – hier sitzen, allein am Tresen, wieder. Einsam, vollständig einsam zwischen diesen Menschen. Und so zahle ich, haue ab, tauche zur U-Bahn hinunter und tauche auf am Mehringdamm. Rausche ihn hinauf, in die Bergmannstraße. Wie ich das hasse, wenn ich es schon sehe. Diese zwanghaft unbiedere Biederkeit, diese grün-alternative Idylle, alles verlogen, alles Krieg in Jugoslawien, alles Harz-IV-Verursachung, alles Pfannkuchengesicht, alles Zynismus unter der Camouflage von Wahrhaftigkeit, sozialem Engagement und ökologischer Obsession. Trotzdem ziehe ich mir hier einen Espresso rein, lese in irgendeiner Zeitung irgendwas, stiefle wieder los. Dämmerung jetzt schon. Alles schön grau. Dieses Grau, wisst Ihr, das noch nicht so sehr ins Schwarze schlägt, dieses Stahlgrau, unterlegt mit letztem Sonnenlicht; das macht die Farben intensiver, dunkler, kontrastreicher. Jedes rote Auto sieht aus wie aus einer Fotografie. Es ist sechs Uhr jetzt. Ein langer Nachmittag für mich, ohne Fluchten in soziale Netze, Videopages, Chats, ohne Flucht in Schlaf und Träume, selbstproduzierte Orgasmen. Ich fühle mich mit einem Male stark. Ganz selten ist dieses Gefühl. Und so schreite ich aus (ja, ja, das ist schon ein gutes Wort für meine Art von Gang nun, das könnt Ihr mal glauben!), setze mit weiten Schritten meinen Weg ohne Ziel fort. Die Bergmannstraße hinauf. Rein in die Nostizstraße, stoße mir die Nase an etwas, was *Henris Bar* heißt, aber geschlossen ist. Die kleine

Souterrainbar hat meine Aufmerksamkeit verdient, weil sie so geheimnisvoll ausschaut – ganz ohne Reklame, nur mit einem klitzekleinen Hinweis in einem der ebenfalls klitzekleinen Fenster.

Also rum in die Gneisenau. Und dann kurz vor der Kreuzung mit dem Mehringdamm in die Mehringhöfe. Noch einen Espresso hier. Und dann wieder in die U-Bahn. Jetzt nach Hause. Müde bin ich. Wohlig müde. Und ich döse in der U-Bahn ein, bis mein Handy läutet und mich weckt.

Kevin, der Unvermeidliche, der, dem ich nicht aus dem Weg gehen kann, der in meinem Handy einen Klon geparkt hat.

„Ich möchte dich so gern sehen …" Und dabei wieder dieser Tonfall voll kriecherischer Hingabe.

„Ich bin gerade auf dem Weg nach Hause", sage ich.

„Ich kann auch zu dir kommen. Aber ich weiß gar nicht, wo du wohnst."

Marie!, sag ihm nicht die Adresse. Das denke ich, während aus meinem Mund die Adresse gezogen wird. Jetzt ist es zu spät. Jetzt weiß er, wo ich wohne, jetzt wird er seine Füße in seine Sneakers stecken, noch ein Kapuzenshirt überstreifen und sich auf den Weg machen in mein Heiligtum. Ich bin eine Idiotin! Total das Brot! Und dabei hatte ich mit mir ausgemacht: Der erste Mann in dieser Wohnung, das sollte Lutz sein. Jetzt wird am Mittwoch, wenn Lutz kommt – wenn wir flüchten in Fluchtnostalgie –, die Erinnerung an Kevin wie der Gestank von altem Fett den Geruch unserer Häute überdecken. Kevin: My chemical romance. Baby I don't love you. Und im Bauch des Wals schwimme ich in der U-Bahn durch die

Gedärme der Stadt. Kein Ahab weit und breit. Kein böser Kapitän, keiner in Sicht, dem ich zusehen kann bei seinem Untergang (und ich werde gerettet dann, treibend auf einer Totenkiste durchs Stadtmeer. Nur Kevin … der soll nicht versinken. Der hat sich einen unverschämten Platz in meiner Seele gesichert. Einen lieblosen Platz, so wie die Kaninchen in den Ställen der Dorfbewohner. Niedlich. Zur Schlachtung noch nicht bereit, weil es ihnen an ausreichendem Schlachtgewicht noch mangelt. Weil sie noch wachsen müssen, noch gefüttert werden müssen, bis sie so weit sind, dass man ihnen das Genick bricht und die Haut abzieht. Kevin, mein Sonntagsbraten.

Zwei streben einem Ziel zu. Er und ich zu ihr, meiner Fluchtburg, meiner Außenweltkommunikationsanlage, wo ich Nächte vor dem Laptop verbringe und in Welten reise, die nie Marie zuvor gesehen hat, wo ich neue Lebensformen entdecke und neue Galaxien. Wo ich in die Texte von Polly Scattergood falle und mir an den englischen Orginalsonetten von Shakespeare die Verzweiflung des Nichtverstehens überziehe wie ein T-Shirt. abab – cdcd – efef – gg. Und die These in den ersten beiden Quartetten und die Antithese im dritten und dann, wie ein Aphorismus, die Synthese im Couplet. Und so prachtvoll die Sprache, so tief, so abgründig, dass ich nicht begreife, was im Dunkel des Abgrunds liegt. Und wo ich mir Pornos reinziehe, Fakes erschaffe, wo ich mich als junge Frau verhalte, die sich verhält, als wäre sie ein älterer Mann, die Hand immer am Schwanz beim Schreiben, der vorgibt, eine junge Frau zu sein. *As you like it.*

In meine Fluchtburg also ist jetzt auch Kevin unterwegs. Ich Vollidiotin. In meine geheiligten Hallen aus Wohnklo,

Küche, Bad, Balkon. In meine Kommandostelle, auf die Brücke („Kevin, Sie haben die Brücke!").

Er ist schon dort, als ich ankomme. Ich habe keine Ahnung, wie er das gemacht hat. *Scotty, energize* – vielleicht. Jedenfalls hängt er vor der Haustür herum und wartet. Vermutlich bin ich jetzt eine Art von Erlösung, die ihn ins Warme, ins Trockene bringt.

„Du bist ja schon da!"

„Ich habe mir ein Taxi gegönnt." *Von wegen Scotty.*

„Tee?"

„Was?"

„Willst du auch einen Tee?"

„Kaffee wäre mir lieber."

„Ich habe nur löslichen."

„Meinetwegen."

Ich fülle Wasser in den Wasserkocher und stelle ihn an. Von Leise nach Laut nach Leise. Wenn es wieder leise wird, dann kocht das Wasser gleich.

„Zucker, Milch?"

„Beides."

Ich serviere auf dem freien Stückchen Schreibtisch, hocke mich vor das Laptop, YouTube, Playlist.

Kevin schlürft laut seinen Kaffee. Er hat sich auf mein Bett gehockt und sieht mich mit diesem Dackelblick an. Irgendwann steche ich ihm die Augen aus.

„Soll ich mich ausziehen?"

Ich drehe mich mit dem Gesicht zum Fenster. Irgendwas ist so schräg an diesem Jungen, dass es umfallen wird. Was so schräg ist, MUSS umfallen. Es ist nur eine Frage der Zeit.

„Trink doch erst mal deinen Kaffee", sage ich.

Kevin schweigt und schlürft weiter. Er schlürft vor sich hin, meditativ. Aus den Boxen: *Max Prosa, Straße nach Peru.*

„Ich habe Scheiße gemacht." Kevins Stimme hört sich ganz klein an.

„Du hast im Supermarkt geklaut."

„Nein, nich son Kleinkram."

„Du hast vergessen, deiner Mutter zum Geburtstag zu gratulieren."

„Nun sei doch mal ernst! Es ist wirklich was Schlimmes."

„Dann sag es doch endlich. Oder ist das hier ein Ratespiel?"

„Ich habe ein Auto abgefackelt."

„Was?"

„Abgefackelt! Einen Geländewagen. In Friedrichshain."

„Mein Gott, wie bist du denn auf diese bekloppte Idee gekommen?"

„Die kaufen das ganze Viertel auf. Die schmeißen die Leute aus den Wohnungen. Man muss sich doch wehren."

„Hat dich jemand gesehen, mein kleiner Kleinbürger?"

„Ich weiß nicht, ich glaube ja."

„Wirst du überwacht? Ich meine … hast du was Auffälliges bemerkt. Autos, Leute?"

„Nein, eigentlich nicht. Obwohl ich gestern fast ununterbrochen aus dem Fenster gestarrt habe."

„… ob sie dich holen kommen?"

„Na ja …"

„Du Revolutionär …"

„Mach dich nicht lustig darüber. Ich habe echt die Hosen voll. Wenn mich tatsächlich wer gesehen hat …"

„... dann müssen sie dich erst mal identifizieren. Das ist nicht so einfach. Oder hast du was verloren? Deinen Ausweis oder so?"

„Nein, natürlich nicht."

„Na dann ... Und warum zum Teufel glaubst du, man kann die Gentrifizierung mit brennenden Autos aufhalten. Das ist doch Kinderkacke."

„Irgendwas muss man doch tun ..."

„Aber doch nicht so was. Das ist doch hirnrissig. Und man fackelt doch auch Autos ab, die man gar nicht abfackeln will. Und überhaupt, woher weißt du denn, dass du den richtigen erwischt und nicht zum Beispiel irgendein armes Schwein, das sich von der letzten Knete so ein Auto gekauft hat?"

„Autos sind eh Scheiße."

„Weil du keins hast."

„Weil sie die Umwelt verpesten und die Straßen vollstellen. Alles Statussymbole."

„Ein Stückchen Freiheit in einer unfreien Welt, finde ich."

„Scheiß auf solche Freiheit."

„Sag das mal einem Arbeitsnomaden, der zur Arbeit fahren muss."

Kevin geht mir auf den Sack. Wieder einmal. Er ist einer von diesen revolutionären Kleinbürgern, die sich hinterher den Arsch auf Chefsesseln platt sitzen oder einen Laden aufmachen, in dem es Bioscheiße gibt, die sich kein normaler Mensch leisten kann. *Stoppt den Castor* in den Schaufenstern und im Urlaub nach Goa und bei den Wahlen die Grünen, immer schön gewaltfrei, aber die wählen, die Belgrad bombardiert haben. Das ist die Perspektive. Wie widerlich. Wir diskutieren, bis die Playlist durch ist. Wir diskutieren noch in der Stille des musiklosen Raums. Aber unsere Meinungen sind unversöhnlich. Den ersten Mai in Kreuzberg findet er scheiße, aber individualistische Einzelaktionen … davon ist er nicht abzubringen.

Und dann: schlagartig erstirbt die Diskussion. Fällt in ein Nichts. Denn Kevin antwortet nur noch mit einem Satz: „Immer weißt du alles besser."

Ich schweige. Er hat ja recht. Aber ich kann doch nichts dafür. Wenn mein nervtötender Automobilvernichter in irgendeine vernünftige Antifa-Gruppe gehen würde oder sonst wohin, wo man man mehr sieht als das, was man für die gegenwärtige Wirklichkeit hält, dann wüsste er auch alles besser, als er es jetzt weiß. Aber so?

„Soll ich mich ausziehen?"

Er kann einen zur Weißglut treiben. Eben noch der widerbrandige Revolutionär, und jetzt will er hier mit seinem leichten Körper als Lustobjekt herumliegen, -stehen, -sitzen.

Aber da ist etwas in mir, etwas Kleines, Schweres, Schwarzes, Unbekanntes, Unwillkommenes, das will ihn verletzlich, aber nicht verletzen. Das ist etwas wie Liebe. Nein Liebe ist es nicht, es ist nur *wie* Liebe, ein Substitut für Liebe. Und warm ist es, heiß fast, brennend, wie Sonne auf nackter Haut. Sonnenbrand. Und das sagt laut *ja.* Sagt ja, lauter, als ich jedes Argument in unserer sinnlosen Diskussion gesagt habe, der, das fällt mir jetzt erst auf, jeder historische Bezug fehlte. Warum habe ich den Jungen, der sich jetzt – das hat er sich gemerkt – die Socken zuerst auszieht, nicht auf die großen kollektiven

Kämpfe der Weimarer Republik hingewiesen, auf die großen Demonstrationen gegen Wiederbewaffnung, hier im Westen, der ihm ein kleines Stückchen mehr gehört als mir. Oder auf die Wir-sind-das-Volk-Demonstrationen in meinem Osten? Aber ich weiß ja sowieso alles besser. Dabei ist mir das nicht zugeflogen. Ich habe das in mich aufgesogen, seit ich in die Pubertät gekommen bin, seit mehr als zehn Jahren sauge ich es auf. In der Schule, in meiner Antifagruppe. Immer ging es auch um Geschichte. Das ist ganz eins mit mir. Aber bei ihm ist da nichts als unentdecktes Land. Situatives Handeln heißt das wohl, denke ich. Aber dazu muss auch erst mal eine Situation wirklich bestehen. Wirklich. Nicht nur eine virtuelle im Kopf. *Second Live* in Friedrichshain, und Kevin ist nur eine Figur im Netz. Nee – nicht Foucault. Bits und Bytes.

Ich beiße ihn. Ich bin aufgestanden, habe meine Arme um seinen nackten Körper geschlungen und meine Zähne quetschen sein Fleisch. Warum tu ich das? Ich habe keine Ahnung. Seine Reaktionen aber, mein Gott, seine Reaktionen: dieses leichte Stöhnen, die zaghaften Versuche, sich kleiner zu machen und zu entkommen, viel zu zaghaft die, um zu einem Erfolg zu führen, sein Loslassen von allem, was nicht ich bin, was nicht der Schmerz ist, den meine Zähne in ihn beißen; der Schweiß, der sich wie Tau auf seinem Körper ausbreitet, der stoßweise Atem, sein erigiertes Glied … Da höre ich auch mich stoßweise atmen, da fühle ich, wie meine Hände sich bewegen über seinen Körper, wie meine Nägel über seine Haut fahren, wie ich seine Brustwarzen kneife. Was nur mache ich hier, was geschieht mit mir? Das ist ein ganz Neues. Ein Unbekanntes. Ungescanntes. Unerlebtes. Bis eben noch.

Aber jetzt ist es da. Vollständig. Wie eine Flutwelle ist das. Alle Deiche durchnässt schon vom salzigen Wasser erwarteter, erhoffter Tränen. Das bin nicht ich. Das bin ich. Das bin nicht ich. Das bin ich. Das war ich immer schon. Das war ich noch nie. Jetzt schlagen. Und seine Schreie hören. Jetzt ihn sehen, vor mir, unter mir, als ein Bündel Kevin, als ein Häufchen geilen Elends. Mein Gott, das ist gegen alles, was ich tat bisher, das ist dagegen und darüber hinaus. Das ist schrecklich, das ist wundervoll, das soll nicht ich sein, das bin ich. Und dann ich auf ihm. Habe ihn umgestoßen, er auf dem Bett, die Beine noch draußen. Und zuschlagen. Vorsichtig natürlich. Weshalb natürlich? Ich habe keine Ahnung, wie man zuschlägt in solchen Situationen. Intuitiv vorsichtig. Vielleicht zu vorsichtig, vielleicht nicht vorsichtig genug. Das ist warm. Ohrfeigen sind ganz warm. Wärmen auf. Ich schwitze. Ich drücke meine Knie auf seine Oberarme, ich reiße mir Pulli und T-Shirt vom Oberkörper. Ich strample meine Jeans von den Beinen und meinen Slip. Und dann wieder Ohrfeigen. Bis ich mich hochhieve. Bis ich meine Scheide auf seinen Mund drücke und wieder anhebe, damit er Luft bekommt, und ich fühle seine Zunge und explodiere. Der Orgasmus schüttelt mich durch, verkrampft mich, meine Beine zucken willkürlich, meine Arme scheinen von mir losgelöst zu sein. Da liege ich schon auf dem Rücken, liege Haut an Haut mit Kevin. Wehre mich gegen seine Umarmung. Das ist zu nah! Zu nah, hörst du. Jetzt nicht, jetzt brauche ich nur *einen* Menschen, der mir nahe ist: mich. Niemanden sonst. Weil du meine Nähe zu mir zerstören würdest, weil jeder, der mich nun umfasste, meine Nähe zu mir zerstören würde. Embryostellung. Knie vor der

Brust, Arme um die Knie und Kevin zusehen, wie er für seinen Orgasmus sorgt, wie er auf sich selbst spritzt, und dabei nochmal die Wärme spüren. Und einen Augenblick daran denken, ihn zu beleidigen, ihm Wörter ins Ohr zu flüstern, die ihn treffen, nicht zu hart, nicht zu lasch, so dass er auch erbebt, dass sich sein geschrumpfter, geschrumpelter Schwanz noch einmal aufrichtet nur durch die Macht meiner Stimme. Was hast du mir getan, Kevin? Was hast du angerichtet in mir, Kevin? Dafür hasse ich dich dankbar. Du kleiner kleinbürgerlicher Revoluzzer. Wenigsten hier hast du ein anständiges Feuer gelegt. Das brennt so gut. Als hätte es vorher alles nur zur Hälfte gegeben. Du gottverdammtes Arschloch hast eine Saat gelegt, und ich hoffe, es wird bald geerntet, und dann soll dieses Feld betoniert werden und ein Industriebau errichtet, dass niemals wieder etwas wächst hier, was ist, wie das, was nun kommen wird, weil ich mich nicht wehren kann. Weil ich kein Unkrautvernichtungsmittel habe gegen diese Saat. Ich hasse dich, Kevin. Ich lieb … nein, nein, das nicht!

Von draußen klingen die Stimmen der Stadt. Über den Hinterhof das Rufen der Fernseher, der Radios, der CD-Player und von der Straße die wenigen Autos, die jetzt kein Meeresrauschen mehr sind, sondern einzelne Schläge des Wals aufs Wasser. Und immer noch kein Ahab. Nur Kevin. Der mir den Walfang beibringen will. Kann ich ihm sagen, dass er gehen soll? Dass ich allein bleiben will, mit diesem Gefühl? Dass ich es drehen und wenden will, nur für mich allein, ohne ihn, bis ich es kenne von allen Seiten, bis ich es ablegen kann in einen Ordner, einheften, beherrschen? Darf ich das tun? Darf ich ihn fortschicken?

Ich bringe es nicht übers Herz. Ach, das ist gelogen. Ich bringe es es nicht über die erneut aufsteigende Geilheit. Ich bringe es nicht über die Phantasie darüber, was ich noch tun könnte mit diesem immer klein aussehenden Körper, diesem Häufchen Kevin. Den ich betrachte, wie einer, der sich eine Statuette ansieht, ein fremdes Werk. Ich strecke meine Hand aus nach seiner Haut. Ich verschmiere seinen Samen auf ihm. Ich beuge mich hinüber. Ich küsse seinen Mund, der sich wieder öffnet wie ein Tor, und meine Zunge dringt in ihn ein wie eine Horde Bullen in ein besetztes Haus. Ein wenig Gegenwehr spüre ich. Und dann umklammert mich Kevin, hält mich und ich halte ihn. Und alles ist so nah, dass ich mich aufrichte, ein wenig nur, und ihm in die Augen schaue, und beinahe sage ich: „Ich liebe dich." Aber die Lüge bleibt mir erspart, weil ich das kleine Ende noch im Griff habe, das noch nicht vollgeschleimt ist vom kevinschen Gefühlsschleim. Und weil ich so froh bin, dass ich diesen Zipfel noch in meiner Hand halte, küsse ich Kevin wieder. Lang, hineinfallend, träumend, phantasierend, voller körpereigener Halluzinogene, vollgepumpt mit meinen eigenen Drogen, küsse ich Kevin, schmecke ihn, küsse auf seinen verschwitzten Hals, sauge, hinterlasse einen roten, runden, blutenden Knutschfleck. Brandzeichen, denke ich, und dann gleich: nein, nein … auf keinen Fall. Ich will den da nicht als Herdentier haben. Ich will nur Spaß haben mit ihm. Und nichts hören von ihm, außer seinem Stöhnen. Keine romantischen Autofeuer, keine Liebesbeteuerungen, keine Probleme. Mit tausend bösen Wörtern möchte ich ihn besudeln, mit tausend Wörtern, die er einordnen kann in Lust und nicht einordnet in verletzende Boshaftigkeit.

Aber ich kenne nicht mal ein halbes Dutzend. Ficker, Sau (dumme, stinkende), Fickfleisch (habe ich irgendwo im Chat gelesen), Leckaffe (meine eigene Schöpfung, jetzt gerade entstanden), Wichser. Nur geil machen und seine Augen dabei sehen, das will ich. Einen Moment lang stelle ich mir vor, wir wären in irgendeinem Urwald und wären Freiheitskämpfer und es wäre unsere letzte Liebesnacht vor der großen Schlacht. Ich muss lachen, ich kichere in mich hinein, weil mir der Gedanke so dämlich vorkommt.

„Warum lachst du?"

„Weil ich gerade gedacht habe … ach … vergiss es."

„Nein, sag schon."

„Wir wären Freiheitskämpfer im Dschungel vor der letzten Schlacht und das wäre unsere letzte Liebesnacht. Morgen sterben wir beide im Kugelhagel."

„Aber warum lachst du dann?"

„Weil das so dämlich romantisch ist, so lächerlich."

„Ich möchte …"

„Was?"

„Ich … ich kann es nicht sagen. Ich kann es tun, aber nicht sagen."

„Dann tu es."

Kevin rutscht vom Bett. Er hockt vor mir. Er fasst meine Fesseln, stellt meine Füße nebeneinander auf die Bettumrandung. Dann küsst er meine Füße. Und wieder wird es mir warm, laufen Wellen über meinen Körper. Und ich packe seinen Kopf mit beiden Händen und ziehe ihn zwischen meine Beine und vergesse alles hinter den Szenen von Leibern und Blut und Gewalt, die durch meinen Kopf rasen und die ich verscheuchen nicht kann, bis ich zuckend, verkrampft alles, alles ohne meine Kontrolle, komme.

Und wieder sehe ich ihm zu. Und da zerfließt mir alles in Gleichförmigkeit. Da kommt nichts Warmes mehr, und ich denke daran, duschen zu gehen und mich wieder anzuziehen und auch Kevin unter die Dusche zu schicken. Und nach Hause. Wie spät ist es?

„Wir sollten duschen."

„Ich möchte neben dir liegen."

„Nein, ich brauche jetzt das warme Wasser. Und dann einen Kaffee."

„Ich möchte dich küssen."

Ich gebe ihm einen kleinen, verkrüppelten Kuss auf die Wange, und er sagt: „Nein, so nicht."

Aufstehen. Nicht mehr hinhören. Gleich wird er wieder mit Dackelblick und weinerlicher Stimme kämpfen ums Zusammenliegen. Aufstehen! Unter die Dusche. Heiß das Wasser, so heiß, wie man´s gerade noch aushalten kann. Und dann gleich anziehen. Noch im Bad – deshalb die Klamotten mitnehmen. Nicht auf Kevin sehen dabei, nicht in sein Gesicht. Der spürt doch schon, dass er gleich gehen soll. Der bringt doch schon den Bettelblick in Stellung, diesen Blick, der niedlich wäre und mich treffen würde, aber nicht wütend machen, wenn ich etwas mit Niedlichkeit anfangen könnte. Nachher, nach dem Duschen, nach dem Anziehen wieder mitfühlend sein, wieder weiblich sein. Wieder trösten. Frau = Trost = Verständnis = Empathie = Weichheit. Alles Scheiße.

Was ist mir los? Das Sein bestimmt das Bewusstsein, das Sein bestimmt das Unterbewusstsein. Was ist mit meinem Sein, dass mein Bewusstsein ist, wie es ist? Und mein Unterbewusstsein? Warum kann ich nicht einfach neben Kevin liegen bleiben und die Zigarette danach genießen und sagen, *das war schön*, sogar, wenn es stimmt? Warum kann ich nicht nach zehn oder fünfzehn Minuten situationsnostalgischem Kuscheln vorschlagen, noch ein Glas Wein in der *Kastanie* zu trinken, oder darauf warten, dass er so etwas vorschlägt. Warum kann ich nicht gemeinsam mit ihm kochen? Und dann surfen oder fernsehen? Und danach nochmal vorm Einschlafen – wie spät zum Teufel ist es eigentlich? – irgendeine Art von Sex haben, zur Not seinen, meinen, unseren … absonderlichen? Und morgen frühstücken und danach ein liebevoller Abschiedskuss in der Tür? Weshalb nicht?

Die Dusche regnet auf meine Haut. Lauter kleine Einschläge, das Wasser rinnt – wie ich das liebe – meine Haare herab, über meine Brüste, meine Scham entlang. Und dann sich nicht sehen können im Nebel des Spiegels. Mit den Fingern durch die Haare, rein in die Jeans, rein in die Socken, geringelt – widewitt –, und das Poloshirt überziehen. Nochmal mit den Fingern durch die nassen Haare und in der Tür des Badezimmers schon so was Bekloopptes wie *Das Bad ist frei* sagen. In der Hoffnung, dass Kevin einfach aufsteht und duschen geht. Aber natürlich klappt das nicht. Er bleibt einfach liegen. Aufdemrücken wieeineumgefallenekellerasselliegterda!

„Komm …, geh duschen."

„Ich möchte dich in den Arm nehmen."

„Ich möchte nicht in den Arm genommen werden."

„Was ist mit dir? Hab ich etwas falsch gemacht?"

„Du hast Türen aufgebrochen, die ich nicht einmal kannte, und jetzt muss ich mich auch noch mit den Räumen dahinter beschäftigen."

„Das tut mir leid."

„Das braucht dir nicht leid zu tun. Das war schon gut so. Aber ich will mich jetzt allein erkunden."

„Ich verstehe."

„Du verstehst nie etwas."

Pause. Schweigen. Laptop. ouTube. laylist. *Please don´t touch.*

„Wieso glaubst du, es hätte dich jemand gesehen."

„Was?"

„Beim Abfackeln. Wieso hätte dich da jemand sehen sollen?"

„Da stand jemand in einem Hauseingang, und ich habe ihn erst gesehen, als der Grillanzünder schon brannte und ich bereits ein paar Meter weg war."

„Ist er dir gefolgt."

„Ich weiß nicht. Ich weiß es einfach nicht."

„Hast du denn jemanden gesehen, der dich beobachtetet hat, als du in dein Haus gegangen bist?"

„Nein. Aber ich bin nicht sicher."

„Aber du hast keine Grillanzünder zu Hause, oder?"

„Doch."

„Und einen Grill?"

„Ja, einen Grill auch."

„Dann ist es in Ordnung. – Wann hast du das Auto abgefackelt?"

„Na, gestern Nacht. Eher heute. Am frühen Morgen."

„Die wären schon bei dir gewesen, wenn sie von dir wüssten."

„…"

„Es war trotzdem eine total bekloppte Idee."

„Ist ja gut."

„Geh duschen."

Jetzt steht er auf, mein kleiner Revolutionär. Wenn er an etwas anderes denkt als an Sex, wirkt sein Körper nicht klein und opferbereit. Ich kann Muskeln sehen, die sich spannen, ich kann ihr Spiel beobachten, als er ins Bad geht. Geschmeidig sieht das aus, gar nicht nach Kevin.

Was ist Wahrheit? Nachdem ich mich das gefragt habe, kommt er wieder aus dem Bad heraus und sagt zu mir:

„Ich finde keinen Grund, mich zu verurteilen."

„Amen." (*Try to remember the kind of september*)

„Ja, amen!"

„Macht kaputt, was euch kaputt macht."

„... und ohne Nostalgie", sagt er und lacht.

„Und so völlig missverstanden", antworte ich und lache.

„Man muss sich doch wehren."

„Du wiederholst dich. Wiederholen ohne aufzuholen."

„... einzuholen."

„Wenn's dem Herrn Revolutionär beliebt. Falsch ist es trotzdem. Kinderkacke. Kleinbürgerliche Revolutions-scheißerei, mein Scheißerchen."

„Oh ... die allseits gebildete Kommunistin spricht."

„Bildung schadet nicht. Dir hätte es auch genutzt, zu überlegen, was denn rauskommen soll bei der Zündelei. Ein Zeitungsbericht? Ein potentieller Neumieter weniger? Gar ein Investor, der vergrault wird?"

„Dass die Leute sich wehren ..."

„... die Leute."

„Die Menschen, die da wohnen und verdrängt werden."

„Du wohnst da gar nicht. Und so wird man das Problem doch nicht los. Du glaubst doch nicht ernsthaft, dass sich die Leute mit dem Ausblick auf Millionengewinne durch ein paar brennende Autos abschrecken lassen, oder? ...

Doch, du glaubst das. Und der andere Kleinbürgernachwuchs glaubt das auch. Und wenn es nicht so kommt, weil es gar nicht so kommen kann … fürs Wohlfühlen, nee … fürs Großfühlen, da langt es."

„Ich fühl mich gar nicht wohl. Ich hab Angst."

„Niemand hat dich gesehen. Dir wird schon nichts passieren."

„Und wenn doch?"

„Dann schick ich dir Pakete in den Knast."

„Du bist zynisch."

„Du bist dämlich."

Schweigen. Dabei gäbe es doch viel zu sagen. Soll ich ihm nicht erzählen, dass Gentrifizierung ein Problem ist seit Beginn der Industrialisierung. Dass alle x Dekaden in den Vierteln der Städte ein Austausch der Bewohner stattfindet und davon nur die Villengegenden ausgenommen sind, und die auch nicht immer? Soll ich ihm nicht sagen, dass er nicht an der Krankheit herumzündelt, nicht einmal an den Symptomen, sondern nur an den sekundären Auswirkungen? Ja, das sollte ich ihm sagen. Und ihm mit Argumenten kommen, mit Zahlen, mit Zusammenhängen. Aber ganz tief in mir drin, gegen alle Logik, bewundere ich seinen Mut und damit auch die Tat. Überflüssig. Blöd. Sinnlos. – Aber mehr, als nur hinzunehmen. Aber wenigstens etwas. Aber wenigstens Tat. Wenigstens mehr als Gelaber. Doch das behalte ich für mich. Selbst vor mir will ich das für mich behalten. Und die guten Argumente gegen die Tat auch. Schweigen. *I run to the river, it was boiling.*

Kevins Rücken ist nass. Das Licht der Lampe spiegelt sich neblig auf der Haut. Power. Von hier denken: Rücken,

Haut → Minutennostalgie. Auf die Knie. Brennende Autos. Landwehrkanal. Küss meine Füße. Füße im Feuer. Schule → Marie, kannst du uns den Inhalt des Gedichtes in deinen Worten wiedergeben. Antwort: Ich weiß nicht. Reichen Wörter? Antwort auf Antwort: Du bist eine Besserwisserin, aber wenigstens hast du irgendwann aufgepasst im Deutschunterricht. Leck mich. Schlagen. Gutes Gefühl. Verheerend. Meine Stadt brennt. Überall schreiendes Marienbild → Selbstbildnis. Du sollst Dir kein Bild von dir machen. Mach ich aber. Mach ich aber. Sicher mache ich das. Was ist Wahrheit? Ich wasche meine Hände in Kollontai. Ich wasche meine Hände in Landwehrkanal. Nicht *im*, nein: *in*. Unbedingt muss da ein *in* hin. Unbestimmter Artikel in asemantischer Beugung! Kevin wieder anschauen. Kevin, das Semantem. Da ist die Bedeutung begrifflich. Übergriffig: er, ich. Nur meiner selbst übergriffig ich. Jetzt. Aber ganz nah dran bin ich, zuzugreifen. Was denke ich mir da nur zusammen. Fetzen, nichts als Fetzen. Blutige, gewaltangetane Fetzen. *Don't touch.*

Ich nehme ihn in den Arm. Ganz fest. Ich fühle seine Haut kühl auf der meinen. Ich spüre seinen Atem. Ich küsse Kevins Mund, der sich mir, mein Gott, hingibt. Es muss aufhören mit uns. Es muss. Dieser Junge, ein autozündelndes Kleinbürgerjunges, ach, fällt mir auf: auch ich bin aus kleinbürgerlichem Stall!, das bringt mich von mir fort. Das macht mich ihm ganz nahe. Doch Nähe will ich nicht. Ich will lieben. Aber nicht so einen da. Nein, so einen nicht. Keinen Don Quixote. Tirant lo blanc. Auch Blödsinn, der weiße Ritter. Mir reicht der weiße Wal, auf dem ich lebe (oder lebe ich *in* ihm?).

Einen Ahab brauche ich. Einen, den ich untergehen sehe, winken, wenn die Stadt im Meer versinkt. Einen, der die Stadt jagt und doch schon an sie gefesselt ist. So einen! Und dann, wenn ich ihn versinken gesehen habe, dann, ja dann soll meinethalben einer kommen, dem ich nachsehen will, dass er sich selber erträumt hat: als weißen Ritter, als Revolutionär, als Elender. Dann! Aber so einer soll das dann immer noch nicht sein: so einer wie dieser Kevin. Nein, einen will ich, der mir nicht nahekommt, sondern der in mir ein Gerüst baut, das mich stützt, und ich will eines in ihm bauen, das ihn stützt. *Scheiße*, denke ich mir selbst zu. *Scheiße, was träumst du nur für eine klebrige, romantische Kacke!*

In meinem Arm noch Kevin, sein Atem noch auf der Haut meines Armes. In meinem Kopf aber löst sich das Knäuel aus Gedanken, Erinnerungen und Verzweiflung auf.

„Es ist schon fast Morgen", sage ich, nachdem ich auf die Uhr geblickt habe, „ich bin müde. Dabei müsste ich dir doch so viel sagen, so viel darüber, wie ich die Gesellschaft sehe, so viel über brennende Luxusschlitten, so viel über Dinge, die du nicht weißt und doch wissen solltest. Aber ich will nicht. Ich kann das nicht so gut. Vermutlich bin ich geschädigt, weil mein Vater Lehrer war. Didaktisches Unvermögen als unbewusster Protest … oder so."

„Oder so."

„Jedenfalls … du solltest in irgendeine Gruppe gehen, die sich bemüht, nicht zu hinken. So eine, bei der weder das Praxisbein noch das Theoriebein fehlt."

„Keine Ahnung."

„Ist auch egal jetzt. Lass uns schlafen gehen. Bleib hier, wenn du willst. Aber morgen musst du gehen. Ich will den Tag für mich allein."

„Nach dem Frühstück hau ich ab."

„Nein, noch davor. Ich will auch beim Frühstück allein sein. Hol keine Brötchen, koch keinen Kaffee. Mach dich aus dem Staub, solange ich noch schlafe."

19. Oktober

Rücken an Rücken eingeschlafen. Das leise Schnarchen Kevins noch im Ohr auf dem Weg in meine Träume.

Allein am Morgen. Überprüfen! Kein Kevin nirgends. Die Sonne scheint von den Hinterhofwänden wider, der späte Herbst gibt einen frühen Sommer. Zwölf ist es jetzt, ich bin müde noch, trinke Kaffee fröstelnd auf dem Balkon; ferne Straßengeräusche, nahe Lebensbezeugungen aus Hinterhoffenstern. Wieder flüchten vor dem falschen Sommerspiel und der richtigen Kühle ins Zimmer und die Playlist mit Polly Scattergood und KT Tunstall laden; aufs Bett fallen. Augen schließen. Nicht schlafen. *Stoppin' the love. So you think its funny, that you calling me all of the time …*

Auf den geschlossenen Lidern das Bild Lutzens. Sein Lachen hören, sein Lachen sehen, seine Augen in meinen Augen. Ich schlinge meine Arme um mich, ich umarme mich, wärme mich an mir selbst, rieche Kevins Geruch auf meinen Laken. Muss das Bett beziehen, denke ich.

Später, vor dem Antifatreffen, gehe ich spazieren. Ich bin bis zum Rosa-Luxemburg-Platz gefahren. Da kenne ich mich aus. Gehe die Torstraße hinauf. Ich sollte etwas essen, nicht einmal Frühstück habe ich gehabt. Hab es einfach vergessen beim Träumen, und später dann bin ich eingeschlafen. Jetzt habe ich Hunger. Wenn ich Hunger habe, fröstelt es mich, der Magen zieht sich zusammen, eine unangenehme Müdigkeit umfängt mich. Also steure ich ein Schawarma an. Der Typ hinter dem Tresen ist total bekifft. Es dauert eine Ewigkeit, bis er den Teller mit Gemüse und Salat befüllt hat, und noch eine, bis er das Fleisch dazugetan hat. Während seines Zeitlupenauftritts lächelt er unentwegt. Ich warte darauf, dass er etwas sagt, wie *Peace, man* – so wie man es aus alten Hippiefilmen kennt. Aber er sagt gar nichts, außer dem Preis. Ich nehme mir noch einen Ayran dazu. Und dann schaufle ich das Zeug in mich hinein. Es schmeckt gut! Es macht satt, vertreibt das Frösteln und macht mich wieder wach.

Danach weiter die Torstraße hinauf. Punkt neunzehn Uhr betrete ich den Versammlungsraum. Es geht um den Neonazi-Aufmarsch am kommenden Samstag. Da ist Lutz noch bei mir, glaube ich. Ich sage trotzdem zu. Lutz muss halt mitkommen oder im Bett bleiben oder sonst was tun. Ich muss dorthin, finde ich. Man kann diese Leute nicht gewähren lassen. Niemals. Nirgendwo.

Dann noch der übliche Kram. Organisatorisches. Aussprache über dieses und jenes. Und danach rüber in die Kneipe, etwas essen, Bier trinken und miteinander reden. Über Computerprobleme und letzte Krankheiten, über das ganz persönliche Früher, über Kinder und Kegel. So ist es, stelle ich mir vor, in jedem Verein, Verband, in jeder Partei. Und doch ist es anders, wegen des ganz unüblichen Grundtons. Einem, der nicht ist, wo es andere Ansichten gibt und andere Menschen, die jene anderen – die üblichen – Ansichten in sich tragen. Hier gibt es in allem Widerstand als Haltung, und es werden die bunten Bänder der Dialektik auch um farblose Gesundheitsbilder geschlungen. Weshalb, fragt der mit der kaum verheilten Lungenentzündung, darf es einen Zustand geben, in dem einer mit privater Krankenversicherung kürzer im

Wartezimmer des Arztes sitzt als einer ohne. Und weshalb, fragt später eine, die aus dem Ruhrgebiet hergekommen ist, weiß niemand, wie es da in den Fünfzigersechzigern noch aussah, im Kohlenpott. Mit all der Armut, die so groß war, dass der Hausmeister der SED-Parteischule – die auch sie besuchte, nachdem sie aus dem Ruhrgebiet gekommen war nach Berlin Hauptstadt – ihr gesagt habe, eine solche Armut … die hätte er nicht erwartet in der BRD. Ich verweise auf die Städte in der DDR. Auf die Straßen mit den maroden Altbauten und auf die Dörfer mit den grauen Häusern. Ja, sagen die Genossen, da hätte man was tun müssen. Aber man hat es nicht, und man würde vor dem Rätsel sitzen, warum so viele Dinge so dämlich angegangen wurden. Weshalb – leidige Diskussion das – ewige Frage das – von oben nach unten regiert wurde in Staat und Partei statt andersherum, wie es sich gehören würde. *Na dann nochn Bier.*

Und dann nochmal über den Nazi-Aufmarsch reden. Nächstes Wochenende, und an meine Adresse sagt einer: Sitzblockade ja, aber nicht provozieren lassen, ruhig bleiben, dafür sorgen, dass sich die, die von der Polizei gejagt werden, zurückziehen können und dann wieder dicht machen. Aber nicht (Blick auf mich) provozieren lassen. Ich sage, das sei nicht meine erste Antinazidemo. Ich würde, sage ich, schon wissen, was ich zu tun hätte.

Die anderen gehen zum Oranienburger Tor. Ich latsche Richtung *BAIZ*. Noch ein Bier da. Nur eins. Und dann von dort nach Hause. Aber das *BAIZ* ist rappelvoll.

„Wasn hier los?", frage ich die Frau hinterm Tresen. Die zuckt mit den Schultern. „Radeberger." Griff untern Tresen. Flasche auf. Geld übern Tresen. Trinken.

Keiner da, den ich kenne. Ich stehe ständig im Weg, weil alle Hocker besetzt sind und sich schon eine zweite Reihe gebildet hat. Ich trinke schnell und dann ab nach Hause.

Und dann die Stufen hinaufspringen, den Altersduft des Hauses einatmen. Und gleich ins Bett. Nutini als Einschlafmusik. Und mich noch im Halbwachen verkrallen, weil sich ein schwerer Traum über mich legt, den Traum noch denken, den Traum noch dirigieren am Anfang und dann in ihm versinken. *Ein Traum, was sonst?*

20. Oktober

Nichts am Dienstag. Der ganze Tag liegt an seinem Morgen in einem Nichts wie die benutzten Tassen von gestern in der Spüle. Aber es scheint die Sonne. Sie brandet durch die Fenster, ganz jahreszeitlich falsch golden. Staub wirbelt in der Luft, als wäre es Frühling und nicht Herbst, tanzt einen Veitstanz. Nutini hat aufgehört zu singen. Ganz von fern dringen Straßengeräusche zu mir. Schweißig ist das Laken, schweißig die Kissen. Und trotzdem alles: nichts. Das liegt am Traum, der auf mir lastet wie … ich weiß nicht wie. Vielleicht boshaft, vielleicht verletzend. So real. Da ist mir alles dieses Nichts, von dem ich nicht aufhören kann es zu denken: Nichts! Nichts! Bis ich vollends erwache und die Sonne nur Sonne ist, die in mein Zimmer scheint und der Tag eben nur ein anderer Tag.

YouTube-Playlistenmusik und altbackenes Brot mit Käse. Kaffee. Musik laufen lassen. Laut drehen. Frühstück hinstellen. Duschen. Hände durch die Haare. Anziehen. Frühstücken. Zigarette drehen. Tasse nehmen. Balkon. Mehr hören als sehen. Geräuschbilder. Drunten, durchsichtig fast, der Hinterhof. Man kann nicht an nichts denken. Also denke ich an Liebe. Auch wenn ich gar nicht an Liebe denken *will.* Da ist einer in meinen Gedanken. Der winkt mir vom Rücken des Wals, und aus der Mitte des Hinterhofs bläst das Tier, schwimmt tief unter der Stadt, erhebt sich von Zeit zu Zeit, und schwarzes, öliges Wasser brandet in die Seelen, Blut plackt auf der schwarzen Brühe; rote, glänzende Todesplacken. *I see my light come shining, From the west unto the east. Any day now, any day now, I shall be released.* Gibt es den, dessen Liebe nicht von meiner Angst erschlagen wird? Ich fühle mich einsam. Daran wird auch der Besuch von Lutz nichts ändern, der morgen hier auftaucht. Klar, das wird ein Schnitt in meine Einsamkeit sein. Aber nur ein kleiner, einer, über dem sich die Einsamkeitshaut schnell wieder schließt und den sie vergessen wird im Handumdrehen. Und diese Haut bleibt um mich. Es ist zum Verrücktwerden. Wenn ich Kevin lieben könnte, wirklich, wahrhaftig lieben, so lieben, wie ich mir Lieben vorstelle, dann wäre alles gut. Aber ich kann nicht. So sehr ich mich auch mühe, meinen autoabfackelnden Kleinbürgerrevolutionär zu lieben … es geht nicht.

Bei Aldi Schlangen an der Kasse. Ich habe Schweinefilet, Kartoffeln, Champignons, Rotwein und Milch im Einkaufswagen. Rentnerinnen zahlen mit Centmünzen, Trainingshosenträger diskutieren mit den Kassiererinnen übers Wetter. Buddhistische Geduld ist gefragt vor der Kasse. Natürlich verleitet mich das, noch DVDs mitzunehmen und einen Strauß Blumen. Kleine hilflose rote Rosen. Eine blaue Blume bräuchte ich. Dann noch zum Tabakhändler und die Vorräte aufgefrischt.

Und nun? Einen Instantkaffee noch und eine Zigarette, dann will ich wieder hinaus, in die Herbstsonne. Es ist jetzt vierzehn Uhr. Eine Runde um das Schloss, vielleicht einen Kaffee am Klausenerplatz. Die *junge Welt* sollte ich mitnehmen und mich in einen der Kaffeehausgärten setzen, wenn ich einen noch offenen finde.

Und am Abend dann, nehme ich mir vor: wieder Foucault lesen. Stück für Stück, analysierend, konzentriert.

Geisterstunde dann. Wenn ich an meinem Theoriehaus mauere, ist immer Geisterstunde. Diese Geister müssen untot bleiben, Müntzer mit dem Hammer. Und Rosa Luxemburg, Liebknecht, Thälmann. Und Marx, Engels, Lenin. Meine Schulgespenster. Lasst uns tauschen, Untote, Unsterbliche. Seid Ihr mal ich im Heute. Liebt Ihr mal nicht im Heute. Schmiert Euch die Einsamkeit aufs Brot. Ihr könnt auch mein Laptop benutzen für Eure Werke. Schreibt, und hört dabei Arbeiterlieder. Seht euch die Chöre an auf YouTube, alle Singenden so um sechzig-siebzig: Wir sind die junge Garde des Proletariats. Und ich mach das Vergangenheitsgespenst. Ich heiße doch schon wie ein Gespenst: Marie. Buhu … und mir wird vor den Toren von Mühlhausen der hübsche Kopf vom schönen Rumpf geschlagen. Buhu … und zwei Kugeln aus einem Revolver dringen in mich, gehen durch die Haut wie Butter, Fanny, Fanny, was hast du getan? Buhu … und fliehe nach London wie Marx. Buhu … und sitze in Paris und warte darauf, dass mir Heinrich Heine endlich unter die Röcke fasst. Das wird spannend. Von ihm kenne ich nichts, außer dem Namen und einem Film, den sie neulich auf Arte wiederholt haben. Gleich notieren: Heine lesen! Jedichte! Und dann nochmal buhu … und ich saufe mich mit Tucholsky durch die Berliner Nacht. Und Ihr Geister könnt währenddessen ins *Burger* gehen, zur Russendisko, Lenin. Oder ins Berghain, Marx. Oder ins Maria, Engels, oder ins Melitta Sundström, Foucault. Oder in den Berliner Dom, Müntzer (nimm den Hammer mit).

Gleich heule ich. Jetzt spreche ich schon mit meinen … mit meinen … Alles Scheiße. *Die Tradition aller todten*

Geschlechter lastet wie ein Alp auf dem Gehirne der Lebenden. Und wenn sie eben damit beschäftigt scheinen, sich und die Dinge umzuwälzen, noch nicht Dagewesenes zu schaffen, gerade in solchen Epochen revolutionärer Krise beschwören sie ängstlich die Geister der Vergangenheit zu ihrem Dienste herauf, entlehnen ihnen Namen, Schlachtparole, Kostüme, um in dieser altehrwürdigen Verkleidung und mit dieser erborgten Sprache die neue Weltgeschichtsszene aufzuführen.

Bloß raus aus der Wohnung. Ich klebe an mir selbst fest wie eine Fliege auf einem Fliegenfänger. Is wie Selbstmord, Alda. Bloß raus. Immer weg von mir. Immer weg von mir. Immer weg vom Fliegenfänger.

Die Sonne macht mir alles Gold. Ich gehe schnell. Gehe zum Schloss, gehe durch den Garten. Hier ist alles Kostümfilm. Hier ist alles gut. Hier ist alles schlecht. Wenn ich loslassen könnte, wenn ich nicht denken würde an Zusammenhänge, an die Kausalität von Prachtbau und Krieg, von Palast und Hütte, von opulenten Gelagen und verreckenden Arbeitern, dann gäbe es dieses *Alles schlecht* gar nicht. Aber ich kann doch nicht. Ich kann doch nicht einfach aufhören damit. Das ist mechanisch, das ist ein kybernetischer Denkvorgang. Auf der Website der Stiftung Preußische Schlösser und Gärten Berlin-Brandenburg gibt es einen Menü-Punkt über Kurfürsten, Könige und Kaiser. Einen für die Opfer gibt es nicht. Es ist wie mit den Straßennamen und den Denkmälern. Ständig watest Du durch Blut und Tränen. *Da stehste am Kaiser-Wilhelm-Platz und weest: Jefangne werrn nich jemacht.* Und um die Goldelse haben sie Bismarck, Roon und Moltke aufgestellt und nicht wieder weggeräumt. Aber den Palast der Republik, *den hamse abjerissen.*

Die Bäume und Sträucher hier im Park tragen schweres Bunt, zum Wintertod bereit, aber noch nicht hinübergegangen, noch nicht die Blätter auf den Gehwegsarg geworfen. Die Luft singt. Vögel hoch am Himmel. Der ist herbstgebläut, und unter ihm schwimmen ein paar weiße Wolken. Sinkend wirft die Sonne den Parkbesuchern Wärme ins Gesicht und rotgoldenen Schein in die Augen. Hier wäre es so schön, wenn ich wäre, wie die anderen sind. Wenn ich nicht immer denken müsste daran, dass ich diese Schönheit nur deshalb in mich saugen kann, weil so viele so lange dafür gelitten haben, dass die Arschlöcher, die Herren der Welt, sich solche Pracht haben bauen lassen können. Da möcht ich kotzen an die Fassade der Großen Orangerie.

Am Klausenerplatz: ne Latte mit Karamellsirup und Zeitungen. Ein bisschen so tun, als läse ich, aber dabei die Menschen beobachten. Wie sie gehen, welche Ausdrücke sie auf ihren Gesichtern tragen. Und Geschichten ausdenken, sich Wohnungen in die Gedanken malen und darin die Leute von der Straße setzen. Die dünne Frau mit der gelblichen Haut, so um die fünfzig, die hastig an der Zigarette zieht beim Gehen, die viele Falten im Gesicht hat, solche Falten, wie sie nicht vom Leben kommen, sondern vom Nichtleben; in einen hellen Mantel ist sie gekleidet, zielstrebig geht sie, eine braune große Tasche fest in der Hand, komische Stiefelchen an den Füßen; geht jetzt nach Hause und kocht für sich und ihren Mann, der bei der BVG arbeitet und freitags in einer Eckkneipe mit ihr zusammen Schlagerkaraoke singt; und sie kocht jetzt gleich also in einer tristen Küche an einem tristen Herd ein tristes Essen, zum Beispiel Schweinskoteletts mit Erbsen und Wurzeln aus der Dose in einer komischen weißen Soße und dazu natürlich Kartoffeln, die ein wenig zu lange gekocht haben und zerfallen, wenn man sie mit der Gabel berührt, so wie meine Oma die Kartoffeln gekocht hat, die triste, kittelbeschürzte, küchenphilosophische, unverständige, sich die Welt zurechtdichtende, Volksweisen aufsagende Großmutter, als sie noch kochen konnte, was sie nicht mehr kann, da sie verschieden ist, also sich von den Lebenden durch die Eigenschaft des Gestorbenseins unterscheidet. Und der Mann der Frau, die gleich kochen wird wie meine Oma gekocht hat, wird seiner Frau die BILD mitbringen, wegen des Fernsehens, das durch Bild erst schön wird, weil es sonst, wie alle von uns schon gefühlte tausend Male gehört haben, Radio wäre oder, wenn die Alte Pech hat, wird er ihr die BZ mitbringen und sie hat den Ärger mit dem Blut, das aus den Seiten tropft, während es bei BILD ja der Eiter dieser komischen Republik ist, der eine andere Konsistenz hat, als das BZ-Blut, und nach dem Essen werden sie in einem Wohnzimmer mit Sofa, Sessel, Schrankwand und viel zu hellem Licht sitzen und rauchen und fernsehen und keinesfalls reden, und sie wird dabei BILD oder BZ lesen, und dann werden sie schlafen, vielleicht sogar miteinander, was eine eklige Vorstellung ist, wenn er ihr weißhäutig seinen Schwanz reinschiebt und sie gelbhäutig und fingerrunzelig über seinen wabbeligen Rücken streicht, und beide würden dann ja auch noch stöhnen, schon um dem anderen und also sich selbst einen Gefallen zu tun, und am nächsten Morgen werden sie aufstehen und Kaffee trinken und Brot essen, und dann wird er zur Arbeit gehen, und sie wird fernsehen und rauchen und merken, dass jeder dieser Tage ein, zwei Runzeln mehr in ihr Gesicht schlägt als Verzweiflungsbildhauerei des Lebens, das endlich von ihr gelebt werden will, weil es ja da ist, und nachmittags wird sie einkaufen gehen in dem hellen Mantel und mit den komischen Stiefelchen und der großen braunen Tasche, und dann wird er heimkommen, und sie werden essen und fernsehen und schlafen und aufstehen und sind schon tot. Mausegrautot. Nicht bunttot wie meine Eltern, die haben mehr Farbe in ihrer Eigenheimgruft. Das kommt von der Geschichte und der Bildung, da stirbt es sich farbenfroher schon im tristen Leben. Ich will leben. Ich will so nicht werden. Ich will leben, und ich will – verdammt nochmal, weshalb kommt das immer wieder, immer wieder, immer wieder – lieben. LIEBEN. *Du scheiß Opfer, du blöde assige Kuh, du verficktes Miststück Ich, dann liebe doch endlich!* Aber ich kann doch nicht, bitte, ich will ja, aber ich kann doch nicht. *Du gibst dir keine Mühe. Du willst immer nur ficken.* Nein, ich tu das doch nur, damit ich die Nähe spüre, verstehst du Ich, damit ich jemanden ganz nah spüre, ganz auf der Haut, ganz in mir, damit ich den anderen riechen kann und schmecken und hören, seinen Atem höre und mich auch höre, mich auch fühle, anders fühle als sonst, so ganz ohne jede Angst, so ganz geborgen. *Du bist bekloppt, total verrückt; wer macht das denn? Wer fickt sich durch die Gegend wegen so was, du hast sie nicht mehr alle, du Schlampe.* Ich bin keine Schlampe, du blödes Miststück Ich. Halts Maul! *Halts selber!*

Ich schweige mich an.

So sitze ich da auf dem Klausenerplatz, die zweite befleckte Milch vor mir. Immer noch über den Zeitungsrand hinweg Menschen belauern. Da sind die, denen man das Wohlleben ansehen kann, diese Mutterschiffe mit ihren Ökoeinkäufen, denen das perfide Gutmenschentum aus den Augen tropft wie polizeilichen Reizgasopfern der Rotz, da sind die Männer in Jeans und grauen Jacken, und man kann ihrer Kleidung ansehen, dass sie teuer ist, da sind die auch, die, gleich der gelbhäutigen Frau, ihr ganzes Leid, ihre Einsamkeit, ihre Ernüchterung über die Wirklichkeiten mit sich schleppen wie eine schwere Eisenkette. *Working in a chain gang.* Ihr ganzes Leben lang. Wenn mich dieses Schicksal doch bitte nicht greifen möge. Ich habe doch schon eine Kette um die Seele … ach eine … ich hab so viele Ketten um die Seele, da brauche ich die eines grauen gesitteten moralisch anständigen eingegliederten angepassten allgemein als fein angesehenen Scheinlebens nicht. Ich bin ausreichend perspektivlos. Wirklich. Ich brauche – *hörst du, Leben* – keine weitere Perspektivlosigkeit. Ich möchte sogar – *hörst du, Leben* – meine eigene loswerden. Nimm sie zurück. Ich schenke sie dir. Schenk du mir einen Ahab, den ich lieben kann und den ich sehen kann, reitend auf dem Wal, bevor der Wal hinabtaucht in den Menschenschrecken und mein Ahab ertrinkt. Aber geliebt habe ich dann, und vielleicht gelingt es mir danach, immer wieder neu zu lieben. Die anderen Geliebten müssen – *hörst du, Leben!* – keine Ahabs sein. Nicht einmal Arschlöcher. Nicht einmal Helden. Noch einen doppelten Espresso und einen Brownie.

„Es wird kalt hier draußen. Möchten Sie nicht hineinkommen?“

„Ach … es ist immer kalt, weil immer Herbst ist.“

„Ich kann Ihnen eine Decke bringen.“

„Danke, aber ich möchte frieren."

Den Espresso stürze ich hinunter, nachdem ich den Brownie geradezu verschlungen habe. Dann zahle ich sofort. Packe die Zeitung zurück, denn ich bin ein ordentliches Mädchen, laufe – ja, ja laufe, renne – zum U-Bahnhof. Und lasse mich durch den Bauch des Wals fahren bis zum Rosa-Luxemburg-Platz. Der Weg dann: so vertraut, dass es ist, als würde mich die Zeit streicheln, als würde mich der Raum küssen. Und dann durch die Tür in die verrauchte Luft des *BAIZ*. Radeberger. Umschauen. Ihn entdecken: den Silberhaarmann.

Und wir reden. Über die DDR und wie die mal war und wie die hätte sein sollen, aber nicht gewesen ist. Über die neuen deutschen Kriege, also die sogenannten friedensschaffenden Maßnahmen, die es mir ermöglichen, zu sagen, ich sei ein Kriegskind. Und über die Zeit, als er jung gewesen ist, also in meinem Alter. Natürlich auch über Geheimdienste und seine Tätigkeit als Aufklärer. Über alles reden wir und auch über Liebe, und ich öffne mich ganz. Sage ihm, ich sei gar nicht in der Lage zu lieben, weil ich es bislang nicht geschafft hätte, etwas zu fühlen, was mir ankäme, wie es Liebe zu tun hätte. Da lacht er und sagt, bei manchen bräuchte es eben viel Zeit, bis das Liebeswesen zubeiße, aber keine Sorge, es würde schon beißen kommen. Jedenfalls sei das wahrscheinlicher als alles andere. Ich solle nicht in Panik machen, sondern ruhig bleiben und abwarten. Alles würde gut, jedenfalls nach menschlichem Ermessen. Ich verkneife mir die Frage, was denn sei, wenn nicht alles gut würde. Ich hätte nicht mal Jesus oder sonst wen aus der tiefen Einbildungskraft der Menschheit Geborenen, um mir einen Liebesersatz zu schaffen. Stattdessen spreche ich davon, dass ich Haut an Haut mit Menschen sein will, immer wieder, um ihre Nähe zu spüren. Und er antwortet, er wolle mir gern Nähe geben. Eine nicht notwendige Mitteilung das, denn ich will ja sowieso, will auch, weil ich alle seine Zeiten zu meiner addieren möchte, alle seine Zeit aus seinen Häuten saugen. Und ich lächle und sage: „Zuerst noch ein Bier." Und er bestellt noch Clubs dazu. Von da an trinken wir schweigend, aufgeregt wir beide vor dem anderen, ängstlich auch, aber furchtsam nicht.

Er wohnt nicht weit. Mit der U-Bahn drei Stationen und einmal umsteigen. Dann sind wir da. Eine Einraumwohnung, viel Grün vor der Tür. Wein holt er und dreht sich einen Joint. Raucht, sieht mich an, zieht mich zu sich hinüber, küsst mich mit bitterem Kuss, und ich fühle seine Zunge in meinem Mund, umkreise sie mit meiner, fühle seine Hand in mein Haar greifen, glaube, ich stürzte, aber ich falle nicht, ich schwebe frei in einem Raum, den ich nicht kenne, lasse los von mir, fühle Hände mein T-Shirt hochschieben, fühle sie auf meinen Brüsten, fühle ihre Schwere. Hinein dichte ich eine Forderung, nein, ein Forderndes. Ein Etwas. Ein Unbekanntes. Und ich beginne, den Mann zu ertasten, während der Kuss anhält, als sei nie etwas anderes gewesen zwischen uns als dieser Kuss.

Im Bett, seine Haut, so glatt noch und mit einem Geruch wie nach Sonne, seine harten Griffe, sein schneller Atem ohne jede Attitüde von Brunst, sein langsames rhythmisches Stoßen in mich, eine Melange aus Hingabe und Nehmen, aus Fortnehmen auch, denn er nimmt mich ganz aus mir fort, so dass ich ohne alle Last mich mir selbst hingeben kann und mich verkralle in ihm, als ich komme, jedoch nicht wie eine Katze, nein, wie eine dieser Seejungfrauen aus dem Buch mit englischen Sagen, die in der Minute der Vereinigung zu gewalttätigen Raubfrauen werden. Und ich schlage, während er meinen Kopf an den Haaren nach hinten zieht, meine Zähne in seinen Unterarm, dass auf mich ein kleiner Schmerzensschrei fällt und dann, gleich danach, ein lauterer aus mir heraus, als seine Hände, die Haare losgelassen, sich in meinem Rücken hart verkneifen. Auf mir liegt er, das Kondom nun vorsichtig, vorsichtig, um die Stellung nicht zu unterminieren, entfernt, aber er liegt nicht schwer auf mir, nicht gewichtig, nicht erdrückend, sondern leicht, wie es gar nicht sein kann. Und sein Kopf auf meiner Schulter. Ganz nah, ganz voller Frieden, ganz voller Kitsch sogar ist die Verschlingung unserer Körper, so sehr voll Kitschigkeit, dass es einen lachen machen müsste, wenn nicht zugleich dieser Frieden gebieten würde, nicht zu lachen. Und so bleibt, zu schweigen für ein paar Minuten und den Atem des anderen zu belauschen. Aber bei all dem fehlt mir, ganz körperlich, die Liebe. Eine böse Abstinenz, die ich so sehr noch nie empfunden habe wie jetzt, bei diesem merkwürdigen Silberhaarmann, der fast vierzig Jahre älter ist als ich und doch auf nicht zu sagende Art keinen Tag. Ihn würde ich gern lieben, wenn ich lieben könnte, für ein Jahr oder für zwei. Aber ich kann nicht.

Er steht auf, behände, eilt ins Bad. Dann höre ich ihn in der Küche. Als er wiederkommt, hat er sich einen Bademantel übergeworfen und bringt auch mir einen: Es sei kühl, es gebe hier ja nur Einfachverglasung. Eilt wieder hinaus und kommt zurück mit zwei Tassen Espresso. Er hockt auf dem Bett, während ich im Schneidersitz darin hocke. Es ist wirklich kühl in der kleinen Wohnung. Ich ziehe den Bademantel enger um mich, kuschele mich ein, schlürfe den warmen kleinen Kaffee, streichle dem Silberhaarmann durch das Silberhaar. Einer von uns sollte reden. Aber mir fällt nichts ein. Und auch er bleibt stumm.

Durchbrochen wird dieses Schweigen – so hart ist es, dass es die Luft seziert – erst, als er aufsteht und eine seiner Platten auflegt. Richtiges Vinyl, und knackig dokumentiert Staub das Alter. Ich kenne die Musik nicht und frage nach. Hein und Oss, Arbeiterlieder. „Mitte Siebziger", sagt der Silberhaarmann. Da kannten sich meine Eltern noch nicht einmal.

Ich will mehr über die DDR wissen, von ihm, dem Wessi in den Diensten der Staatssicherheit. War das ein Unrechtsstaat, der Staat meiner Eltern? Müsste es dann nicht ein neues Aufbegehren geben, so wie Achtundsechzig gegen die Eltern der Achtundsechziger?

Er lacht. „Man wird kaum die politischen Häftlinge in Bautzen mit den Toten in Auschwitz vergleichen können, auch wenn das manchen ganz recht wäre."

Wir sprechen über den Begriff Unrechtsstaat, versuchen ihn philosophisch zu fassen, wollen ihm politisch beikommen, drehen ihn als semantische Flasche: Du bist dran, entblöße deine Gedanken. Bedingt ein Unrechtsstaat nicht systematisches Unrecht, so wie es in Chile, Spanien oder Griechenland war? Eine ständige Verfolgung, eine ständige Bedrohung mit Verhaftung, Folter und Mord? Natürlich kommen wir auf Stalin zu sprechen. Der Partei hat er den Kopf abgeschlagen und der Roten Armee auch. So lange hat der alles kurz und klein geschlagen, bis nach seinem Tod aus den Trümmern kein neues Haus gebaut werden konnte, sagt der Silberhaarmann, sondern nur eine Hütte. Und seine Gespenster in Rumänien und anderswo … Aber auch in der DDR gab es die nach seinem Tod bis zuletzt: die stinkenden Hinterlassenschaften, das Jasagertum und die stete Beförderung des Mittelmaßes. Da müsse man sich ja nicht wundern, wenn alles kapeister geht.

„Was geht?"

„Kapeister … sagt man wohl nicht mehr … kaputt eben …"

Aber die DDR sei nicht Rumänien gewesen und Rumänien nicht wie Griechenland unter den Obristen oder Argentinien unter den Generälen oder Chile unter dem Schlächter Pinochet. Dass Allende auch uns immer noch viel bedeutet, werfe ich ein. Dass er sozusagen immer PRESENTE sei in der Antifa. Diese Staaten – er hört gar nicht auf mich – seien hofiert worden von den westlichen Staaten. Von Politikern aus der BRD ebenso wie aus den anderen. Das sei alles nichts als Heuchelei heute. Die treten die DDR, weil sie genau wissen, wer von den Altvorderen, die von den Portraitfotos in den Parteizentralen herablächeln, mit den Mörderbanden besonders gut konnte. Ein verlogenes Pack sei das. Ob wir besser seien, frage ich ratlos. Er zuckt mit den Schultern, schweigt, sitzt da.

„Ich weiß es wirklich nicht", sage ich, „ich habe nicht genug Wissen, um das beurteilen zu können. Klar, ich weiß von dem Einmarsch in die Tschechoslowakei 1968 und Mitte der Fünfziger in Ungarn. Aber ist das eins mit den mörderischen Regimen in Spanien, Chile oder Griechenland?"

Nein, lautet seine Antwort, das sei nicht *eins* damit, aber unsere Fehler wögen mehr, seien schwerer; selbst für die Antikommunisten seien die Fehler der Kommunisten wichtiger … nein schwerwiegender … Und nicht nur deshalb, weil sie uns damit desavouieren können, sagt der Silberhaarmann, sondern auch deshalb, weil selbst die Antikommunisten uns mehr moralische Aufrichtigkeit, mehr Menschlichkeit, mehr Gerechtigkeit zubilligen als sich selbst und ihrem Kapitalismus und dann auch ihre Hoffnung immer aufs Neue enttäuscht würde.

Eine bessere Welt, sage ich, wer wolle die nicht, doch die bessere Welt darf nicht wieder eine in Grau werden. Aber all das, unsere großmütige Zuschreibung eines Wollens, all das treffe doch nicht zu, sage ich, auf die Mörderbanden der Vergangenheit und Gegenwart, doch nicht auf Nazis und Faschisten, auf Obristen und Putschgeneräle, nicht auf die Schlächter in den Folterkammern, nicht auf die Großaktionäre, nicht auf diese handvoll Familien, denen der Staat … ach was, denen die Staaten gehören. Auf die doch nicht.

Der Silberhaarmann streicht mir über die nackte Haut des Bauches. „Wer kann es schon wissen? Wer kann schon wissen, was einen zum Mörder macht, zum Völkermörder, zum Folterer. Welche Umstände es waren, welche Prozesse abgelaufen sind um diese Menschen. Wer kann die pathologischen Mörder unterscheiden von den gelernten Befehlsempfängern?“

Dann wieder küsst er mich, aber ich mache mich los. Jetzt wieder entfliehen, jetzt wieder fort, jetzt wieder allein sein oder mit vielen, mit einem anderen, nur mit ihm nicht mehr. Zu nah, zu viel. Jetzt habe ich alle Nähe getrunken, habe alle Seele gefasst. Als ich stehe in der Tür, als ich stehe bekleidet, fluchtbereit, da lege ich meinen Kopf noch einmal an seine Brust, da streicht er mir noch einmal durch mein Haar, küsst mich zum Abschied. Und in dem Kuss die Frage: *Wird die wiederkommen?* Und ich sage ihm: „Klar, ich komme wieder, Silberhaarmann."

Ach, *Alles Glück der Menschen liegt in weiten Straßen.*

Es ist früh noch, für meine Verhältnissen. Noch nicht einmal Mitternacht ist es. So stehe ich an der Bornholmer und weiß nicht, was ich machen soll. Was tun mit dieser Nacht, die schon so vollgeschüttet ist mit allen meinen Astralleibern, die nach Geschlechtsverkehr riecht, und auf meiner Haut liegt der Atem des Silberhaarmannes. Und doch zieht es mich nicht nach Hause, ist es noch nicht so weit, dass ich mich befriedigen muss, um mir aus allem eine Phantasie zu bauen, die mir lieber ist als die Erinnerung an eine Wirklichkeit, die verstorben ist, wie alle Erinnerungen Reminiszenzen an die Zeitleichen sind, mit deren verwesenden Körpern wir unser Jetzt düngen; unser Jetzt, den einzigen Zustand, der wirklich existiert, diese unfassbar kleine Zeiteinheit, die durch uns fällt, bis wir fallen.

Nein, noch nicht. Noch muss hinzugeschüttet werden. Muss noch mehr hinein, müssen noch Seelen, wenn ich welche finde, umschlungen werden, noch Haut gespürt. Kevin, denke ich … zu ihm jetzt fahren. Aber ich will noch nicht anrufen. Mag sein, er ist nicht zu Hause. Dann stünde ich in der Einsamkeit der Bornholmer Straße, und die Option wäre stiften gegangen, ohne dass ich an einem sicheren Ort wäre. Nein, erst zum *BAIZ* zurück und dann anrufen. Da bin ich wie in einer Muschel, ick Perle, und kann mich mit Radeberger trösten. Alle Radeberger, die ich heute schon hatte, sind aus mir herausgestöhnt, herausgeschwitzt, da wäre Nachtanken nicht schlecht. Ich nehme ein Taxi bis zur Ecke vor dem *BAIZ*, damit keiner sieht, wie ich mondän aus der Kutsche steige, es wäre mir peinlich.

Ich rufe Kevin an. Mailbox. Draufsprechen. Zigarette drehen. Da ruft er zurück. Und natürlich soll ich kommen.

„Komm schnell."

„Mach Kaffee."

Kevin, der kleine bürgerliche Revoluzzer, der Autoanzünder, der mit der komischen Art, zum Orgasmus zu kommen und zu bringen, der mit der Einsamkeit auf Bildern. Kevin, der ein Stückchen zu viel ist wie ich. Der mich mit seiner Liebe vollscheißt, wie ein Kleinkind die Windeln. Kevin, den ich gern habe und von mir stoße. Der wartet auf mich schon im Treppenhaus. Dabei habe ich noch ausgetrunken und noch eine Runde gequatscht mit der Tresenfrau vom *BAIZ*. Der muss hier schon seit zwanzig Minuten oder einer halben Stunde stehen. Mein treuer Kevin, braves Hündchen. Mach Männchen. Tanz. Bring Kaffee. Zieh dich aus. Was tu ich hier, was wird mit mir getan? Kein Foucault, kein Marx, kein Lenin: Kevinismus heute Nacht.

„Was?"

„Nichts … war nur Spaß … keine Ahnung."

„Ich würde, wenn du willst."

„Ja würdest du … aber ich will Kaffee."

Dann sitze ich mit der Tasse in der Hand auf einem der beiden Cocktailsessel, mit dem Rücken zu mir auf dem Boden hockt Kevin, den Kopf an das Polster des Sessel gelehnt. Meine Finger fahren durch seine Haare, streichen über sein Gesicht, über seinen Mund, und der saugt an ihnen, als wären sie Schwänze. Und wieder Schweigen. Ganz anders als beim Silberhaarmann, ganz anders als bei Katharina. Der Rest, der Kevin, ist Schweigen. *Es ist etwas faul im Staate Dänemark.* Wir beide kriegen das Maul nicht auf. Keine Fragen, keine Antworten, keine Ansichten, keine Berichte. Nichts, nichts, nichts. Gut so. Nur nichts zerstören, nur nicht die komische Beziehung in die Wirklichkeit ziehen. Vielleicht gibt es Kevin gar nicht. Vielleicht sitze ich in der U-Bahn und träume mir Kevin. Vielleicht träume ich sowieso alles. Vielleicht werde ich geträumt. Vielleicht bin ich nur eine Figur aus einem Computerspiel mit einem Bug. Hauptsache, ich kann mich sehnen, nach Liebe. Ach, wenn ich sie hätte, wie sollt′ ich mich sehnen. Blödsinnige Gedanken. Das kommt nur von diesem Dämmerlicht in diesem traurigen Zimmer und von Kevin, diesem traurigen, eigenartigen Jungen. Diesem Opfer. Ich tüte die Gedanken ein und werfe sie fort.

„Hast du eigentlich Bücher?"

„Äh … klar, natürlich."

„Wo denn?"

„Im kleinen Zimmer."

„Du hast ein kleines Zimmer? Ich dachte, es gäbe nur dieses hier."

„Nein es gibt noch ein kleines, und das ist voller Bücherkartons. Noch nicht ausgepackt, seit ich eingezogen bin."

„Hast du auch was von Heinrich Heine?"

„Die gesammelten Werke."

„Ich würde sie mir gern leihen."

Kevin steht auf und verschwindet durch die Zimmertür. Ich natürlich hinterher. Das kleine Zimmer ist die Kammer, die Berliner Altbauwohnungen fast alle zu haben scheinen. In meiner Kammer ist nun mein Bad, aber man erkennt an der niedrigen Tür, dass es mal die Kammer war. Für Lebensmittel, Konserven, Werkzeug, wasweißich. Eine nackte Glühbirne befunzelt Kartons, die sich bis an die Decke stapeln.

„Oh …, da kann man doch gar nichts finden."

„Ich weiß doch, was in den Kartons ist."

Er wuchtet Kartons durch die Gegend. Kartontetris. Und dann wühlt er aus einem drei Bände Heine raus. Es sind neue Bücher, die auf alt machen. Grüne Plastikeinbände mit Golddruck. Heinrich Heines gesammelte Werke.

„Ich hole dir eine Tüte."

Er kommt mit einer Einkaufstüte von Netto zurück, steckt die Bücher hinein, trägt die Tüte in sein Zimmer.

„Ich wollte eigentlich noch nicht gehen."

„So war das nicht gemeint. Ich wollte doch nur …"

Ich nehme seinen Kopf zwischen beide Hände, küsse ihn kurz, knapp, immer schon Verabschiedung in diesem Küssen, Trennung, Weggang aus der gewonnenen, gelinden Nähe. Ich penetriere seinen Mund mit meiner Zunge. Und Kevin steht da, stocksteif, mit der Tüte in der Hand, mit hängenden Armen. Ergeben.

Ich nehme ihm die Tüte aus der Hand, stelle sie auf den Tisch, ziehe Kevin wieder zu mir heran, fasse unter sein T-Shirt, fühle seine warme, weiche Haut, seine Brustwarzen, klein, hart, fühle seinen Atem, der nun stoßweise geht. Das T-Shirt über den Kopf und auf den Boden. Den

Gürtel auf. Die Hose. Und sehen, wie sie herabfällt, sich um die Schuhe legt. Und dann die Unterhose: schnell nach unten gerissen. Ein Stoß und Kevin liegt auf der Matratze, ein erigierter Käfer auf dem Rücken. Ich entkleide mich, während ich auf seiner Brust hocke, kämpfe mit meiner Jeans, verrenke mich, um nicht absteigen zu müssen. Und dann bin ich über ihm. Fühle seine Zunge, fühle diese böse Lust hochsteigen in mir, gegen die ich mich nicht mehr wehre. Lasse mich zur Seite fallen, als ich alle Lust herausgestöhnt habe. Dann schaue ich Kevin zu, lasse vorsichtig meine Hände auf seine Wangen patschen, und dann werden aus den Patschern Schläge, auch die vorsichtig anfangs.

Und danach den noch eine Zeitlang keuchenden, rotwangigen Kevin im Arm, seinen heißen, ja, ja, wirklich heißen, Atem auf der Haut. Sein Schweiß, der warm noch ist, vermischt sich mit meinem schon kalten. Leichtes Frösteln umfließt mich. Mit offenen Augen liege ich da. Alles ist gut für einen Moment. Und in diesem gütigen Moment kann ich mir vorstellen, mit dem da morgens in der Küche zu sitzen und zu frühstücken, kann mir vorstellen, mit ihm den kommenden Tag zu besprechen („Willst du mitkommen morgen?“, „Ich weiß noch nicht“, „Wollen wir Hähnchen essen?“, „Lieber Nudeln mit Pesto“, „Am Wochenende kommen meine Eltern“, „Ich backe einen Kuchen … sie mögen doch Kuchen?“), da sehe ich uns in einem Café sitzen, Latte trinken, Zeitung lesen, uns auf Artikel hinweisen, da sehe ich uns tanzen zu schweren Beats, da sehe ich uns Wäsche waschen und den Abwasch machen. In diesem Moment. Ich schließe die Augen, und der Moment geht unter in weißer Gischt.

Ein weißer Wal schießt aus ihr herauf. Auf seinem Rücken Ahab. Und noch mit geschlossenen Augen steigt in mir wieder die Lust auf Flucht auf, regt sich die Sehnsucht nach Einsamkeit. Diesmal einer Einsamkeit allein mit mir, bei mir zu Hause. Eine große Sehnsucht nach meiner Wohnung, dem Ort, wo keiner ist außer mir.

„Ich sollte gehen."

„Immer haust du gleich wieder ab."

„Ich muss doch morgen früh aufstehen."

„Du kannst doch auch hier schlafen."

Ich gebe ihm einen Kuss. Mehr braucht es nicht. Dann greife ich meine Klamotten und ziehe mich an. Ich will jetzt nicht duschen. Auf meiner Haut hat sich der Geruch des Silberhaarmanns mit dem Geruch Kevins gemischt. Ich empfinde ein Gefühl von Betrug, und ich bin die Betrügerin. Habe mir geholt, was ich kriegen konnte. Habe mich nicht gegeben, habe aber genommen. Ein gutes Gefühl ist das, eigenartig, einmalig, groß.

Kevin liegt noch nackt auf dem Bett, als ich mit dem Ankleiden fertig bin. Ein Abschiedskuss.

„Ich liebe dich", sagt Kevin.

Oh, mein Gott. Nicht auch das noch. Aber diesmal schweige ich, als ob ich es nicht gehört hätte, greife die Tüte und verschwinde.

Morgen kommt Lutz. Er wird seinen Weg zu mir selbst finden. Ich weiß ja auch gar nicht, wann er ankommen wird. Aber ich tippe auf die Mittagszeit. Da ist es besser, ich räume noch auf, bevor ich schlafen gehe. Ich stelle mir den Wecker auf zwölf Uhr. Jetzt ist immerhin schon zwei Uhr in der Nacht. Ich sammle Kleidungsstücke ein, die sich im Zimmer breitgemacht haben, ich spüle das Geschirr und wische die Arbeitsplatte in der kleinen Küche. Aschenbecher leeren und auswischen. Dann ins Bett. Und sofort versinke ich im Moor des Schlafes.

21. Oktober

Die Klingel zieht mich raus. Neun Uhr und Lutz steht in der Tür. Gemütlich, grinsend, Reisetasche in der Hand.

„Bin ein bisschen früh, was?“

„Hauptsache, du bist da. Und je früher, desto länger.“

Wir fallen uns um den Hals. Und sofort ist seine Hand unter meinem Schlaf-T-Shirt und streicht mir warm und beruhigend über den Rücken. Bei Lutz fühle ich mich zu Hause. Bei Lutz ist immer alles gut. Selbst im immerwährenden Herbst des Dorfes war immer alles gut, wenn ich bei ihm war. Da konnten die Blätter fallen wie sie wollten. Da konnte grauer Regen das Wenige an Farbe aus dem Licht waschen, das dem Dorf vergönnt war. Bei Lutz gab es keine Jahreszeiten. Da fiel ich aus der grauen Welt. Und jetzt falle ich wieder aus ihr heraus, und ich lasse alle Kevins zurück und alle Silberhaarmänner, alle Katharinas. Nur ich und Lutz und unser Universum. Lutz, der große Gefühlsbruder, der große Fluchtbruder, mit Waschbärbauch und Kitzelbart. Und warmen Händen auf meiner Haut, der Haut, von der alle meine Ängste umgeben werden. Und dann fortdampfen, Kohlen nachlegen, immer wieder, damit die Lokomotive nicht an Kraft verliert, bis wir ankommen am Zielbahnhof unserer Flucht aus der Welt. Wie schön ist das! Wie viel Nostalgie kann man ertragen, wenn man doch um ihren Charakter weiß. Wie viel Abschied ist schon in einer Ankunft von dieser Art.

„Ich liebe dich nicht“, sagt Lutz und lacht.

„Ich dich noch weniger", sage ich und lache beinah.

So wunderbar zu Hause fühle ich mich neben Lutz, dass ich einschlafe, und noch im Wegdämmern merke ich, wie er mir in den Schlaf folgt, wie sein Atem gleichmäßiger wird. In Embryostellung miteinander verschlungen, Haut an Haut, schnell die Decke locker über unsere Leiber geworfen. Und keine Angst nirgends.

Wir wachen erst nach Stunden wieder auf. Es ist jetzt vier Uhr am Nachmittag. Draußen fällt ein trüber Regen. Während Lutz aufs Klo geht, koche ich Kaffee. Danach Duschen. Wir stehen bebademantelt in der Balkontür und lauschen den Geräuschen des Innenhofes, sehen dem Regen beim Fallen zu.

„Jetzt sind die Kinder schon aus dem Haus", sage ich.

„Was?"

„Nichts ... ich dachte nur gerade, wir stehen hier wie ein altes Ehepaar. Und da sagt man doch so was."

Lass uns kochen! Lutz hat Hunger. Ich hole das Schweinefilet und den anderen Kram aus dem Kühlschrank. Und schon übernimmt Lutz die Chose, tut Olivenöl in die Pfanne und Butter hinzu, salzt und pfeffert das geschnittene Filet, schneidet Knoblauch in hauchdünne Scheibchen, fragt, ob es einen türkischen Bäcker gibt, schickt mich los, Fladenbrot zu holen, und hat, als ich wiederkomme, die Filets schon in der Pfanne. Dann die Teile herausnehmen, auf Tellern anrichten, das Brot, geschnitten in nicht zu dünne Scheiben, in die Pfanne bis sie leicht gebräunt sind. Und dann nochmal mit einer halbierten Knoblauchzehe darüber. „Das schmeckt!" Und den Wein auf.

Wir tragen den kleinen Tisch vor die Balkontür, machen es uns gemütlich.

„Wir werden stinken“, sage ich.

Lutz lacht: „Aber wir riechen´s nicht. Und heute Abend ins Theater!“

„Oh … in welches denn? Und was wird gegeben.“

„Ins Deutsche. Die Perser.“

Da vergeht mir gleich die Lust. Aischylos, Gott, oh Gott. Lutz siehts mir an.

„Nee, nee … keine Sorge. Das soll eine Jahrhundertinszenierung sein. Vier Schauspieler. Kein Chor, keine Soldaten, keine historischen Kostüme. Du kannst ganz unbesorgt sein.“

Wer´s glaubt … ich bleibe skeptisch.

Ich räum den Tisch ab. „Wer kocht, hat hinterher frei.“ Kaffee kochen. Zigaretten drehen für mich und Lutz.

„Diese Hinterhöfe“, sagt Lutz. „Diese Hinterhöfe sind immer voller Geräusch. Als ob hier ständig Mitteilung gegeben wird, dass Leben noch existiert außer dem eigenen. Menschliches Leben. Bei uns ja nur, wenn de Pech hast: Blätterrauschen, Regen, Wind. Denn stehste am Fenster und denkst: Bloß icke und de Natur. Keene Menschen. Bloß icke noch. Na sach ma!“

„Das ist der Wal“, antworte ich, „das ist das Atmen des Wals, weißt du. Denn die Stadt ist ein Wal, der schwimmt im Menschenmeer. Und was du hörst, ist sein Atmen, sein Gesang, sind die Schläge seiner Schwanzflosse.“

„Manchmal“, sagt Lutz, „haste aber schon wat anne Klatsche, nich.“

Ich lache. Da hat er recht, befürchte ich. „Normal ist langweilig.“

„Und du bist die Walfängerin, wat?"

„Nee, ick warte uff Ahab. In den will ick mir valiebn, un denn will ick sehn, wie er unterjeht. Weil ick kann denn so scheen leiden, wie ick noch nie jelitten hab!"

„Du bist total bekloppt, aber ick hab dir jern", antwortet Lutz.

Schluss jetzt mit dem Berlinern! (ick) / Ja, nu ma Schluß! (Lutz).

Um zwanzig Uhr fangen die Perser mit dem Krieg im Theater an. Es wird Zeit. Den Kaffee noch austrinken. Noch eine Zigarette und dann los.

„Der Bauch des Wales", sage ich, als wir in den U-Bahnhof hinabsteigen.

„Dann hinein ins Gedärm", antwortet Lutz.

Im Theater noch einen Espresso. Noch eine Zigarette vor der Tür. Und dann beginnt das Stück. Da ist nichts auf der Bühne als eine große bewegliche Wand. Vier Schauspieler, mehr braucht es nicht, um Aischylos' Perser in die Gegenwart zu werfen. Immergültigerkrieg. Immergültigekriegsgründe. Immergültigeleiden. Ganz nah geht mir das Stück, berührt mich, streicht mir mit blutigen Fingern über die Haut. Xerxes, der Idiot als Held oder der Held als Idiot. Die Griechen im ängstlichen Siegestaumel, das Volk: der große Leidenskörper. Die Geilheit auf neues Land, auf Macht, auf Reichtum. *The times are not a-changing.* Blut für Öl. Deutsche Interessen am Hindukusch. Die Flotte versunken. Es laichen die Fische im Leichengedärm. Drohnen feuern ihre Raketen auf Hochzeitsgesellschaften. Aus Hubschraubern bellen die Maschinengewehre. Blutige Fontänen: die Leichen von Journalisten im Dreck des Platzes. Xerxes' Kleider zerrissen. Im Köcher keinen Pfeil. Die Leiber toter ISAF-Soldaten im Staub. Im Osten nichts Neues. Keinen Karren schiebt keine Courage durch keine Straßen Mogadischus. Poseidon duldet nicht, das Meer zu ketten. Fischer auf fischlosem Meer werfen ihre Netze nach Schiffen aus. *XERXES* schreit Darius, auferstanden aus dem Totenreich für kurze Zeit. *XERXES* schreit das Volk. Getan ist getan. Das Imperium gefallen. *XERXES* schreit es wieder. Getan bleibt getan. Wer fällt, bleibt liegen. Die unter dem Joch waren, geben Tribut nun nicht mehr. *XERXES*!

Meine Gedanken ergeben eine Melange aus allen Zeiten. Da ziehen zu den Persern auf der Bühne Soldaten aller mir bekannten Kriege blutig durch ein rotes Nichts. Da wirft jeder Satz der Schauspieler ein Echo aus den Nachrichten. Da merke ich: Drohnen und Hubschrauber, Bilder von Afghanistan und Somalia – alle nur in meinem Kopf und doch so eng verwebt mit diesem Text, den die da in mich sprechen, als wären meine Gedanken und das Geschehen auf der Bühne eine ewige Symbiose eingegangen. Untrennbar. Widerlich wahr, widerwärtig wirklich. Und als das Stück vorüber ist, als sie sich verbeugen, da möchte ich aufspringen und rufen: NOCHEINMALVONVORNE! NOCHEINMALBEGINNEN! NOCHEINMALKRIEG! Aber ich tu´s nicht.

Ganz ohne sagbare Worte bin ich nach dem Stück – für fünf, sechs Minuten. Ich stehe – Lutz hat Wein geholt für uns – stumm vor dem Theater. Ob ich wohl zittere, frage ich mich. Oder zittert die Welt? Ich trinke den Wein, ich rauche die Zigarette, die Lutz mir schweigend reicht. Auch er: stumm. Betroffen ist ein blödes Wort. Ich bin nicht betroffen; *getroffen* bin ich.

Mit Lutz will ich nicht ins *BAIZ*, das ist *mein* Terrain. Lieber wieder nach Hause und dann vielleicht noch in die *Kastanie*. Schon während der U-Bahnfahrt reden wir über das Stück. Das heißt, eigentlich reden wir über Krieg. Der ist überall. Gegenwärtig. Gültig. Und wir reden über die DDR, über Budapest und Prag auch und dann über meinen Vater, den Eierkuchenmann. Bis wir vor der *Kastanie* stehen, reden wir. Da sagt Lutz und zeigt auf die Gedenktafel von Grüneberg: „Manchmal träume ich nachts, ich wäre auf der Flucht. Und es wäre gar nicht Deutschland 2009, es wäre ein Land irgendwo und irgendwann. Und sie schlachten einfach Menschen ab in dem Land. Und ich weiß gar nicht, wer sie sind, die Schlächter, nur dass sie schlachten, weiß ich." Da bin ich wieder in Lutz' Worten. So oft schon war ich in ihnen.

„Ich bin du, und du bist ich", sage ich. Und Lutz lacht und sagt: „Na, wenn du dich da mal nicht irrst." Dann rein in die Kneipe und zwei große Biere.

„Nordhäuser?", fragt Lutz.

„Nordhäuser", antworte ich.

Und zum Bier werden zwei doppelte Korn bestellt. Lange bleiben wir nicht. Ab nach Hause, und dann mit einem Glas Rotwein auf den Hof blicken. Ein paar leise Dorfberichte. Er soll – hat er vergessen beinah – grüßen von meinen Eltern. Und wie die Kneipe so läuft … Na, sagt er, so lala. Was die Felder machen und der Hain. Wie immer, sagt er. Wie lange er noch bleiben wolle im Nirvana Brandenburgs? Weiß nicht, antwortet er.

22. Oktober

Wir schlafen lange in den nächsten Tag hinein. Lutz holt Brötchen, bringt noch Aufschnitt mit, frisches Obst vom Türken. Ein Frühstücksgelage bis in den Nachmittag. Und dabei immer ausufernde Gespräche: Weißt-Du-Noch-Gespräche und solche über Politik, verbale Traktate seinerseits über Rimbaud und gleich dabei eine kurze Lutz-Geschichte der Pariser Commune. Ich traktiere ihn mit Lobliedern auf Scattergood und quetsche ihn über Heine aus, den er sogar aufsagen kann:

Im traurigen Monat November war´s,
Die Tage wurden trüber,
Der Wind riss von den Bäumen das Laub,
Da reist ich nach Deutschland hinüber.

Und als ich an die Grenze kam,
Da fühlt ich ein stärkeres Klopfen
In meiner Brust, ich glaube sogar
Die Augen begunnen zu tropfen.

„Exil, glaube ich, wenn man gezwungen wird, das Land zu verlassen, das muss ganz schrecklich sein“, sagt Lutz.

„Wir sind auch irgendwie Exilanten. Wir können nicht einmal nach Hause. Unser Land ist einfach fortgenommen, so als würde plötzlich ein Stück Welt fort sein, Sand, Steine, Wasser … alles ist zu Erinnerung geworden.“

„Aber das ist anders. Es ist ja noch da, aber es hat sich gewandelt. Du siehst das zu theatralisch."

„Gewandelt? Nein, es ist einfach nicht mehr vorhanden. Das ist nicht so, als würde es nur anders regiert werden. Alles ist fort."

„Die Menschen haben sich geändert, sie ändern sich fortwährend. Sie sind gar nicht fort – und sie machen doch jeden Staat erst zum Staat. Neulich wieder gab´s so Filmberichte aus den Sechzigern aus Westdeutschland. Da war auch alles ganz anders als jetzt. Das ist doch normal."

„Für mich nicht", beharre ich, „für mich ist das, als wäre ich im Exil und mein Land wäre einfach aus der Welt geschafft worden."

Lutz kocht neuen Kaffee. Es ist schon sechs jetzt. Bald muss ich los. In einer Stunde spätestens muss ich mich auf den Weg machen.

Lutz teilt mit, er liebe Berliner Hinterhöfe. Lutz teilt mit, er würde auch mich lieben, wenn ich ihm das nicht verboten hätte und er nicht so nett wäre, wie er nett ist, und sich daran halten würde. Ich entgegne, er würde mich lieben, wenn er mich liebte. Denn Liebe sei ein eigenständiges Lebewesen und halte sich nicht an Gebote, Verbote oder Wünsche. Es schlage seine Zähne in die Haut derer, die lieben sollen, und übertrage die Liebeskrankheit von jetzt auf gleich. Da könne man gar nichts machen. Das sei, füge ich der guten Form halber an, jedoch meinerseits nur Hörensagen. Denn ich hätte noch nie geliebt, jedenfalls nicht so, wie ich mir vorstellte, dass Liebe gefühlt werden würde. Aber auch das könne ein Irrtum sein, vielleicht müsse ich die Liebe nur über die Maßen erheben.

„Du schwafelst schon wieder“, entgegnet Lutz.

Wir stehen, die Becher in einer Hand, in der Balkontür, lehnen gegen ihren Rahmen und halten Händchen.

„Wir sind Romantiker“, sage ich, und Lutz antwortet nichts.

„Wir stehen hier wie ein altes Ehepaar“, sage ich, und Lutz antwortet nichts.

Ich stelle den Becher auf das Fensterbrett und hänge mich an seinen Hals, ziehe mich hinauf, küsse ihn, lasse mich von seinem Bart kitzeln.

„Ich liebe dich nicht“, sage ich wieder.

„So bleiben wir ewig verbunden, *L'Origine du monde.*“

Ich sehe ihn verständnislos an. Ich solle mir, sagt er, das Bild im Netz suchen. Als ich es später tatsächlich google, finde ich ein Bild von Courbet: die behaarte Scham einer Frau.

Wieder hat Katharina schon alles vorbereitet. Es riecht nach Lufterfrischer und Putzmittel, der Tresen glänzt, und Katharina strahlt mich an. Sie trägt ein buntes Sommerkleid, das gar nicht zur Jahreszeit passt und zu dem leichten penetranten Regen, der jetzt die Stadt benetzt. Ob ich bei ihr übernachten will, ob ich das schon wisse, fragt sie mich. Ich denke an Lutz, der irgendwas macht heute Nacht, um die Zeit totzuschlagen, bis ich wieder da bin, und der sicher ins Bett gehen wird, auch allein. Der hat ja gar keinen Anspruch, denke ich, darauf, dass ich heimwärts eile nach der Schicht. Und ich antworte, dass es schön wäre, mit ihr noch zu spätstücken nach der Arbeit und eine Dusche zu nehmen bei ihr. Und bei jedem Wort schäme ich mich für mich und schlage mir gedankliche Ohrfeigen ins Gesicht, dass es in meiner Vorstellung ganz rot wird von den Schlägen. Ich bin, ich weiß es ja, etwas, was es gar nicht mehr gibt: töricht. Ich bin die letzte Törichte. Und das Letzte bin ich in jeder beleidigenden Form dieses Wörtchens. Aber wehren konnte ich mich nicht dagegen, dass ich sagte, was ich sagte.

Baptist Bogart erscheint zum Glück als erster Gast im Laden. Und sofort zerstört er meine Selbstvorwürfe mit einem kurzen, prägnanten Redeschwall. Theater, gestern. Perser. Das ist lustig.

„Da war ich auch …, das heißt, wir waren dort, mein Freund Lutz und ich."

Baptist Bogart und ich sind einer Meinung, und als ich ihm erzähle, wie in mir Bilder dem Bühnengeschehen hinzugestellt wurden, nimmt er das für einen Grund mehr, diese Aufführung groß zu nennen.

Katharina strahlt nicht mehr.

„Wer ist den Lutz", fragt sie, und ich erzähle ihr von ihm. Nicht alles natürlich. Nicht die Fluchten natürlich. Aber sie versteht trotzdem, das ist ihr anzusehen, das gräbt sich in ihr Gesicht, schlägt Falten, macht die Augen kalt, macht den Mund böse – aber noch nicht die Worte. Ich erfasse das instinktiv, das heißt, ganz eigentlich erfasst es mich. Warnt mich, mahnt mich zum Schweigen. Und ich schweige ihr von Lutz, Ausflüchte vor Nachfragen, verhehle, statt mit Lutz zu hehlen, und habe ein schlechtes Gewissen nun ihr gegenüber, Lutz gegenüber, mir gegenüber.

Professionell verläuft diese Schicht. Kein Zickenkrieg. Ich bin nicht die Richtige für einen Zickenkrieg, ich bin überhaupt nicht die Richtige für irgendeinen Krieg, außer diesem Liebeskrieg mit mir selbst, um mich selbst. Aber es ist keine Harmonie zu finden zwischen Katharina und mir nach den Lutz-Erzählungen. Dabei weiß sie doch um Kevin. Das Wissen hat ihr nie etwas ausgemacht. *Das war ihr alles nur Fickbeziehung*, denke ich, *jetzt ist es ihr etwas anderes, etwas Gefährlicheres.* Und weil ich das denke, denke ich auch, das Fehlen von Harmonie nun ist das rechtzeitige Fallen eines Ankers, bevor mein kapitänsloser Walfänger auf ein Riff gelaufen wäre. Mitternacht ist es jetzt.

23. Oktober

Gespensterstunde, und da kommt das Gespenst durch die Tür, tritt in den Laden: Lutz. Was ist jetzt zu tun? Wie verhalte ich mich? Und: Wie verhalte ich mich, zum Teufel, richtig? Aber es gibt nichts mehr zu retten. Lutz begrüßt mich. Sagt, er habe nicht widerstehen können, zu sehen, wie und wo ich arbeite. Und er hätte gern ein Bier, Radeberger, wenn es das geben sollte, sonst halt irgendwas. Und Katharina steht dabei, weiß sofort, wer das ist. Steht dabei mit feuchten Augen. Dabei habe ich doch gar nichts getan, nichts habe ich getan, was Eifersucht rechtfertigen könnte. Und trotzdem: Aus jeder ihrer Poren stinkt die Eifersucht, aus ihren Augen fließt die Eifersucht, und Katharinas Mund macht sie zittern. Soll ich zu ihr treten, soll ich diese hunderfünfzig Zentimeter überwinden und ihr zuflüstern: *Ich liebe ihn doch gar nicht.* Aber dann müsste ich doch hinzufügen: *Dich auch nicht.* Soll ich zu ihr treten und leisen Tons sagen: *Ich habe nicht gewollt, dass du dich in mich verliebst.* Oder fragen, als ob ich von nichts wüsste, als ob ich nichts gemerkt hätte: *Was ist denn los?* Diese Frage, die so oft schon deshalb eine Lüge ist, weil sie nur vorgibt, eine Frage zu sein, und in Wirklichkeit eine Ausgeburt von Ausflucht ist.

Aber dann dreht sich Katharina um, nimmt sich ein Glas, schüttet sich einen Havana Club hinein und … auf ex.

„Ist schon gut“, sagt sie, „ich weiß gar nicht … ich steigere mich da in was hinein. Das ist mir ja noch nie passiert.“

Lutz bekommt von der ganzen Chose nichts mit, weil er sich mit dem Bier in der Hand zu Baptist Bogart gesetzt hat, und natürlich sind sie jetzt beim Theater, gestenreich beide, stürmisch beide. Ich bekomme Fetzen der Unterhaltung mit. Hamletfetzen. Offenbar sind sie ratzfatz durch gewesen mit den Persern und haben sich Shakespeare zugewandt.

Ich halte Katharina fest an mich gedrückt. Sie hat sich mir an den Hals geworfen, fordernd → Schutz → Verzeihung für die Beinahepeinlichkeit einer unangebrachten Szene → kleinfühlend mit großen Gefühlen. *Ja, ja … ist ja schon gut. Ist alles gar nicht so, weeste. Nu heul ma nich. Heile heile Gänschen.*

„Det war nur Sex“, sagt sie, „ick meen … wejen heut Ahmt, also Morjen … da hab ick jedacht, nu fährt se wieder nach Hause, wo se doch jesacht hat, se will bei mir duschen und so … Wenijstens ne Schanze will ick ham, dir rumzukriejen.“

Wir lachen beide. Sie befreiter nun, und ich … kläglich mit.

„Nee, keine Angst, ich komm schon mit duschen“, sage ich. Wiederholungstäterin.

Lutz verabschiedet sich nach drei Bieren.

„Ich gehe nach der Schicht noch zu Katharina frühstücken, geh ruhig schon schlafen“, sage ich, als er mir das Geld rüberschiebt. Er lächelt wieder dieses merkwürdige Lutzlächeln, gleichzeitig mitleidig, anzüglich und verzeihend. Dann umarmt er Baptist Bogart und enteilt.

Es ist jetzt kurz vor zwei. Die Burg leert sich, die Ritter satteln ihre Pferde und ziehen heimwärts. Auch Baptist zieht sich seinen Trench über und macht sich fort. Wir räumen stumm auf.

„Nun?“

„Was: nun?"

„Kommste noch mit?"

„Ich habs doch versprochen."

„Ich könnte dich aus deinem Versprechen entlassen …"

„Ich mich nicht. Nee, nee … ich komm noch mit."

Katharina fährt wieder auf, was der Kühlschrank zu bieten hat, kocht Kaffee und Eier, packt Aufbackbrötchen in den Herd. Ich dusche, werfe mir einen der weißen Bademäntel über und nehme am Frühstückstisch Platz.

„Der Kaffee muss noch ziehen, noch zwei, drei Minuten."

„Ich habs im Blick."

„Dann dusche ich schnell."

Sie ist zurück, als ich die Kanne mit dem fertigen Kaffee auf den Tisch stelle. Eilig noch die Brötchen aus der Röhre, und dann essen wir, was das Zeug hält. Quatschen über die Gäste, vermeiden aber jede Klippe, an der das Frühstücksschiffchen zerschellen könnte. Beim Abwasch stehen wir nebeneinander. Ich fühle die Wärme ihrer Haut, auch ohne dass wir uns berühren, ich rieche ihren Ronja-Räubertocher-Geruch. Alles, was kommen wird, wirkt unvermeidlich. *Jede Gegenwehr ist zwecklos, Sie werden assimiliert (Hochachtungsvoll: Ihre ganz persönliche Geisteskrankheit).*

Wir drehen uns einander zu, im gleichen Moment. Und dann Haut an Haut, die Bademäntel offen nun. Der Weg zu ihrem Bett ganz falsch: Das Bett hätte zu uns kommen müssen, gar keinen Weg hätte es geben dürfen. Das ist eine Störung der besinnungslosen Harmonie. Dann aber ertasten unsere Hände die andere. Saugen sich unsere Lippen fest, schmecken unsere Zungen den fremden Geschmack, hören wir das fremde ansteigende Atmen.

Als ich matt und bei Besinnung wieder, die sich in mich gräbt mit Schmerz, auf dem Bett hocke, mögen Stunden vergangen sein. Draußen scheint eine schwindsüchtige Herbstsonne auf die Stadt. Straßengeräusche dringen in das Zimmer, der Hinterhof singt tausend Radiolieder. Der Wal ist erwacht. Wir schweigen. Wir berühren einander nicht mehr.

„Das geht nicht“, sage ich dann, „das geht wirklich nicht.“

„Weil ich eine Frau bin?“, fragt Katharina.

„Nein, weil ich dich nicht liebe. Ich kann doch nicht ständig Sex mit Menschen haben, die ich nicht liebe, nur weil ich ihnen nahekomme dadurch, weil ich will, dass alle Schranken fallen und ich ihnen schrankenlos dann in die Seele geschaut habe.“

„Warum nicht, um Himmels willen?“, fragt Katharina Räubertochter, inzwischen aufgestanden. Sie fährt sich mit den Händen durch ihre roten Locken.

„Weil ich mich ganz verliere darin. Weil es Komplikationen mit sich bringt. Weil sich Menschen in mich verlieben und an mir leiden. Weil sie mir dadurch Schuldgefühle machen. Weil ich mich nicht ständig schuldig fühlen will. Weil ich nicht ständig das Gefühl haben will, ich hätte etwas versprochen.“

„Aber du hast nichts versprochen. Gar nichts. Und, Schätzchen, ich liebe dich auch gar nicht. Ich finde dich nur schön, jung und geil. Und sympathisch natürlich. Aber Liebe …“

„Vorhin hast du fast geheult, wegen Lutz.“

„Wirklich nur wegen des Abends. Ich hatte Angst, dass wir nicht tun, was wir nun getan haben. Mehr war das nicht. Großes Indianerinnenehrenwort.“

Ich nehme ihr das nicht ab. Ich weiß auch nicht, wie ich mich weiter verhalten soll bei den Schichten in der Burg.

„Noch einen Kaffee?", fragt mich Katharina.

Noch einen Kaffee – das ist eine tröstliche Frage, sie akzeptiert des Gefragten Fortgehen. Und natürlich sage ich ja. Verschwinde nochmals in der Dusche, lasse das fast zu heiße Wasser über mich rinnen. Ziehe mich an. Und dann sitze ich schweigend auf Katharinas Bett, während sie wieder unter die Decke gekrochen ist und an ihrem Kaffee nippt.

„Keine Liebe?" frage ich vorsichtshalber nach.

„Keine Liebe! Ehrenwort!", bestätigt Katharina.

Als ich auf der Straße bin, da ist es schon acht Uhr. Menschen, in deren Gesicht die Alpträume der Nacht noch eingegraben sind, eilen unbekannten Zielen zu, anderen sieht man die Freuden der Nacht, den Suff oder die Arbeit an: Studierende, Säufer, Huren, Nachtwächter, Krankenschwestern, Bäcker, BVG-Beschäftigte, Spätkaufverkäufer ... und ich: alle ab in den Bauch des Wals, ab in die stinkenden U-Bahnen, ab in die Himmel und Höllen des Tages, ab in Betten, in Fabrikhallen, Büros, Intensivstationen.

Jetzt nach Hause? Ich bin wach, hellwach, ganz mit einer geradezu widerwärtigen Wachheit geschlagen. Da kann ich doch nicht nach Hause jetzt. Zwei Stationen oder drei. Dann steige ich aus. Gleich unten einen Espresso, einen Brownie. In die Menge starren, die jetzt groß geworden ist. BILD-Titel lesen, BZ auch, was rumliegt eben. Dann aus dem Inneren des Wals wieder an die Oberfläche. Ein kleiner Regen stürzt sich in seinen

Tod. Paradigmenwechsel überall. Von Rot zu Grau überall. Ein Unfallwagen rast vorbei, bereit, das Unvermeidliche für einen Menschen noch hinauszuzögern. Ein Blumenstand gegenüber dem Bahnhof. Ich kaufe Rosen. Fünf rote Rosen mit langen Stilen.

„Wollen Sie noch Dekoration?“

Mein Wollen ist ganz Dekoration. Also Grün zum Rot, damit es eine Art hat. Noch ein Tütchen Zeug fürs Blumenwasser an das Papier getesat. Und dann verschwinde ich mit den Blumen im Bauch des Wals.

Nach Hause jetzt? Oder doch zu Kevin. Der sitzt mir wie ein Furunkel im Hirn. Ich muss immer wieder an ihn denken. Zu den unpassendsten Momenten erscheint er wie ein Schmerz. Und ist er erst einmal da, ist es schwer, ihn loszuwerden. *Ich sollt ihn mir herausschneiden lassen*, denk ich und lache so laut, dass mich die anderen Fahrgäste ganz konsterniert ansehen.

Handy raus. Nummer gewählt. „Kaffee fertig?“, gefragt, und eine müde Stimme teilt eilfertig mit, er sei sofort in Arbeit.

Dann auf der Treppe, ein wuschelköpfiger Kevin in Boxershorts, die Tasse schon für mich bereit, er hält sie mir entgegen.

„Ich dachte, du bist schneller hier. Hoffentlich ist der Kaffee nicht kalt geworden.“

Lau ist er, aber das macht mir nichts.

Als ich in seinem Zimmer stehe, dieser Gruft, diesem Museum der Einsamkeiten, da frage ich mich, was ich hier tu, weshalb – zum Teufel – ich das immer wieder durchmachen muss: meine böse Unbeseeltheit, meine böse Haltlosigkeit, meine verfluchte Unbeherrschtheit. Hätte ich nicht auch zum Silberhaarmann fahren können oder zu Lutz, also zu mir nach Hause. Aber es waren doch die Rosen, beschwichtige ich mich, weißt du, Marie, es waren doch die Rosen. Die sollten, rot und groß, dieser Gruft ein wenig Leben schenken. Ich drücke sie Kevin in die Hand.

„Haste ne Vase?"

Er hat tatsächlich eine, die hässlichste Vase, die eines Menschen Auge je erblickte. Aber immerhin: Rosen auf Nierentisch, Stillleben, sehr malerisch (mit langem E zu sprechen). Ich würde mich jetzt gern mit Kevin unterhalten. Aber ich weiß nicht, über was wir reden könnten. Ich sage trotzdem: „Lass uns mal über etwas reden."

Über was, will Kevin wissen. Keine Ahnung, antworte ich. Dann schweigen wir. Ich trinke den Kaffee in kleinen Schlucken. Kevin steht in der Gegend herum. Alles wie tot. Und einen Moment lang die Vorstellung: Ich sei gestorben und es erhebe sich über der Trauergemeinschaft die Musik Tschaikowskys, die ich, damals vielleicht zwölf oder dreizehn, immer wieder gehört hatte. Eine CD, gelbgold das Cover: das Violinkonzert in D-Dur, gewaltig, einsam, schneewüstig, sommersonnenheiß, singend, kreischend, verzweifelt und erlöst aus allen Schmerzen, allen Zweifeln. Es erhebt sich bis zum Himmel hinauf, und mich erhebt es mit sich. Da kann ich sehen die Trauernden, da kann ich sehen den Horizont, und ich bin ganz leicht, fort alle Schwernisse, fort aller Kummer und ganz voll Liebe bin ich, so voll, dass ich überlaufe vor Liebe, dass ich sie wie Regen in die Welt pisse, kotze. Doch sie wird nicht weniger. Und ich fühle die Ewigkeiten. Fühle Ewigkeit für Ewigkeit um mich ziehen, im Kreis. *Der Plumpsack geht um.* Und ich benetze die Welt mit Liebe.

Kevin sagt: „Ich möchte dich küssen." Und ich weiß, was kommt, weiß, ich kann mich nicht wehren gegen mich. Lasse es geschehen und liebe an diesem Tag ein zweites Mal ganz körperlich, ganz nur *darauf* bezogen. Aber in meiner Seele keine Liebe.

Erschöpft hinterher. Die Müdigkeit kriecht mir aus allen Poren. Jetzt ist es elf Uhr, und ich sollte ... *noch einen Kaffee, Kevin,* nach Hause gehen. *Wirklich Kevin.* Ich verschweige dir, dass da Lutz auf mich wartet. Ich verschweige dir, dass ich kein Wort wechseln kann mit dir. Ich verschweige dir, dass ich dich manchmal dafür hasse, dass es dich gibt und du in mein Leben gewachsen bist wie ein Geschwür. Ich verschweige dir, wie ich kämpfe, um dir nicht eine Liebe vorzulügen, die es nie geben wird. *Noch einen Kaffee, Kevin.* Und dann ... *gib mir ein Handtuch, Kevin, duschen. Und gehen, Kevin.* Und gehen.

Lutz schläft noch, als ich komme. Eine angebrochene Flasche Rotwein steht auf der Arbeitsfläche der Küche. Die Balkontür ist geöffnet. Jemand hört Michael Jackson. Ich ziehe mich aus, kuschle mich an Lutz. Er, Kuschelbauch und Haare auf dem Rücken, leises Schnarchen, Tabakgeruch und Restfahne, nimmt meinen Arm, zieht ihn über seine Brust, hält mich. *Schlafen. Schlafen. Vielleicht auch träumen. Was in dem Schlaf für Träume kommen mögen, wenn wir die irdische Verstrickung lösten, das zwingt uns stillzustehn.* Und ich träume.

Bis mich Lutz weckt mit Kaffee und Brötchen, die er unbemerkt von mir geholt hat, denn ich bin in meinen tiefen, jetzt schon vergessenen, Träumen verschollen gewesen. Lutz mit dem freundlichen Gesicht, Lutz der alles weiß, Lutz der nie für den Eierkuchen IM geworden wäre,

Lutz mit Pfeffi im Tresenregal. Dieser Lutz, der muss mir bleiben, egal, wie die Zeiten sind, egal, wie alt ich werde. Der darf nicht gehen. Und ich fürchte mich, dass er, siebzig ich da, den Löffel abgibt und mich allein lässt. Nein, er braucht nicht in meiner Nähe zu sein. Nur wissen muss ich: Er ist da, auf dieser Welt irgendwo. Das reicht mir schon. Von dieser Welt darf er sich nicht machen.

„Na", fragt er, „schöne Nacht gehabt?"

„Ich glaube, sie liebt mich."

„Ich hoffe nicht. Es würde ihr das Herz brechen. Wer dich liebt, dem brichst du das Herz."

„Ich will das doch nicht, verstehst du, ich will das doch aber nicht."

„Ich weiß, aber es ist, wie es ist …"

„… sagt die Liebe."

„Sagt Erich Fried und schiebt es ihr unter."

„Du bist spitzfindig."

„Ich bin romantisch."

„Was soll ich tun, wenn sie mich liebt?", frage ich.

„Nichts. Und schon gar nicht fliehen. Reden vielleicht. Es reicht, wenn du ein schlechtes Gewissen hast. Sie braucht keines dazu. Aber sie wird …"

„… ich will nicht immer leiden unter der Liebe."

„… sie wird auch ein schlechtes Gewissen bekommen, wenn du vor ihr fliehst."

„Ja, ich weiß. Aber ich will nicht bestrichen werden mit dem Honig einer Liebe, die nicht meine ist. Ach was, Honig. Ich will nicht geteert und gefedert werden durch die Liebe, die nicht meine ist. Ich will nicht das schwarze Teer der Eifersucht und nicht die abgefallenen Federn von Armors Pfeil."

„Du laberst schon wieder."

„Tut mir leid."

Er schmiert mir ein Brötchen. Dann stehen wir mit dem Kaffee in der Balkontür.

„Auch hier ist immer Herbst", sage ich.

„Überall ist immer Herbst", antwortet Lutz

„Und die Stadt hat nicht einmal ein Firmament."

„Zu arm."

Wir lachen nicht.

Wie spät es wohl ist. *Lutz, wie spät mags sein?*

„Sechs wohl."

Dann aber mal ab unter die Dusche. Und so gut es geht wach werden.

„Kommst Du wieder in die Burg?"

„Nein, lieber nicht. Ich weiß noch nicht, was ich mache. Wann machst du Feierabend?"

„So zwischen zwei und vier, denke ich."

„Dann werde ich um drei zu Hause sein, also hier."

Katharina scheint nicht viel Aufhebens um die letzte Nacht zu machen. Kein Wort darüber und freundlich wie immer. Nichts ist ihr anzumerken von einer Eifersucht. Vielleicht habe ich mich geirrt. Wie immer ist Baptist Bogart der erste Gast.

Wieder Foucault als unser Thema. Wieder Wein und wieder der spöttische Blick.

Es wird schnell voll. Ich laufe von Tisch zu Tisch. Nehme Bestellungen auf, räume ab, vermeide Gänge mit leerem Tablett. Mache auf Umsatz. Mache Scherze, flirte. An diesem Abend komme ich gar nicht zur Ruhe. Aber dann leert es sich schnell. Da ist es schon fast zwei. Als wären alle abberufen worden, zahlen sie eilig und machen sich als Herde auf irgendwohin. Baptist geht als letzter Gast, nicht ohne noch mit uns getanzt zu haben.

POLIZEI
ANTIFA
NAZIS STOPPEN

24. Oktober

„Ich liebe dich."

Ganz unvorbereitet trifft mich der Angriff in der Magengrube. Mir wird auf der Stelle schlecht, dass ich fast kotzen möchte.

„Aber du hast versprochen …"

„Man kann nichts dagegen tun. Was soll ich denn machen, wenn ich dich nun einmal liebe."

Da ist es wieder. Das Lebewesen. Das Ungeheuer. Es lauert in der Dunkelheit. Es zerfleischt mich. Das räudige Untier fällt über mich her. Zieht mir die Gedärme aus dem Leib.

„Und was soll ich nun tun?", frage ich schnippisch. „Was denkst du, was ich nun tun soll. Und wie ich mich fühle? Wie, denkst du, fühle ich mich, wenn du mir hier plötzlich deine Liebe gestehst, obwohl du mir gestern noch versichert hast, es gehe nur um Sex und Nähe?"

„Mein Gott, nun nimm doch nicht alles so schwer."

„Leichter kann ich nicht."

„Ich habe gehofft, ein bisschen wenigstens, dass du mich auch …"

„… lieben würdest", vollende ich ihren Satz. „Aber ich liebe dich nicht, Katharina. Ich liebe überhaupt niemanden. Ich weiß nicht einmal, wie sich das anfühlt, jemanden zu lieben. Ich habe keine Ahnung. Ich weiß aber …"

„… dass es keine Liebe ist."

„… dass es keine Liebe ist“, echoe ich.

Wir schweigen. Wir schauen mit parallelen Blicken auf die Wand gegenüber dem Tresen.

„Wie soll es nun weitergehen?“, frage ich.

„Was meinst du? Na, so wie bisher, oder?“ Katharina klingt verunsichert.

„Ich kann doch hier nicht arbeiten und habe dann immer deine Blicke im Nacken, und alles klebt von Liebe und später dann von Hass oder was weiß ich …“

„Du überdramatisierst die Sache.“

„Ich habe Angst. Ich will dich nicht verlieren, und um ehrlich zu sein, ich will auch den Job nicht verlieren. Ich will unsere gemeinsamen Frühstücke nicht verlieren. Aber ich werde. Ich weiß: Ich werde“, antworte ich.

„Mach mal halblang. Sei doch nicht so aufgeregt. Ich bin nicht mehr in der Pubertät.“

„Das macht es ja so schlimm. Du liebst ernsthaft. Du liebst doch mit einem Ziel. Gib es zu. Du liebst mit einem Lebensziel!“

Wir schweigen wieder.

„Ich muss gehen“, sage ich.

Wir umarmen uns und halten vorsichtig einen Abstand beim Verabschieden. Sie sieht ganz klein und verloren aus. Katharina Räubertochter, erloschen wie die Kerzen in der Kneipe, so klein, so einsam. Weine ich? Ja, ich weine. Alles kommt zusammen in mir hoch: diese Bild tiefster Einsamkeit, meine Angst, meine Verzweiflung … alles.

Ich setze mich in einen Hauseingang und heule einfach drauflos. Dann geht es mir besser. Ich sehe vermutlich total scheiße aus. Zugeflennt nachts um vier in

Berlin, und kein Stern am Himmel. Ich werde ein Taxi nehmen. Bloß nicht in die U-Bahn jetzt.

„Mein Gott, wie siehst du denn aus?“, Lutz ist ehrlich entsetzt.

„Ich hab geflennt. Ich muss erst mal duschen.“

„Was ist denn passiert? Bist du … du bist doch nicht … man hat dir doch nichts getan?“

„Vergewaltigt? Nein, nein.“

Als ich wieder aus der Dusche komme, fühle ich mich besser.

„Sie liebt mich.“

„Was?“

„Katharina liebt mich. Sie hat es gesagt. Da waren alles Gäste schon fort. Und da hat sie gesagt: *Ich liebe dich.*“

„Aber deshalb hast du doch nicht geheult.“

„Doch, natürlich. In irgendeinem Treppenaufgang hat mich das heulende Elend erwischt. Weißt du … sie sah so klein aus, so hilflos, als ich ging. Das war wie ein Stoß ins Herz …“

„Stich …“

„Wie?“

„Stich. Man sagt *Stich* ins Herz.“

„Na, dann meinetwegen, wie ein Stich ins Herz. Und da kam dann alles auf einmal. Die geschrumpfte Katharina, die vielen Geschichten vorher, dieses räudige Liebestier. Und dass ich nicht liebe, das kam auch noch obendrauf, und dann flossen die Tränchen.“

Lutz schenkt Wein ein. Hilft vielleicht, sagt er. Hilft vielleicht. Danach gleich ins Bett. Ich will rechtzeitig aufstehen. Die Demo beginnt um drei. Da will ich fit sein.

„Kommst du mit?“

„Klar. Man darf ihnen keinen Meter gönnen. Im Dorf haben sie zehn Stimmen bekommen. Von hundertirgendwas. Man muss sie bekämpfen. Überall."

Ich schlafe traumlos durch. Als ich erwache, hat Lutz schon wieder für Kaffee und Schrippen gesorgt. Er ist ein Engel. Engel Lutz, vierte Wolke links.

Dreizehn Uhr. Es ist noch Zeit. Aber in einer Stunde müssen wir los. Vielleicht müssen wir die Polizeisperren umgehen. Man kann nie wissen. Lieber früher als zu spät.

„Zieh dir was Festes an", rate ich Lutz.

Wir beißen in unsere Schrippen, trinken den Kaffee (Krass stark, Alda!, sag ich zu Lutz). Es ist mir, als hätte es den gestrigen Abend gar nicht gegeben. Es ist mir, als hätte ich mir das alles nur eingebildet. Keine Katharina lastet auf meiner Seele. Die Liebe ist mir scheißegal. Aufgeregt bin ich, wie vor jeder Demo. Angst vor den Bullen habe ich, wie vor jeder Demo. Der Adrenalintank ist gut gefüllt.

Wir reden nicht viel während der Fahrt mit der U-Bahn. Als wir aus dem Bahnhof kommen, herrscht Gewühl schon. Hunderte haben sich versammelt. *I do not know what fate awaits me.*

„Da hinten …, meine Antifas." Es ist schwierig, durch die Menge zu kommen. Der kleine Pulk meiner Gruppe setzt sich in Bewegung. Richtung: Front. Richtung: Polizeikette. Lutz immer mit dabei. Wir setzen uns auf den Boden, haken uns unter, lassen uns wieder los. Noch sind die Bullen friedlich.

Dann hören wir die Faschos kommen: Trommeln schlagen, Kriegsgeschrei, Lautsprecherdurchsagen. *Räumen Sie die Straße!* Das wird dreimal wiederholt, dann erst soll die Polizei abräumen. Eigentlich. Aber diesmal wiederholen sie die Durchsage nicht. Die Tupperwaremännchen stürmen vor. Sie sehen aus wie Außerirdische. Sie wirken größer, als sie sind, weil wir auf dem Boden sitzen. Schneidersitz, die Arme ineinandergehakt. Ganz fest. Die neben denen sitzen, die weggezogen werden sollen, hängen sich an sie, klammern sich fest, lassen nicht los, kämpfen, versuchen die Griffe der Bullen zu lösen.

Die Tupperwaremännchen ziehen sich wieder zurück. Aus zwei Seitenstraßen rollen Wasserwerfer heran. Und ich seh aus dem Mund des Drachen unreines Wasser kommen. Eine alte Frau wird fortgerissen, der Strahl spült sie über die hinter ihr Sitzenden. Jemand ruft nach Sanitätern. Die Alte rührt sich nicht mehr. Es entsteht Aufregung. Das ist alles zwanzig, fünfundzwanzig Meter von mir entfernt. Ich sitze in der Mitte der Phalanx in der ersten Reihe. Hier erreicht mich das Gespiene des Stahlungeheuers mit gemilderter Wucht. *Schützt eure Augen!*, brüllt jemand. Andere wiederholen den Ruf. Aber da ist es schon zu spät. An der Stelle, an der es bereits Tumult gegeben hat wegen der Alten, wieder Aufregung. Ich sehe, wie Demo-Sanitäter einen Mann wegführen, dem Blut aus den Augenhöhlen quillt, ein Augapfel hängt ihm wie ein Fremdkörper im Gesicht. Der Mann schreit laut, schreit mit verzerrten Tönen: Seine Schreie sind schrill, entsetzlich schrill. Einen Moment lang herrscht unter diesen Schreien eine beklemmende Stille. Einen Moment lang beißt der Strahl der Wasserwerfer nicht mehr in die Masse Mensch auf der Straße. Dann geht es noch einmal los. Dann wird wieder auf Gesichter gezielt und auf Alte, auf Kinder auch, die mit ihren Eltern eingekeilt sind in der Barrikade aus Menschen. Wird versucht, sie über die Köpfe hinweg nach hinten zu reichen, so verfolgt das Wasserungeheuer sie mit seinem Strahl, versucht, die Körper aus den Händen zu reißen. Um mich herum schreien Menschen. Alles ist durchtränkt mit Wasser, und in dem Wasser die Chemie, die einem den Atem nimmt. Dann rollen die Stahlungeheuer zurück in die Seitenstraßen. Jetzt rücken die Bullen wieder vor. Die erste Reihe schlägt im Takt mit den Tonfas auf ihre Schilde. Hinter ihnen die, die uns abräumen sollen. Sie stürmen zwischen denen mit den Schilden hindurch. Lutz, den ich eben noch sehen konnte, ein Stück entfernt von mir, wird von der Polizistenwelle fortgetrieben wie ein Ast auf dem Meer. Die Schlagstöcke erhoben, stürmen die Bullen auf uns zu. Sie prügeln auf uns ein. Auf die Arme und Beine zuerst. Dann sind alle Schranken gefallen. Mich trifft der erste Schlag mit aller Wucht auf den Kopf. Warm fließt Blut mir übers Gesicht, verklebt mir die Augen, läuft mir in den Mund. „Scheißbulle“, brülle ich, „verdammter Scheißbulle.“

„Deutsche Polizisten schützen die Faschisten – Deutsche Polizisten schützen die Faschisten“, skandiert die Menge, die immer noch größer wird. Mein Bulle hat Verstärkung bekommen: Zu dritt zerren sie an mir, treten mir gegen und auf die Beine, einer schlägt mir mit der Faust ins Gesicht. Einmal, zweimal, dreimal. „Blöde Sau“, schreie ich, „du blöde beschissene Sau!“ Und schon schlägt mir einer mit Wucht den kurzen Stil des Tonfas in den Magen, der Schmerz ist gigantisch, grell, durchdringt den ganzen Körper. Mir wird übel, ich krümme mich zusammen. Die ältere Frau neben mir haben sie hochgerissen. Einer der

Polizisten schlägt ihr mit der flachen Hand ins Gesicht. Sie geht zu Boden. Er tritt ihr in den Rücken. Sie versucht sich zu schützen, rutscht auf dem Boden herum. Dann wieder Schläge mit dem Tonfa. Zwei Bullen kommen dazu. Sie greifen ihre Arme. Man schleift sie weg. Und immer wieder Schläge mit dem Schlagstock. Bei jedem Schlag schreit sie. Tränen laufen über ihr Gesicht. Ihr Körper zittert. Sie versucht, wenigstens auf die Beine zu kommen. Aber ihre Beine gehorchen ihr nicht mehr. Die Bullen werfen die zitternde Frau über den niedrigen Zaun, der den Gehweg von einer kleinen Rasenfläche trennt. Die Frau krümmt sich zusammen wie ein verängstigtes Kind.

Rechts von mir hält die Kette noch. Aber auch auf den Mann zu meiner Rechten prasseln jetzt Schläge herab. Dann haben sie mich. Dann reißen sie mich hoch, stoßen mich vorwärts. Ich falle. Einer schießt mir aus kurzer Entfernung eine Ladung Pfefferspray ins Gesicht. Meine Augen sind nichts als Schmerz. Ich kriege keine Luft mehr, habe Angst, zu ersticken, versuche, auf die Beine zu kommen. Wild schlage ich um mich. Ich will weglaufen, aber ich kann nichts sehen. Wieder ein Schlag auf den Kopf. Für einen Moment alles schwarz. Wieder versuche ich hochzukommen und wieder ein Schlag auf den Kopf und dann sofort eine ganze Serie Schläge auf den Rücken, in die Nieren, auf die Leber. „Du blöde Antifafotze", schreit der Bulle, „ich mach dich fertig. Ich mach dich fertig. Hörst du, blöde Zecke, ich mach dich fertig." Ich falle zurück auf den Boden. Dann höre ich anderes Geschrei um mich herum. „Lass die Frau in Ruhe, du Bullenschwein", schreit jemand, und eine andere Stimme ruft, dass man Hilfe bräuchte, um die Polizei zurückzudrängen. Jetzt kommen keine Schläge mehr. Meine Hände, mein Gesicht, meine Hose, mein T-Shirt, meine Jacke sind klebrig von meinem Blut. Mein ganzer Körper ist mit Schmerz gefüllt. Da werde ich hochgehoben: vorsichtig, sanft. Ich kann immer noch nichts sehen. Meine Augen sind geschwollen, sie brennen wie Feuer, ich kriege die Lider nicht auf. Noch immer fällt es mir schwer zu atmen. Doch ich schwebe auf fremden Armen durch die Luft. Ich weiß nicht, wer mich trägt und wohin. Ich fühle das schwere Leder einer Jacke, ich höre eine Stimme, die nach dem Ort des Sani-Platzes fragt, ich höre die Stimme *Macht Platz!* rufen. Und dann legt man mich ab, ganz vorsichtig. Eine Decke unter mir. Jemand beginnt meine Augen zu spülen.

„Det muss zuerst. Denn erst det Blut ab. Immer erst de Oogen", sagt eine junge Frauenstimme. Ich nehme Konturen wahr. Kann die Augen wieder halbwegs aufmachen. „Na, du siehst ja scheiße aus", sagt die junge Stimme wieder.

„Ich geb mir halt Mühe", antworte ich.

„Die Kopfwunde muss jenäht wern. Det jeht hier nich. Du musst ins Krankenhaus. Du musst och jeröncht wern. Sicher is sicher. Man, ham die dir zujerichtet."

„Ich fahre sie in die *Charité*", sagt die Stimme, die mich hierhergetragen hat. Mit immer noch nebeligem Blick aus schmerzenden Augen erkenne ich den Besitzer der Stimme. Dreißig mag er sein. Mit einer senkrechten Narbe über dem rechten Auge, mit einer Kippe im Mundwinkel. Zimmermannshosen und eine Kabanjacke aus schwerem Leder. Er greift mich, hebt mich hoch, trägt mich vor sich her.

„He, ich kann selber laufen."

„Du musst mal auf den Arm genommen werden. Wie heißt du eigentlich?"

„Marie", sage ich wahrheitsgemäß.

„Ich heiße Jonas."

„Wie der in der Bibel?"

„Ja, aber mit einem Ess hinter dem Ah."

Jonas setzt mich vorsichtig in einen Honda Civic, an dem der Rost mit Appetit nagt. Über Schleichwege geht es Richtung *Charité*. Jedes Schlagloch sticht mir in den Körper. Ich beiße die Zähne zusammen, so gut ich kann. Aber manchmal kann ich einen kleinen Schrei nicht unterdrücken. Jonas fährt langsam, vorsichtig, versucht, Bodenwellen auszuweichen. Wir brauchen ewig, bis wir vor dem Krankenhaus ankommen. Jonas hilft mir die Treppen hinauf. Als mich der Pförtner sieht, schießt er aus seinem Glaskasten heraus.

„Warten Sie! Warten Sie! Ich hole einen Rollstuhl", und dann, zurück mit dem Gefährt: „Wie sehen Sie denn aus? Was ist denn mit Ihnen geschehen?"

„Rindviecher", sage ich, „ich bin mit einer Horde Rindviecher kollidiert." Er schüttelt den Kopf.

Eine Schwester eilt herbei mit hüpfendem Schritt und rudernden Armen.

„Armes Ding … wer hat Sie denn verprügelt?"

„Der Staat."

„Das kann ich ja gar nicht glauben."

„Sind die anderen denn nicht hier? Die anderen Verletzten?"

„Die werden im Klinikum Neukölln sein", sagt Jonas.

Die Schwester hat mich inzwischen in ein

Behandlungszimmer gekarrt. Sie will Jonas hinausschicken, aber ich protestiere. Er sei doch der Engel, der mich in die Lüfte erhoben hat und aus der Gefahr errettete, sage ich ihr. Nun soll er auch hierbleiben. Das scheint ihr nicht zu gefallen, aber sie gibt klein bei.

Sie ziehen mir die Jacke aus. Mehrfach stöhne ich vor Schmerzen auf. Dann das T-Shirt über den Kopf.

„Oh, mein Gott“, sagt Jonas

„Oh, mein Gott“, echot die Schwester

„Dein Rücken ist …“

„Ihr Rücken ist grün und blau“, fällt ihm die Schwester ins Wort, „ganz und gar grün und blau.“

„Das wird schwarz“, sagt Jonas.

„Von blau zu schwarz“, antworte ich und lache gequält.

Der Arzt, der jetzt erscheint, ein älterer Herr wie aus einem Arztroman, der will Jonas nicht dabei haben. Es hat keinen Zweck, zu protestieren.

„Demo?“, fragt er

„Ja. Wilmersdorf nazifrei.“

„Waren das die Nazis?“

„Nee, das war die Polizei.“

„Mein lieber Mann …“

Er beginnt mit der Kopfwunde. Rasiert vorsichtig die Haare rundherum ab, reinigt die Wunde, lässt sich Nähzeug geben, vereist die Haut, spritzt mir zusätzlich noch ein Lokalanästhetikum. Während er darauf wartet, dass es wirkt – und ich warte mit ihm, will dass der pochende Schmerz aufhört –, drückt er an meinem Rücken herum. Es tut weh, es tut grottenweh, und ich schreie auf.

„Vermutlich nur Hämatome. Aber sicher kann man erst nach einer Röntgenuntersuchung sein, junge Frau. Wir nähen jetzt erst mal ihr hübsches Köpfchen, und dann röntgen wir Sie."

„Ich hab Nierenschmerzen, glaube ich", ich zeige auf meine Hüften.

„CT machen", sagt der Arzt zur Schwester. „Sicher ist sicher."

Dann die Naht, ich spüre, wie die Nadel die Haut durchsticht. Der Schmerz hat aufgehört, mir auf den Kopf zu schlagen. Nichts klopft mehr da oben. Dafür merke ich den Schmerz in meinem Rücken.

„Sie haben vermutlich tiefe Prellungen am Rücken. Das kann dauern. Ich schätze, zwei Wochen ist nichts mit Tanzen und schwerem Heben. Was arbeiten Sie denn?"

Ich erzähle von der Arbeit in der Burg.

„Nee … das lassen sie mal lieber."

„Aber …"

„Jedenfalls keine Kisten schleppen. Am besten nur zapfen oder so. Auch nicht mit den Tabletts rumrennen."

Nach der Naht nochmals desinfizieren.

„Bekomme ich gar keinen hübschen Turban?", frage ich. Aber man sprüht mir nur einen Sprühverband über die Naht. Vorsichtig wird mir das T-Shirt wieder übergezogen, und ich werde in den Rollstuhl gesetzt. Meine Jacke kriege ich auf die Knie gelegt, und weiter geht die Krankenhausralley. Jonas folgt mir und der Schwester. Wir kurven durch die Gänge, fahren Fahrstuhl, kurven wieder durch die Gänge und landen schließlich in einem Gang mit vielen breiten Türen. Die Schwester schiebt mich vor einen der Tische, die in Nischen stehen, Jonas setzt sich neben mich und … hält Händchen. Ganz warm ist seine Hand. Und die Wärme geht mir durch den Körper, wie

Sonnenstrahlen an heißen Sommertagen dir durch den Körper gehen, ihn von innen wärmen. Du hast in der Hitze der Sonne das Gefühl, du würdest leuchten, wärst ganz voll Sonnenglanz. Wie Eruptionen, wie Sonnenwinde, so strömt das Licht von dir, fällt wieder zurück, angezogen durch deine Schwerkraft.

Jonas′ Hand ühle ich nicht in meiner, nein, unsere Hände sind *eine* Hand nun, sind siamesische Hand, haben sich vereinigt, fühlen sich an, als könnten sie nie wieder getrennt werden. Und in mir ein Gefühl, so gewaltig, so groß, so unbekannt, so niemals vorher erlebt, so einzigartig, so innig, so alles dem Sonnenbrand übergebend, was meine Seelenmüllmeteoriten sind, so verzehrend all das mit heißer Flamme, dass die Sehnsucht sich wandelt, dass sie ganz die graue Farbe verliert, dass sie leuchtend gelb wird, dass sie sich neu fokussiert, sich ein neues Ziel nimmt: nicht mehr das unbestimmte Ziel, *zu lieben,* irgendwann, irgendwen, endlich zu lieben dann, sondern vorgibt, nun ein bestimmtes zu haben: *diese* Liebe. Ja, da habe ich kein anderes Wort für dieses Gefühl, gar kein anderes Wort als LIEBE. Ich bin liebend, bin es als passive Akteurin, kann gar nicht begreifen, dass ich mir LIEBEN immer als aktiven Akt vorgestellt habe, als etwas, was man tut, als etwas, was getan werden muss, als eine Arbeit gar, die verrichtet werden muss. Jetzt also die Erkenntnis – Lutz hat recht: Liebe ist ein Lebewesen, die Liebe macht dich liebend, so wie ein Regen dich nass macht oder ein Virus dich krank. Und die Erkenntnis auch: Es gibt kein Mittel dagegen, weil dieses Wesen LIEBE so groß ist, so überwältigend groß, dass man sich nicht wehren kann, auch wenn man es wollte;

dass es keinen Zweck hätte zu sagen: Ich will nicht lieben, wenn das LIEBESWESEN einem erst die Zähne ins Herz geschlagen hat. Dann liebt man. Und wenn das Wesen, das LIEBESWESEN, gnädig ist, wenn es einen guten Tag hat, wenn es dich nicht anscheißen will und nicht fertigmachen, dann beißt es den, den zu lieben es dich zwingt, auch, dann schlägt es auch ihm die Zähne ins Herz und lässt ihn DICH lieben.

Nein, ich bin nicht verliebt, ich bin darüber hinausgewachsen. Ich liebe. Wie ein Schlag das, ein neuerlicher, einer, der noch wehtun wird – das weiß ich, das weiß ich: der einen Schmerz bereiten wird, der größer, irrer, tiefer ist als alle Schmerzen, die ich bislang gespürt habe. So übervoll bin ich mit diesem Gefühl, dass es aus mir herausbrechen will, dass es Wort sucht und findet, dass Wort aus dem Mund will. Aber es darf nicht. Nein, das verbiete ich. Es darf nicht hinaus, das Wort, die Wörter: *Ich liebe dich*. Lachhaft. Ich kann doch nicht, nein, ich kann doch nicht, darf doch nicht, um meiner Liebe willen, jetzt zu Jonas sagen: *Ich liebe dich*. Was würde er denken von einer, die er gerade eine Stunde oder zwei kennt, die er als Klumpen wunden Fleisches durch die Reihen der Spartaner und geschlagenen Athener geschleppt hat, wenn die jetzt sagen würde: *Ich liebe dich*. So geht das nicht. Aber wie geht es dann? Wie sagt man diese drei Wörter, dieses Wort? Und wann sagt man es? Wie lange schickt es sich, zu warten? Sagt man es beiläufig, während man sich nach einem Schluck Sternie noch eine Zigarette dreht? Bringt man Blumen mit? Konfekt? Tut man es besser gleich nach dem Geschlechtsverkehr? Oder doch erst bei der Zigarette danach. Fragen über Fragen. Und dabei stoßen die Wörter mir gegen die Zähne, wollen immer noch gesprochen werden. Nein, nein.

Jonas drückt meine Hand, wendet sich zu mir, streicht mir übers Gesicht, sagt, es würde schon wieder werden, sei hoffentlich alles nicht so schlimm. Es sei wohl nichts gebrochen. Und küsst mich dann sanft auf die Wange.

Keuchend und schnellen Schrittes taucht Lutz im Gang auf, ganz zerrauft auch er.

„Da bist du ja! Ich habe dich überall gesucht“, ruft er, „und am Handy ist nur die Mailbox.“

Mein Handy! Ich durchwühle meine Taschen, während ich Lutz mit einem Schwall an Schilderung begrüße. Mein Handy hat die Attacken nicht überlebt, das Display ist zersprungen. „Puttemacht“, sage ich und halte es zum Beweis in die Luft.

Jonas stellt sich vor. Er tut es auf komische Weise seriös und offiziell, er nennt sogar seinen Nachnamen, steht auf und streckt Lutz seine Hand hin, die er merkwürdigerweise aus der Verschmelzung mit der meinen hat lösen können. „Jonas Daufin.“ Beide ordnen sich ein. Der eine als Retter, der andere als Freund vom Lande.

Dann sitzen sie zu meiner Rechten und sitzen zu meiner Linken. Dann halten beide eine Hand von mir, doch nur durch Jonas Hand strömt Sonne in mich.

Eine ältere Schwester erscheint im Gang. Sie nennt meinen Namen und entführt mich dann in den Röntgenraum. Stehend und liegend werde ich geröntgt und gleich danach in einem Nebenraum in die Röhre des Magnetresonanztomographiegerätes gestopft. Als ich durch bin, sind die Röntgenaufnahmen ausgewertet: keine Brüche, insbesondere der Kopf ist heil, und auch die MRT hat nichts von Besorgnis ergeben. Trotzdem rät der Arzt, der mir die guten Nachrichten gebracht hat, zur Schonung. Eine Gehirnerschütterung hätte ich bestimmt, und die vielen Blutergüsse würden noch erhebliche Schmerzen verursachen. Ob ich einen Hausarzt hätte? Der solle mir nämlich gleich Novalgin verschreiben, damit ich nicht unter der Decke kreise, wenn es losgeht. Und in spätestens drei, vier Stunden würden die Schmerzen im Rücken sehr stark werden. Auch könne es sein, dass Muskelfasern kleine Risse hätten. Er würde mir zur Vorsicht ein Mittel mitgeben, dass ich aber nur einnehmen solle (er spricht ein Ausrufezeichen mit), wenn es gar nicht anders ginge. Und nur die halbe Dosis. *Nur die halbe Dosis, junge Frau, die auf der Packungsbeilage für ihr Gewicht angegeben ist! Mit dem Medikament ist nicht zu spaßen!*" Ick spaße nie!

Jonas fährt uns nach Hause und bleibt natürlich noch. Ich suche mir, Google Maps ist dein Freund, einen Arzt in der Gegend. Aber jetzt am Samstag ist natürlich nichts zu wollen. Weshalb haben die mir Novalgin nicht gleich im Krankenhaus mitgegeben. Aber Lutz hat natürlich Schmerztabletten dabei. *Ein kluger Mann baut vor!*: Paracetamol. Na, besser als nichts. Jonas macht sich auf den Weg zu Netto, Wein holen.

„Ich ruf in der Burg an", sagt Lutz.

„Nee, lass mich das mal machen", antworte ich. Ich muss Katharinas Handynummer erst aus dem Zettelwirrwarr meines Portemonnaies herauskramen.

Sie geht gleich ran. Und ich lege los. Die ganze Geschichte: die Schläge, Jonas, das Krankenhaus, die Untersuchung. Und jetzt zu Hause. Auch, was der Arzt gesagt hat. Eben alles. Auch meine Angst, auch, dass ich geheult habe, und natürlich, dass es jetzt anfängt, mir eine körperliche Erinnerung zu schaffen: mit einem ansteigenden Schmerz im Rücken, mit Schmerzen in den Oberschenkeln, in den Armen, mit immer noch brennenden Augen und einem Kratzen im Hals.

„Bleib schön im Bett, Schätzchen", sagt Katharina, „ich schaffe das schon alleine. Schon dich. Tauche hier nicht vor Donnerstag wieder auf. Und nur dann, wenn du wieder auf dem Damm bist."

Beruhigt lasse ich mich ins Bett fallen. Und sofort umklammert mich ein perfider Schmerz, verkrampfen sich die Muskeln, als wollten sie mir alle Luft aus dem Körper drücken. Es ist, als würde ein dicker, fetter Kerl auf meinem Brustkorb sitzen. Eine leichte Panik zu ersticken steigt in mir auf. Dann lockert sich die Umklammerung, dann lässt der Schmerz nach.

„Die Tabletten, Lutz", sage ich und strecke die Hand aus, „sie sind in meiner Jacke."

Lutz holt die Packung hervor. „Erst mal den Beipackzettel lesen", sagt er. Und dann: „Also, eine geht. Sogar, wenn du Wein trinkst. Aber mehr auf keinen Fall. Eigentlich darfst du zwei, aber du sollst ja nur die halbe Dosis nehmen. Die Dinger können das Herz schädigen ..." Er macht eine Pause und grinst. „... aber erst nach übermäßig langem Konsum." Er nimmt eine aus der Packung und reicht sie mir. „Ich hol dir einen Schluck Wasser."

Tatsächlich hilft die Tablette. Ich fühle mich total entspannt, auf eine angenehme Weise müde und zugleich erholt. Mich interessiert der Wein nicht mehr, den Jonas geholt hat. Wie in meiner Kinderzeit, wenn ich aus dem Kinderzimmer noch die Gespräche der Erwachsenen hören konnte, nehme ich wahr, wie Lutz und Jonas miteinander reden. Dann dämmere ich ein.

„Wie wunderbar“, denke ich, als ich in einem fetten Schlaf versinke.

25. Oktober

Als ich erwache, bin ich allein. Ich quäle mich hoch, es dauert, bis ich auf den Beinen bin. Immer wieder durchstreifen Schmerzen meine Nerven, mehrfach muss ich neu ansetzen, um mich endlich aufrichten zu können. Auf dem Küchentisch zwei Zettel.

„Liebe Marie! Ich habe dich schlafen lassen. Ich hoffe, es geht dir einigermaßen. Leider kann ich nicht bleiben. Ich muss ja zurück ins Dorf, die Schenke wartet. Ruf mich an, ich lasse dir mein Handy da. Ich liebe dich nicht! Lutz."

„Liebe Kämpferin! Ich musste zur Arbeit. Lutz (so heißt er doch, oder?) und ich haben neben dir auf dem Boden übernachtet. Er ist wohl schon fort. Ich würde gern wiederkommen nachher. Ruf mich bitte an. Jonas."

Auf die Rückseite hat Jonas seine Handynummer geschrieben. Aber erst mal: einen Kaffee und dann nach einer Musik gesucht, die passt. Irgendwas Pathetisches, Ironisches. Ich entscheide mich für Laibach: *Tanz mit Laibach. Eins-Zwei-Drei-Vier.* Und eine Zigarette dazu. Nur nicht: mittanzen. Schön leise sein, schön ruhig bewegen. Immer in den Körper horchen, immer auf den Rücken hören. Duschen. Schleichen zum Bad. Vorsichtig das Beinchen heben auf dem Weg in die Duschwanne. Das Wasser vorher schon auf die richtige Temperatur bringen. Und abtrocknen, als *ob de n rohet Ei* wärst.

Jonas. Telefon. Nummer wählen. Warten. Auflegen. Jonas. Nummer wählen. Warten. Auflegen. Jonas. Nummer wählen. Warten. Nicht auflegen. *Hier ist Marie* sagen. Dabei fast husten. Hals trocken. Warten. *Oh* hören. *Das ist ja schön* hören. Die Frage hören, ob er vorbeikommen könne heute Abend. Wie spät ist es? Vier am Nachmittag schon? Oh, mein Gott, hab ich lange geschlafen. *Ja* sagen, *na klar* sagen, *gern* sagen, *bring Wein mit* sagen. Ganz hoch im Hals schlägt Herz, ganz stark schlägt Herz. Herz das *das* streichen. Herz als Name. Herz gehört mir nicht mehr. Herz gehört jetzt Liebestier. Herz ist gebissen worden. Herz blutet. Herz blutet. Sechs Stunden noch. Schmerztabletten nehmen. Paracetamol, doppelte Dröhnung. Nur zur Vorsicht.

Polly Scattergood: *Please don´t touch: Feeling strange and looking rotten.*

Ich muss Lutz anrufen. Er wird schon zurück im Dorf sein, in der Schenke. *Hallo* sagen, *blablabla.* Vom Gesundheitszustand berichten. *Tut noch weh!* Nichts vom Herz sagen. Nicht *Herz blutet* sagen. Nicht sagen: *Bin verlieb*t. Das würde ihm das Herz ganz hart machen, ganz Stein machen, ganz brechen vielleicht. Ich weiß ja, er liebt mich. Mit jedem *Ich liebe Dich nicht* wusste ich: Er liebt mich. *Blablabla. Viel Spaß. Tschüss.*

Was ist mit Kevin? Was mach ich mit Kevin? Wohin packe ich den mir nun? Und den Silberhaarmann? Mensch Marie, Du Liebesidiotin. Es ist viel zu früh für solche strategischen Gedanken. Es ist sogar viel zu früh für sexualtaktische Gedanken. Machst jetzt schon einen auf traute Zweisamkeit. Dabei weeste nix. Garnix!

Einer der beiden hat Brot gekauft. Er hat es im Kühlschrank verstaut. Merkwürdiger Ort für Brot. Aber immerhin: was zu essen. Käse ist auch da. Badejunge. Erst mal was essen. Und dann wieder aufs Bett. Dösen. Immer

Angst haben, einzuschlafen, zu fest einzuschlafen und dann Ahabs Läuten nicht zu hören. Mein Rücken schmerzt durch mich hindurch. Der Wal hat mich mit seiner Schwanzflosse erwischt. Tupperwaremännchenpilotfische haben mich vermöbelt. Democracy pangs.

Und über allem die Gischt. Am Strand die Geliebte, ich sehe sie lang noch winken, sehe sie jedes Mal, wenn der Schoner aus einem Wellental auftaucht. Sie hält gegen die einsetzende Dunkelheit eine Leuchte hoch über ihren Kopf. Ihre Tränen rinnen, wie bei jedem Abschied. Und wie jedes Mal, wenn unser Schiff den kleinen Hafen verlässt, gibt sie mir ein Tuch mit, das ich um den Hals tragen kann. Nach ihr riecht das Tuch den ersten Tag auf See nur, dann nimmt es den Geruch der Wellen an und der Luft. Und später, wenn der erste Wal gefangen ist, wird es nach Tran riechen, nach Blut und nach Tod. All hands on deck, we've run afloat!' I heard the captain cry. Und das Schiff in den Wind gedreht. Die Sturmsegel gesetzt. Auf der Brücke: Ahab. Seine schwarze Lederjacke glänzt im Mondlicht, sein schwarzes Haar wird vom Sturm gezaust. Er hinkt die Treppe hinab, stellt sich an den Mast, lässt sich vom Schiffszimmermann Hammer und Nagel geben und schlägt einen Vaterländischen Verdienstorden erster Klasse an den Baum. „Wer den weißen Wal sichtet, bekommt den Orden, wenn wir ihn fangen können." Sicher und laut klingt seine Stimme. Und ich sehe den Wal. „Da", rufe ich, „da bläst er!" Das riesige Tier hält Kurs auf unser kleines Schiff. Und um den Wal herum gleiten Krieger über das Wasser. „In die Boote, Männer", gellt der Ruf Ahabs. Und er selbst hält im ersten der Boote die Harpune, legt an, schießt, trifft und wird mit dem Boot fortgerissen von dem großen weißen Ungeheuer, das nun das Schiff zertrümmert und dann taucht und wieder auftaucht und auf ihm Ahab, die Hand zur Faust geballt. Und alle Krieger lachen. Und alle Walfänger lachen auch. Nur ich weine. Da klingelt es.

Ich habe fünf Stunden geschlafen. Und da steht er in der Tür: Jonas. Groß und schwarz und endlich da. Ich weiß nicht, was ich tun soll. Also küsse ich ihn. Und er küsst mich, hält mich behutsam im Arm, drückt mich vorsichtig an sich, auf dass er mir nicht Schmerzen bereitet. Mund an Mund, Zunge an Zunge, wir. Und da will ich es wieder sagen, will mich lösen von ihm und sagen: *Ich liebe dich*, aber im letzten Moment kann ich mich beherrschen und schweigend küsse ich weiter in der Tür. Bis er mich langsam hereinschiebt und mich wiederum behutsam auf das Bett legt; als wäre ich eine kostbare Blume.

Ich habe immer noch nur mein T-Shirt an (Held der Arbeit) und einen Slip. Die Sachen von gestern halt, obwohl ich ja geduscht habe. *Bitte*, denke ich, *bitte schiebe deine Hand unter mein T-Shirt. Bitte tu etwas, sei du aktiv*, denke ich. Aber er kocht Kaffee für uns, holt aus seinem Rucksack den Wein und dann Kuchen – *nur so Zeug vom Türken* –, deckt den Tisch, sagt, dass wir tun sollten, als wäre es dunkler Nachmittag, zündet Kerzen an, löscht das Licht, gießt Kaffee ein, hilft mir vorsichtig hoch. Will mir zum Tisch helfen, die zwei Meter, lacht, als ich sage, ich bräuchte noch keinen Rollator und er, Jonas, sei mir als Zivildienstleistender zu schade.

Wir schaufeln Kuchen in uns hinein, trinken den starken Kaffee, der, wie ich erstaunt feststelle, nicht meine übliche Plörre ist. Jonas redet von sich: komme aus Hamburg. Sei nach Berlin gekommen kurz nach der Wende (wie er das Debakel nennt), mit den Eltern. Die seien Beamte. Hätten bei der Abwicklung der DDR geholfen. Treuhand. Ich wisse schon. Er sei schon seit fast zwanzig Jahren bei den Autonomen. Wie alt er denn wohl sei, will ich wissen. Fünfunddreißig.

„Siehst aber nicht aus danach."

Er: *Danke.* Und dann ich: Dorf und IM-Vater und beinnachziehende Mutter und überhaupt alles Scheiße da, nur Lutz (leichte Andeutungen hier, werden verstanden) eben nicht. Und schon lange politisch aktiv. Antifa eben. Wär′ dringend notwendig gewesen. Sei es immer noch. Brandenburg eben. *Allet naziverseucht. Weeste eh.* Er: Und – verliebt, verlobt, verheiratet? Und da heul ich los. Er um den Tisch rum und hält mich im Arm. Und ich stammle alles raus: vom Nicht-Lieben-Können, von der ganzen Rumfickerei wegen der Nähe, von Lutz und Kevin, vom Silberhaarmann, von Pubertätserlebnissen, als das losging mit der verfickten Nähe. Und dass ich, da kann ich es gar nicht zurückhalten, da fließt das raus mit den Tränen … im Krankenhaus … seine Hand um meine … dass ich da, da hätte ich dann eben plötzlich, gewaltig, überschwemmend alles in mir: geliebt. Ihn! Und ob er jetzt gehen wolle (das sage ich lauter, denn es könnte sein, dass er es wirklich will und ich möchte nicht leise beginnen, zu leiden wie ein Schwein). Aber er: *Nein, Marie, nein, ich will nicht gehen.* Und sagt meinen Namen mit einem dunklen *a* und langgestreckt, dass es mir ganz durch Fleisch und Knochen geht. Und sagt dann – und glaubt mir, da habe ich Rotz und Wasser geheult –, und sagt dann: *Ich liebe dich doch auch.*

Als wir miteinander schlafen, ist es nicht wegen der Nähe. Es ist ein Gefühl, das ich nicht kenne, das ich erst kennenlerne jetzt, eines, das mich ganz erfasst, das keinen anderen mehr kennt, dem ich nahe sein will, ein Gefühl, das aus uns beiden einen macht, eine Person, einen Menschen, ein Universum; ein Gefühl, das mich herausnimmt aus allen anderen Gefühlen. Aber es gibt keinen Abschluss, keinen orgiastischen Schlussakkord. Es stirbt einfach, zu meinem Unwillen, löst sich auf und schreit doch nach Wiederholung. Jonas macht sich weiter um mich zu schaffen. Härter, denke ich, nicht so … so freundlich, nicht so larmoyant, nicht so. *Halt meine Hände fest,* sage ich, *halt sie fest und nimm mich.* Aber er tut es nicht. Und hinterher, als auch er zu einem Ende gekommen ist, das ein Höhepunkt gewesen sein mag, da will er, beim Zigarettendrehen schon, über die Hände, die festgehalten werden sollten, sprechen. Stellt mir Fragen, macht Andeutungen, wird direkter, sagt, damit würde ich – mein Gott denke ich da, wie blöd von jemandem, den ich liebe – vielleicht die Gewalt der Gesellschaft in meine sexuellen Akte (ja, ja, so drückt er das aus) übernehmen. Und dass man sich doch sanft lieben müsse.

Ich erwidere nichts. Ich will die Liebe, die noch ein kleines Pflänzchen ist, nicht gefährden. Und ich ertappe mich dabei, wie ich mir wünsche, es gebe doch so etwas wie Esoterik und der Silberhaarmann möge in Jonas fahren. Aber natürlich gibt es so etwas nicht. Es ist bedauerlicherweise in den Naturgesetzen nicht vorgesehen. Irgendwo, irgendwann haperts halt mit allem. Auch mit den Gesetzen der Natur. Dann ringe ich mich durch, doch etwas zu sagen. Und ich versuche ihm klarzumachen, dass wir so lieben müssen, auch körperlich, wie es uns glücklich macht. Und mich würde hartes Ficken eben glücklicher machen als kuscheliges. Aber ich würde selbstverständlich akzeptieren, wenn das für ihn nicht in Frage käme. Ich liebte ihn ja, und das sei das Wichtigste. Ich würde auch nicht fragen, ob er damit nicht vielleicht die Unterordnung unter die Verhältnisse in seine sexuellen Akte übernehmen würde.

Wir lachen, wir lachen diesen kleinen Stachel einfach weg.

Wie er zu Treue stünde, frage ich und füge hinzu, dass Treue hier rein sexuell gemeint ist. Dass ich nicht meine, dass man jemandem seelisch untreu würde. Und zu meiner Überraschung sagt er, er würde keinen Wert darauf legen, mich mit Haut und Haaren zu besitzen. Er reiche ihm, wenn er sich auf meine Liebe verlassen könne. Da falle ich ihm wieder um den Hals. Er singt: *„Ich will dich – aber nicht bekehrn – dich erziehn oder belehrn – dass du mit niemand anderm pennst – wenn ich nicht bei dir bin, flennst – deine Freunde nicht mehr kennst – und wenn ich dich rufe, rennst.“*

Ton, Steine, Scherben, Rio Reiser. Das kenne ich, das ist mir immer schon nahegegangen. Wie alles von den Scherben hat sich das Stück in mich gebohrt und ist geblieben. Das hören sogar die Kids bei der Antifa, die sechs Jahre jünger sind als ich.

Lange bleibt Jonas nicht mehr. Er muss morgen früh raus. Und hier schlafen gehe nicht, weil er seinen ganzen Kram in Kreuzberg habe und den morgen brauche. Und ich solle mich schonen, er würde ja Dienstag wiederkommen können, am späten Nachmittag.

26. Oktober

Fast Mitternacht ist es jetzt. Der Wal schläft nie. Der Wal schlägt mit seiner Fluke Breschen in die Moral, schlägt schäumende Abenteuer in die Stadt. Der Wal ist ein Ungeheuer. Der Wal ist ungeheuer. Ich rufe den Silberhaarmann an. Ich erzähle von Jonas.

„Aber natürlich sehen wir uns weiterhin", sage ich.

„Weiterhin … das klingt, als wärst du eine Beamtin."

Da lache ich wieder, ganz befreit von allem kann ich jetzt lachen. „Komm einfach her", sage ich.

„In einer Stunde", antwortet er." Und um zwei Uhr nachts, da klingelt es an der Tür. Da steht er vor mir: der alterslose Silberhaarige mit den jugendlichen Augen und der warmen, kalten, rauen, weichen Haut.

Er deutet auf die kahle Stelle zwischen meinen Haaren. „Du hast da was. Sieht ulkig aus."

„Eine wundervolle Handarbeit. *Charité*-like. Sehr hübsch gemacht. Ein Einzelstück", antworte ich. Ich drehe mich um und ziehe mein T-Shirt hoch: „Und auch die neue Farbgebung ist sehr eindrucksvoll."

„Mein Gott, wer hat dich denn so zugerichtet?"

„Die Demokratie in Form ihrer Schützer. Sie haben ihr Bestes gegeben."

„Die Anti-Nazi-Demo?"

„Ja. Dreißig Minuten Demo, ein paar Stunden Krankenhaus, Medikamente …"

„Und eine richtige Liebe. Hab ich's nicht gesagt?"

Ich braue ihm einen Kaffee. *Keen Instantzeuch*, sag ich, *sonst gibbet nämlich nur dat bei mir. Aber die Jungs ham richtjen Kaffee jekooft.*

„Brandenburger Göre“, sagt er und küsst mich. Und wie verrückt küsse ich zurück. Weil ich noch so voll Glück bin über Jonas, dass ich es dem Silberhaarmann in den Mund drücken muss.

Wir lieben uns heftig, ick scheiß was auf Rückenschmerzen. Er nimmt mich. Sozusagen als Entschädigung für Jonas′ verhaltenes Grundlinienspiel.

Ich bin schweißnass. Ich bin erschöpft. Ich bin glücklich. Ich bin Marie, so wie ich Marie noch nie gewesen bin. Alles ist rosarot. Die ganz grauweiße Walnacht ist rosarot. Und Berlin hat ein Firmament. Ich muss nur die Augen schließen, und tausend Sterne leuchten über der Stadt.

Wir reden nicht viel. Trinken noch einen Kaffee danach. Er fragt die üblichen Fragen, ich gebe müde Antworten: „Gleich richtig eingeschlagen?“

„Ja.“

„Große Liebe?“

„Ja – und erste.“

Dann trollt er sich. Und ich trolle mich auch – ins Bett.

And I don′t want to disappoint you all / Because you hold me up before I fall / You′re my unconditional lovers / You′re my eyes and you′re my sunny day, singt mir Polly Scattergood ins Hirn, während ich einschlafe.

Zu wägen jedes Wort, das unvergessen, In junge Brust die zähen Wurzeln trieb – Ich werf den Stein auch wenn′s der erste ist. Kaum aufgestanden, kaum die RSS-Feeds durchgesehen, lastet es wieder auf mir, wie ein ganzes Gebirge. Das Nazi-Pack auf den Straßen. Der Dreck will nicht vergangen sein. Noch vor dem ersten Morgenkaffee springt mich die braune Scheiße an aus den Meldungen von Junger Welt und TAZ. Aber immerhin: Sie sind nicht aus dem Leipziger Hauptbahnhof herausgekommen.

Dann Kaffee, Balkontür, anlehnen, der ganze Hinterhof voll mit bunten gefallenen Blättern. Die sind mir keine Blattleichen mehr, die sind mir Farbe auf grauem Beton, machen alles schön.

Heute ohne Jonas, heute ohne Ahab. Ich verbringe den Morgen mit der Roten Armee Fraktion, das heißt, mit dem, was das Netz mir über sie bietet. Ich sehe Bilder von Baader, von Ensslin, von Meinhof. Ich lese die Texte. So dumm die, so sehr Attitüde, so sehr Kevins brennendes Auto. Und doch: Eine Nähe entsteht. Unerwünscht. Ungewollt. Aber nicht zu verhindern.

Zwei oder drei Stunden lese ich. Dann erst duschen, noch ein Käsebrot. Und raus aus der Wohnung. Die Schloßstraße entlanglaufen. Eine Runde durch den Schlosspark. Das ist schön nur, weil andere litten. Dass ich's denke, so denke, macht meine Seele rein, glaube ich für einen Moment, bis mir auffällt, dass dieser Gedanke ganz esoterisch ist, ganz unmaterialistisch, dass dieser Gedanke ganz und gar nicht meiner sein kann in dieser blödsinnigen Formulierung. Nicht rein macht meine Seele die Erkenntnis: Nein, die Erkenntnis macht mich nicht anders als sicher in meinem Denken. *Zu wägen jedes Wort, das unvergessen in junge Brust die zähen Wurzeln trieb.* Und keines der falschen Worte, die man mir in den Kopf drückte, ist unvergessen. Nicht die rassistischen Parolen der Nazis auf dem Schulhof, nicht die Beschwichtigungsparolen der Lehrer, nicht das larmoyante Geseiere der Politiker, nicht die rassistischen Fernsehberichte über Roma und Sinti. Nicht die ständigen, oberflächlichen, kumpanenhaften Hitlerfilmchen des dunklen Friseurs. Nicht der Eierkuchen. Nicht die dämlichen Fragen der Polizei nach den Übergriffen auf unsere Infostände in der Kreisstadt, nicht der Bulle, der mich zusammengeschlagen hat und nicht seine Sprüche. Nicht Sarrazin und nicht Broder.

Früher Nachmittag ist es jetzt. Sonniger Regen fällt. Ganz leicht. Die Kühle angenehm. Ich fühle mich einsam, auf eine ganz neue Art. Der Wal soll mir den Jonas schnell ausspucken, an meinen Strand. Der Wal, der gar nicht weiß, dass mein Jonas Ahab ist.

Ein Kaffee in der *Kastanie* dann. Ein paar Blicke in Zeitschriften. Und danach wieder in die Mitte der großen Stadt. Schlendern – mein Gott, ich kann das: schlendern – über die Museumsinsel, Pergamon, Deutsches Museum. Wenn Vergangenheit gegenwärtig ist, ist sie dann Vergangenheit?

Dann zurück nach Hause. Ich weiß nicht, was ich tun soll. Mir fehlt Jonas körperlich, als würde mir ein Arm fehlen oder ein Bein. Ich habe Sehnsucht nach ihm, eine gottverdammte Sehnsucht.

Den Abend und die Nacht bis weit nach Mitternacht hindurch: Glotze. Krimis, Gerichtsshows, Köche, die gern Köchen helfen, debile Familien, die an der Wirklichkeit verzweifeln. *Die Welt ist was Gemachtes.* Realityshows haben nichts mit Reality zu tun.

Dann ins Bett um vier.

27. Oktober

Ich bin schon früh wach. Keine fünf Stunden Schlaf. Aber ich bin gleichwohl ausgeruht, sogar unternehmungslustig. Morgens um neun. Das ist ungewöhnlich.

Ich schlage bei Wiki nach: Liebe. *„Verliebt sich ein Mensch, so sorgen verschiedene Botenstoffe für Euphorie (Dopamin), Aufregung (Adrenalin), rauschartige Glücksgefühle und tiefes Wohlbefinden (Endorphin und Cortisol) (umgekehrt können Momente, in denen man nicht mit der geliebten Person zusammen ist, als sehr schmerzhaft bis hin zur Verzweiflung empfunden werden) und erhöhte sexuelle Lust (Testosteron sinkt bei Männern, steigt bei Frauen). Auch Sexualduftstoffe (Pheromone) werden vermehrt abgegeben. Hingegen sinkt der Serotoninspiegel stark ab, wodurch der Zustand der Verliebtheit in diesem Punkt eine Ähnlichkeit mit vielen psychischen Krankheiten aufweist. Das trägt dazu bei, dass Verliebte sich zeitweise in einem Zustand der „Unzurechnungsfähigkeit" befinden können, sich dabei zu irrationalen Handlungen hinreißen lassen und Hemmschwellen abbauen. Nach einiger Zeit (wenige Monate) gewöhnt sich der Körper an diese Dosen, und ganz allmählich (laut WHO maximal nach 24 bis 36 Monaten) beendet das Gehirn diesen sensorischen „Rauschzustand"*, steht dort.

Na, da hab ich wohl die volle Dröhnung abbekommen. Und tatsächlich: Jonas wird hierorts vermisst. Vermisst in Seele, Wohnung, Herz und Scheide, an Tisch und in Bett. *Diesen* Rausch auszuschlafen wird nicht gehen. Also duschen, Kaffee und raus Richtung Schloss.

Es ist ein trüber Herbsttag. Regen fällt. Tropfen schlagen wie Diamanten auf den Asphalt. Im Schlosspark sind die Zweige gebogen vom Regen. Aber dort, wo ich gehe, scheint Sonne, dort, wo ich gehe, ist kein Regen. Wenige Menschen nur sind mit mir im Park. Wenige Menschen nur hasten nicht über die Wege, wenige nur gehen ruhigen Schrittes, die Regenluft in die letzten Lungenzipfel einsaugend. Mir wäre jedes Wetter recht, denn keines, außer jenem Wetter, das meine eigene Seelensonne macht, erreicht mich. Und ich sehe tausend prächtige Farben durch das Grau des Tages scheinen. Und ich sehe nur lachende Gesichter. Und ich weiß: Das ist alles nicht wahr.

Zwei Stunden streiche ich durch den Schlosspark, umrunde die Gebäude, freue mich an den noch grünen Büschen, freue mich an den bunten abstürzenden Blättern der Bäume. Dann gehe ich hinüber zum Klausenerplatz. Einen Latte Macchiato, ein Croissant, die *junge Welt*. Ganz warm ist mir. Zwischendurch eine Zigarette vor der Tür. Und wieder die Menschen beobachten. Diesmal keine verlorenen Existenzen. Die gibt es gar nicht mehr. Die sind seit vorgestern ganz und gar aus der Welt verschwunden. Das macht mir Angst: Dass ich sie mir nicht mehr vorstellen kann. Dass es tatsächlich so etwas gibt wie die rosarote Brille, durch die man die Welt erblickt. Aber diese rosarote Welt ist eine falsche Welt. Das weiß ich, und doch: Ich kann nichts dagegen tun, dass mir diese falsche Welt in der Seele als richtige Welt erscheint, während mein Verstand einen vergeblichen Kampf gegen die vollgedopte Seele führt. Die ganze Menschenbeobachtung macht gar keinen Spaß, wenn sie nicht gehässig ist. Und gehässig kann sie nur sein, wenn ich Angst habe, so zu werden, gar so zu sein, wie jene, denen ich Geschichten anhänge, deren Leben ich mir ausmale, Malen nach Qualen. Aber ohne die Qual, ohne die Frage … wie lautete sie noch, diese Frage, die mir immer im Nacken saß, die mich drangsaliert hat, diese Frage … *und wer liebt mich?* … was hat die bedeutet, und weshalb hab ich sie gefragt? Sie ist verflogen wie der Kater nach durchzechter Nacht. Man kann sich noch erinnern an Brand und Kopfschmerz, aber man kann ihm nicht nachfühlen.

Vor dem Café also, Latte in der Hand, hole ich Lutzens Handy raus und rufe Kevin an. Er sei gerade an der Uni, sagt er, und dass er nur wenig Zeit habe. Ob er morgen, frage ich, nicht zu mir kommen könne, während des Tages, frage ich, wir müssten, füge ich hinzu, aber nochmal sprechen vorher; kann sein, sage ich bedeutungsschwer, mir komme etwas dazwischen, denn ich hätte mich – *setz Dich lieber hin, Kevin,* denk ich – verliebt, würde lieben, so richtig lieben. Er heiße Jonas, sag ich schnell, denn ich will nicht, dass Kevin glaubt, ich würde gar ihn meinen. Ich höre ihn schlucken, und es kommt mir vor, als sei seine Stimme nun belegt von Angst, als er sagt, er könne natürlich … das ginge schon … ich müsse nur Bescheid sagen … dann würde er kommen. Mehr nicht. Keine Nachfragen. Dass ich nicht aufgeben werde meine Freunde, dass ich nicht aufgeben werde meine komischen Beziehungen, also auch nicht jene zu ihm, füge ich an. Aber er sagt nur: *Das ist schön.* Und dann legen wir auf.

Auch Katharina verdient einen Anruf. Aber erst, wenn ich wieder zu Hause bin. Ich will nicht von hier anrufen, von unterwegs, mit den Straßengeräuschen. Ich hätte sofort ein schlechtes Gewissen ihr gegenüber, weil ich hier umherlaufe und ihr doch sagen will, dass ich zur nächsten Schicht noch nicht in der Burg erscheinen will.

Zu Hause also der Anruf. Und natürlich sage ich ihr nichts von Jonas. Sie tut mir leid, sie mit ihrer Liebe zu mir, die nun noch aussichtsloser geworden ist, als sie es schon war. Das Liebestier hat mich gebissen, aber es war nicht jener Biss, der zu dem gehörte, der ihr ins Seelenfleisch geschlagen wurde. Sachlich bleibe ich: der Rücken noch ganz geschunden, die Platzwunde am Kopf noch schmerzend von Zeit zu Zeit. Von Zeit zu Zeit auch noch der atemraubende Krampf im Rücken.

Und natürlich gibt mir Katharina frei für das kommende Wochenende.

Ich fühle mich mittagsschläfrig. Wie überzogen mit Dämmerung schon, wie angemalt mit leichtem Schlaf. Und während meine YouTube-Playlist Adele spielt, schlafe ich ein.

Jonas wird dringend erwartet. Es ist jetzt 22 Uhr, und er ist noch nicht da. Ich renne in der Wohnung umher seit Acht. Tisch, Laptop, Balkon, horchen, in den Himmel schauen, Laptop, Tisch, Buch nehmen, Balkon …

Dann endlich kommt er. Hat ein Sixpack dabei. Macht uns Bier auf. Bricht eine Diskussion vom Zaun. Über Antisemitismus und Israel. Ich bin in allem seiner Meinung. Ich bin in allem nicht seiner Meinung. Er hat offenbar Angst, ich würde mit Israelfähnchen wedeln. Dabei hat er mich doch vor der Polizei gerettet – und da war kein Israelfähnchen zu sehen. Bei mir nicht, bei den anderen nicht. Gar keines.

„Ick wedele mit gar keiner Fahne“, sage ich, „auch nicht innerlich. Ich HASSE Fahnen. Egal welche. Ich HASSE

Staaten, auch wenn ich Israel immer verteidigen würde gegen den Versuch, es zu vernichten." Wir reden über die Hamas und die Hisbollah, über Gaza und Apartheid. Wir streiten, aber da ist kein Verlust von Respekt und Nähe.

So geht es zwei, drei Stunden. Und natürlich geht es nicht um Politik. Eigentlich, unter der Schicht, geht es darum, zu uns zu finden, zueinander zu kommen, uns einander zu nähern, den anderen zu erfassen, zu scannen, aufzunehmen. Darum, ja darum geht es. Und dazu muss man kennen, was seine Welt zusammenhält. Dazu muss man wissen: *So denkt er.* Ach, und dann über die untergegangenen sozialistischen Staaten, über die Freiheitsfrage, nur über die; kein Wort über Südfrüchte und lustige kleine Plasteautos in geschmacklosen Pastellfarben. Nein, über Freiheitsrechte reden wir. Und über meinen IM-Vater und über meine beinnachziehende Mutter und das Dorf und den ewigen Herbst dort. So geht das durch die Nacht. Bis der Morgen schon tagt. So geht das weiter nach den drei Stunden Morgenland in unserer Abendliebe. *Stupid cupid,* du Herr des Liebestieres, nicht mal beim Lieben geht es ohne politische Fragen. Komm, Cupid, gib es zu: Du bist nicht ganz dicht.

Wir schlafen lange. Und dann, Jonas hat schon Brötchen geholt, gemeinsam frühstücken. Das fühlt sich an, als wäre es niemals anders gewesen. Es ist das Natürlichste der Welt, mit Jonas zu frühstücken. Wir reden über unsere Kindheit, wir reden über Musik. Über Punk, den er liebt und den ich nur mag, wenn er nicht von deutschen Punkbands gespielt wird, bei denen die Texte nie zur Musik passen, weil die keine Ahnung von Metrik haben. Wir können uns auf Attila the Stockbroker einigen. Ich spiele ihm meine momentanen Favoriten vor: Polly Scattergood, Cesarians, KT Tunstall und ein paar andere noch, die mir gerade einfallen.

Dann schlägt er vor: duschen, jetzt gleich und dann ab Richtung Wannsee, damit ich was sehe von Berlin. Und heute Abend gemeinsam kochen. Fisch. Er wüsste, wo es wunderbaren frischen Fisch gebe. Und danach in die U-Bahn und ins *BAIZ*. Das ist natürlich mein Vorschlag. Aber er sagt ja und spart sich jedes AMEN.

Also unter die Dusche und dann in einen Herbsttag starten; die Wachsjacke zum ersten Mal dieses Jahr angezogen. *Very British*, sagt Jonas, als ich in Jeans und Pullover und mit der braunen Jacke vor ihm stehe, deren Karofutter man unterm Kragen sieht.

Unter Bäumen küssen wir uns, am Strand halten wir unsere Hände ins kalte Wasser des Sees. Gehen Hand in Hand. Erzählen uns, was wir sehen, und sehen immer nur fast dasselbe, doch immer gleicht sich die Wahrnehmung, bewahrt uns davor, so sehr schon eins zu sein, dass wir uns ganz in uns verlieren zu früh. Wie schön dieser Tag ist. Trinken Kaffee in einem kleinen Café. Essen schwere Torte. Und spazieren weiter. Langsam, immer alles, was wir sehen mit Aufmerksamkeit in uns aufnehmend. Wie schön dieser Tag ist. Fahren mit der Fähre nach Alt-Kladow. Streunen durch den Ort, können die Dorfkirche nicht besichtigen, latschen zum Kossätenhaus. Kehren wieder ein irgendwo, auf einen Kaffee. Und dann mit der Fähre zurück. Da ist es später Nachmittag schon, und es sind Tausende Worte gewechselt, Tausende neue Informationen aufgenommen über den anderen, tausend neue Verbindungen geschaffen, Kabel gezogen. Mit jedem Wort enger, enger, enger. Mit jedem Wort mehr Liebe. Mit jedem Wort mehr Fragen. Wie schön ist dieser Tag. Wie schön ist dieser Tag. Der erste Tag, so scheint es mir, den ich mit dem, den ich liebe, über ein Stück Welt gehe, über Sand und bunte Blattleichen, der erste Tag, an dem ich mit ihm übers Wasser fahre und Torte esse und Kaffee trinke im Café. Der erste Tag in meinem Leben. Der erste Tag in diesem neuen Leben.

Auf der Rückfahrt zum Fischmarkt. Der heißt nur so, der ist natürlich nicht wie der in Hamburg, von dem mir Lutz erzählt hat. Zwei Forellen kauft Jonas.

„Keinen Wal?", frage ich und lache.

„Nee, nee …"

Der Jonas, der an den Strand Gerettete, weiß gar nicht, dass er in Wirklichkeit Ahab ist und sein Strand der Rücken des Wals. *Det muss ick ihm sarjen! Det is wichtich!* Also flüstere ich in sein Ohr: „Du bist gar nicht Jona, Du bist Ahab. Du musst die Stadt fangen, denn die Stadt ist ein weißer Wal."

„Du bist verrückt", antwortet er.

Aber ich bestehe auf meiner Realität, ziehe einen Flunsch und stampfe mit dem Fuß auf. Wir lachen. Aber für einem Moment ist mein Lachen künstlich, für einen Moment ist da etwas in dem, was ich gesagt habe, das ist mir fremd, das ist ganz dunkel, das wabert mir durch die Sinne, das macht mir Angst.

Im Auto habe ich die Angst schon wieder ganz vergessen, erst jetzt, wo ich Euch das erzähle, fällt sie mir wieder ein. Jetzt, da mir Sukov übers Haar streicht und Ihr mir zuhört, da weiß ich wieder um sie.

Zu Hause trage ich den Fisch in die Wohnung, während Jonas nochmal losstiefelt und Kartoffeln holt, Sahne auch und Meerrettich, Weißwein und Tabak. Während er einkauft, räume ich die Küche auf, wasche ab, räume Zeugs vom Tisch und krame nach einer Tischdecke. Ich weiß, ich habe eine weiße irgendwo. Aber erst ganz unten im Kleiderschrank taucht sie auf.

Jonas übergießt die Forellen mit einem Gemisch aus Weißwein (wenig nur) und Essig (von dem mehr). Setzt Wasser im großen Topf auf, tut Lorbeerblätter hinzu und noch einen Schuss Essig. Setzt die Kartoffeln, die er akribisch genau schält, auf. Wartet, bis sie fast gar sind, dreht die Flamme unter dem Sud auf, legt ins simmernde Wasser die Forellen, holt sie nach wenigen Minuten wieder heraus. Ganz blau sind sie nun.

„Forelle blau, die Dame", sagt er.

Er hat Sahne geschlagen und Meerrettich untergerührt. Und dann essen wir. Das schmeckt nicht wie bei meiner Großmutter.

„Wo hast du kochen gelernt?", frage ich.

„Das muss man einfach können. Gutes Essen ist wichtig. Es macht froh und glücklich."

Und nach dem Essen, nach dem Tischabräumen und gemeinsamen Abwaschen: ins Bett. Und ich nehme wieder seinen lauen Sex hin, als wäre das nichts, was mich verunsichern würde und unerfüllt ließe.

Als wir ins *BAIZ* aufbrechen, herrscht eine merkwürdige Stille über der Stadt. Die fällt uns beiden auf. Manchmal schläft auch Berlin, denke ich.

Im *BAIZ* ist es rappelvoll. Wir organisieren uns zwei Radeberger zu einsachtzig und gleich zwei Cubaner fürn Euro dazu. Den Rum auf ex. Und dann im Hinterzimmer wieder reden. Über alles, was uns einfällt. Wir müssen uns unser ganzes Leben erzählen, weil wir beide fühlen und es uns auch sagen: Wir wollen gemeinsam leben, wir wollen uns nie mehr verlassen, jedenfalls glauben wir das jetzt, und wir sagen uns: Wir glauben das jetzt. Und jede Ewigkeit ist ewig, egal, wie lange sie dauert. Und dann wieder am Tresen, wo es weniger voll nun ist, mit anderen reden. Kurze Gesprächsfetzen austauschen über Politik, Literatur und was sonst noch zu uns geweht wird.

28. Oktober

Weit nach Mitternacht fährt mich Jonas nach Hause. Er kann nicht bleiben. Muss morgen wiederum früh raus. Warum wir nicht zu ihm gehen, frage ich, als wir bei mir ankommen. Und da wendet er den Wagen kurz entschlossen und kutschiert mich durch die Stadt nach Kreuzberg.

Seine Wohnung, zwei Zimmer, Küche, Bad. Voll mit Büchern, alte riesige Sessel, ein Schlafsofa. Und im Schlafzimmer: auch Bücherregale, dazwischen ein passender Kleiderschrank und ein Wasserbett.

„Ein Wasserbett, ich fasse es nicht."

„Man schläft darin besser, ganz wunderbar."

Ich habe noch niemals in einem Wasserbett geschlafen. Zwei Gläser Wein noch und dann ins Bett. Wir lieben uns auf den Wellen und dann wogt mich die Schlafzimmersee in den Schlaf.

Als ich erwache, ist Jonas schon aus dem Haus. Ich sehe mir seine Wohnung genau an. Keine kalte Funktionalität wie beim Silberhaarmann, keine zur Schau gestellte Einsamkeit wie bei Kevin, keine Nostalgie wie bei Lutz. Es ist einfach: gemütlich. Ein Heim. Eine Wohnung, die irgendwie gar nicht zu dem Mann aus dem Schwarzen Block passen will, aber es auf unerfassbare Weise doch tut.

Jonas hat mir den Wohnungsschlüssel auf den Küchentisch gelegt. Daneben: Thermoskanne und Tasse, zwei Brötchen, Butter, Aufschnitt. Auf dem Zettel zum Schlüssel steht: „Steck ihn ein. Es ist deiner." Und ich tanze mit Zaz, die aus dem Radio singt, durch die Küche, den Schlüssel als Tanzpartner in der Hand.

Schnell Kaffee getrunken und ein Brötchen gegessen, geduscht und dann ab nach Hause. Bevor ich gehe, male ich ein Herz auf den Schlüsselzettel und schreibe *Ich liebe dich* dazu.

Um vierzehn Uhr ruft Kevin an. Was nun sei. Ich verspreche, ihn gleich zurückzurufen. Dann wähle ich Jonas′ Nummer. Wann er kommen würde, ich möchte mich mit Kevin treffen. *Ich will keine Geheimnisse*, sage ich, und ich sage auch: Wenn er nicht wolle, dass ich mich treffe mit dem einsamen Junge, so würde ich es nicht tun. Aber er: *Natürlich sollst du dich treffen mit ihm.* Aber er: *Natürlich will ich immer noch nicht, dass du nur mit mir pennst.* Und ich: *Ich liebe dich.* Und er: *Ich komme nicht vor zehn.*

Kevin ist um drei bei mir. Wir reden nicht viel. Es hat keinen Sinn, ihn zu animieren, ich will seinen Schmerz gar nicht kennen, es reicht mir, dass ich weiß: Da ist Schmerz. Und dann genieße ich seine Hingabe, genieße sie nicht mehr auf der Suche nach Nähe, sondern wie man ein Bild in einer Ausstellung genießt, wie man den Geschmack eines guten Weines genießt. Sehe auf Kevin hinab, zum ersten Mal wirklich hinab, auf eine mir widerliche Art hinab, auf eine Art, die mich geil macht. Und als alle Geilheit raus ist, da ist auch dieses Hinabsehen aus mir hinaus. Da habe ich diesen verlorenen Jungen lieb, wie man als Kind sein Stofftier lieb hat oder sein Haustier. Da schlinge ich die Arme um ihn und beiße ihn in den Oberarm. Ein Schrei, nicht leise diesmal. Ein guter Schrei. Und dann sein Kopf wieder zwischen meinen Beinen. Heruntergedrückt und wieder die wundervolle, widerliche Verachtung. Und danach wieder lieb haben. Das Haustier Kevin, das Stofftier Kevin. Wer bin ich nur? Wer bin ich?

Als Kevin fort ist, schlafe ich einen leichten Schlaf. Und als Jonas kommt, erzähle ich ihm vorsichtig von meinen Erlebnissen mit dem anderen. Er hört aufmerksam zu. Sagt dann in vielen Wörtern: Ich müsse glücklich sein. Das sei wichtig. Und wenn mich das glücklich machen würde, dann solle ich mir keine Gedanken machen darüber. Was zwei wollen, sollen sie auch tun können. Er liebe mich, und Eifersucht sei wirklich nicht sein Metier. Er müsse nur wissen, dass ich ihn auch lieben würde, dass er der wäre, der die Liebe hat. Mehr wolle er nicht. Und das, ja, das kann ich ihm versichern.

29. Oktober

Wir schlafen kaum in dieser Nacht. Wir haben so viel zu erzählen, wir haben so viel Liebe zu geben. Und jeder schüttet seine Wörter dem anderen hin. Und heftig lieben wir uns, ganz anders als in den Nächten zuvor. Als wäre ein Damm gebrochen, als wäre der Ahab jetzt in Jonas. Und der umschlingt mich. Und er wächst, ja er wächst. Groß wie ein Dämon, groß wie ein wildes Tier.

Aber am Morgen muss er wieder fort von mir. Und ich fühle den Trennungsschmerz ganz durch mich hindurchgehen, als er die Tür schließt hinter sich.

Was mache ich mit diesem Tag? Ich versuche, mich in die Bücher zu flüchten: zu Foucault und Althusser. Aber mir fehlt die Konzentration, obwohl ich bis zum frühen Nachmittag am Stoff arbeite, mir Notizen mache. Dann gebe ich auf, laufe durch die Straßen, mag mich nirgendwohin begeben, eigentlich, und trinke doch aus Langeweile, die dem Schmerz jetzt den Rang abläuft, in einem der Cafés einen Espresso, kaufe mir eine Zeitschrift. Gehe wieder nach Haus, lege mich aufs Bett, blättere durch die Illustrierte und döse weg.

Es ist zehn am Abend, wie mir das Handy verrät, als Lutz anruft, der sich nach meinem Gesundheitszustand erkundigt. Wir quatschen eine Stunde. Dann gehe ich wieder ins Bett. Vielleicht hilft der Schlaf mir über die Langeweile hinweg, die in mir wabert.

Jonas ruft kurz nach Mitternacht an: Er könne nicht kommen. Er sei in Frankfurt/Oder und komme erst morgen in aller Herrgottsfrühe zurück. Er komme dann gleich zu mir.

30. Oktober

Ich schlafe unruhig. Wieder die Angst, ich würde Jonas' Läuten nicht hören. Ich muss ihm endlich einen Schlüssel machen lassen, weil ich den dritten Schlüssel nicht finden kann. Einen habe ich, einen haben meine Eltern. Aber der dritte ist unauffindbar. Vermutlich hat ihn Lutz.

Aber dann falle ich doch in einen tiefen Schlaf. Und aus einem Traum, den ich schon beim Augenaufschlagen nicht mehr erinnere, reißt mich Jonas' Klingeln. Wie froh bin ich, dass er da ist, wie glücklich bin ich, dass ich nun endlich richtig schlafen kann, an ihn gekuschelt, Löffelchen, Haut an Haut, seinen ruhigen Atmen höre ich dann noch im Einschlafen.

Ich koche Kaffee, während er duscht, und dann steht er nackt neben mir. Und wir tun, was wir nicht verhindern wollen. Und wieder wird Jonas Tier, das in mich eindringt, das mich nimmt, und ich lasse mich nehmen. Und im Bett dann ist er mein Garant für Sicherheit, mein Garant gegen alle Alpträume, mein Garant für keine Einsamkeit, keinen Schmerz, keine Langeweile.

Nach dem Schlaf, nach dem Frühstück zum Schloss. Nach dem Schloss Kaffee und Kuchen. Wir sind ein altes Ehepaar. Wir haben uns an uns gewöhnt in den wenigen Tagen, die sind wie viele Jahre. Und doch: Neugier auf jede neue Bewegung, auf jeden neuen Gesichtsausdruck, auf jedes neue Wort. Wir albern herum. Und dann beschließen wir: heute Abend ein Konzert. In der *Kirche von unten* spielen die Dangerfields. Aber natürlich ist die *KVU* gar keine Kirche, sondern eine Institution, die aus den linken Dissidentenkreisen der DDR sich hinübergerettet hat mit Punk und Metal.

Laut ist es, so laut, dass man nicht mehr denken muss, und wir pogen uns durch die Nacht. Zwei, die sich anrempeln und bei jedem Rempler Liebe über den anderen schütten.

Als wir die *KVU* verlassen, voll von Bier und Hardcore, als ich das Taxi bezahle nach Kreuzberg, zu Jonas´ Gemütlichkeit, da fühle ich mich wieder, als würde ich über Wolken gehen.

31. Oktober

Wir fahren am Mittag hinaus aus Berlin. „Ab … Komm, Marie“, hat Jonas gesagt, „lass uns ins Grüne fahren.“

„Ins Bunte“, habe ich berichtigt, denn der Herbst ist nicht grün, der ist bunt. Das Liebestier hat ihn bunt gebissen.

Mein Rücken schmerzt nur noch selten, und die Wunde am Kopf habe ich ganz und gar vergessen. Doch Jonas nicht. Er besteht darauf, dass ich eine Mütze aufsetze, die eine andere Frau bei ihm vergessen hat: Ein lustige Ballonmütze. Sie steht mir, befinde ich. Und dann los: Nach Beelitz zu den Heilstätten, die nun aufgelassen sind und deren Fenster zerbrochen, deren Innenleben zerstört ist und die wie Kadaver von unendlicher Schönheit wirken. Jonas hat seinen Fotoapparat mitgenommen. Die Sonne bricht durch die Fenster, taucht die Räume in goldenes Licht. Und Jonas fotografiert mich. Macht Fotos von mir in dieser morbiden Kulisse. Und als wir uns in der Gaststätte vor dem Haus die Bilder ansehen, da finde ich mich so schön, wie ich mich noch niemals gefunden habe. Da vereint sich die Morbidität des Ortes mit mir.

„Ich liebe dich“, sage ich, „ich liebe dich so sehr, dass ich kein Wort habe dafür.“ Und er küsst mich.

Als wir bei mir sind, spät am Abend schon, da sagt er, dass es nichts gebe, was ein Abstand genannt werden könne zwischen uns. Und ich empfinde genauso. Ja, es gibt zwischen uns kein Tal. Und weil das so ist, sage ich, gibt es keine Nähe, weil Nähe ja Abstand bedingen würde, es gibt nur uns zwei, und wir machen ein Ganzes schon jetzt. Schon nach dieser kurzen Zeit.

„Sollten wir nicht … also sollten wir nicht ins Auge fassen …“, sagt Jonas und sucht nach dem richtigen Wort, „dass wir, also dass wir jeder unsere Wohnungen aufgeben und uns eine gemeinsame suchen?“

Sollten wir nicht noch warten?, frage ich mich. *Ist es nicht zu früh, Marie?*, frage ich mich. Aber die Frage, die ich mir stelle, verhallt. Und ich will doch … mit ihm sein, die ganze Zeit, mit ihm leben. Und wenn es schiefgeht, mein Gott, dann geht es eben schief. Dann trennt man sich wieder. Aber versuchen, versuchen will ich es. Und ich sage, das sei ein guter Vorschlag.

Wir sehen uns die Angebote im Netz an, suchen hier und dort, finden Wohnung um Wohnung, rechnen aus, wo es teurer würde und ob es sich doch lohnen würde, weil die Wohnung groß sei und damit zukunftssicher, und wo es billiger würde sogar. Wir diskutieren über Stadtteile, schließen diese und jene aus. Stundenlang sehen wir uns Angebote an. Bis wir erschöpft aufhören und uns fest vornehmen, gleich am Montagmorgen loszulegen, zu telefonieren, Besichtigungstermine zu vereinbaren.

1. November

Wir fahren zu Jonas.

Ein Tag voll Ruhe wird dieser Tag. Jeder in einem Sessel, jeder in ein Buch vertieft. Und doch fühlen wir die Nähe, fühle ich mich ganz … wie sagt man dazu? … heimisch in dieser mir seltsam vertrauten Wohnung. Ganz unbeschwert von allem.

Und dann wieder im Wasserbett in den Schlaf schwimmen.

2. November

Jonas muss noch einmal aus dem Haus am Morgen. Doch vorher noch machen wir einen Termin mit einer Maklerin für eine Wohnung in der Kreuzbergstraße, um fünfzehn Uhr dreißig sollen wir dort sein.

Tosend die Straßen der Stadt, Gischt aus allen Haustüren, Wellen türmen sich auf. Der Wal erhebt sich.

Jonas und ich verabreden uns um drei am U-Bahnhof Mehringdamm. Ich bleibe im warmen Bett liegen. Schlafe noch, träume noch, von uns in einer gemeinsamen Wohnung, träume davon, Wände zu streichen und Möbel aufzustellen, träume vom Geruch der Farbe und den Farbklecksen auf der Haut. Um eins wache ich auf, weil es klingelt. Aber niemand ist an der Tür. Ich höre die Briefkästen klappern. Jemand steckt Werbung in Blechmäuler. Ab unter die Dusche und noch etwas gefrühstückt. Dann fahre ich los zum Mehringdamm.

Wie ein Berg erhebt sich die See über dem Buckel des Wals.

Ich warte auf dem Gehsteig. Rauche, gehe auf und ab. Dann taucht Jonas' Kopf auf der anderen Seite der Straße aus dem U-Bahn-Eingang auf. Ich rufe, winke, hüpfe auf und ab. Endlich sieht er mich und läuft los. Läuft los, ohne nach links und rechts zu schauen. Der große weiße Laster. Der weiße Wal. Ich sehe, wie Jonas durch die Luft fliegt, ich höre die Bremsen des Lastwagens, ich höre die Schwanzflosse des Wals, ich spüre die Gischt meiner Tränen, ich höre wie Jonas auf die Straße schlägt, ich höre das Brechen der Knochen, ich höre es lauter, als ich jemals ein Geräusch gehört habe. Ich schreie, ich schreie, ich schreie noch, als ich Jonas erreiche, ich schreie noch, als der Notarzt mich zur Seite zerrt. Mein Körper zittert. Meine Hände sind voller Blut. Ich kann nicht aufstehen. Ich kann nicht aufstehen. Ich kann nicht aufstehen. Jemand legt ein Tuch über Jonas, deckt ihn ganz zu. Und ich schreie. Sie tragen ihn weg. Ich schreie. Ich will hinlaufen, will zu ihm. Ich schreie. Ich schreie. Dann schweige ich. Dann kein Laut mehr von mir. Das kann das Liebestier nicht tun. Das kann doch keine Macht der Welt tun: mir nehmen, was ich bin. Bitte, bitte, gebt ihn mir zurück. Bitte, bitte, nehmt ihn mir nicht. Bitte, bitte, ich liebe ihn doch. Bitte nicht. Das kann der weiße, große Wal doch nicht tun. Ahab ist tot, Ahab ist tot. Und ich treibe im Meer.

Jemand gibt mir eine Spritze. Und dann heben Hände mich hoch. Als ich erwache, erwache ich von einem Schrei, das ist mein Schrei. Und ich schlafe ein bei einem Schrei, das ist mein Schrei.

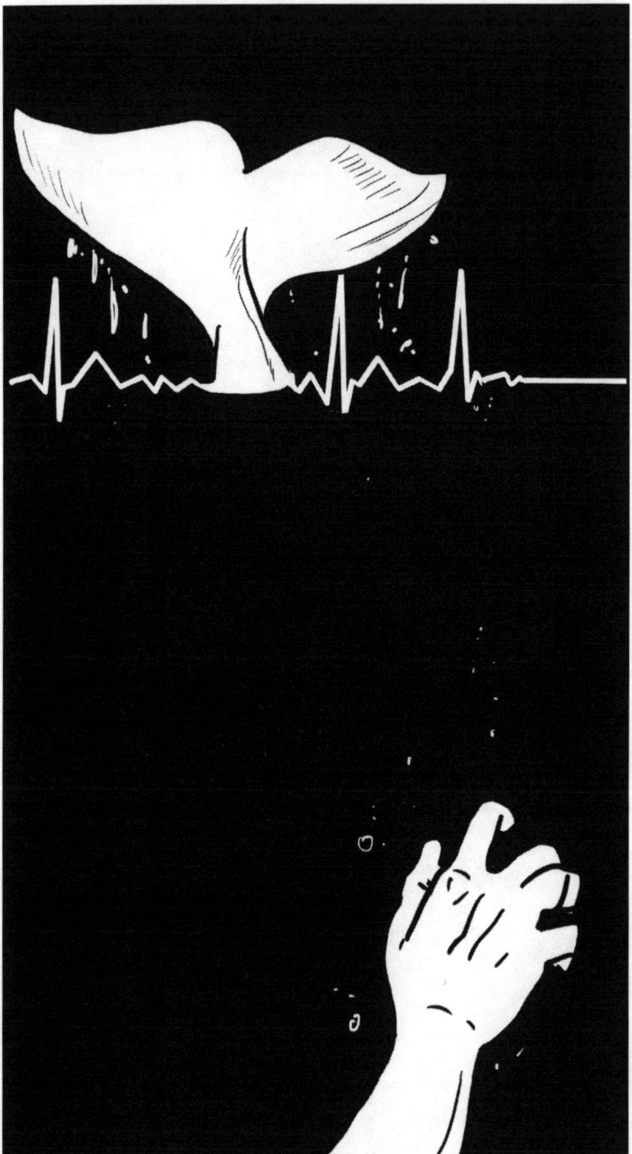

Epilog

Lutz ruft Kevin an. Er weiß ja von nichts. Von gar nichts. Nicht einmal von Liebe weiß der. Und ich, ich weiß von Liebe nun. Lutz, halt meine Hand. Sprich mit mir. Erzähle mir vom Dorf. Werden meine Eltern kommen? Meine Mutter, die ein Bein nachzieht, und mein Vater, beflissen wie immer. Werden Sie kommen?

Mama, sag mir: Die Sonnen, scheinen Sie ewig über der grünen Oase im Fenster? Vater, sag mir: Ist noch Eierkuchen da? Wollen wir sie alle verraten? Alle und für alle Zeit? Wollen wir sie glauben machen, wie wären auf ihrer Seite? Und dann die Seite wechseln? Wollen wir Ihnen, Vater, zuwinken von der anderen Seite und sehen, wie weiße Wale sie hinabziehen, wenn sie die Furt überqueren?

Das alles nur Wachtraum. Aber dann kommt Lutz wirklich, und im Schlepptau hat er meine Eltern. Lutz bringt mir Äpfel mit und Schokolade, weil Schokolade glücklich mache, wie er sagt, und meine Eltern haben Blumen dabei. Da sitzen die drei schweigend um mein Bett. Ich bin unter Drogen. Alles ist verlangsamt irgendwie. Sie bringen mir Geborgenheit: die Drogen, die Eltern, Lutz.

„Du musst Kevin anrufen", sage ich zu Lutz, „die Telefonnummer ist in meinem Handy. Es muss hier irgendwo sein."

Lutz hält meine Hand. Warm die seine.

„Erzähl ihm alles. Ich kann das jetzt nicht. Alles, hörst du."

Lutz nickt und lächelt sein vergebendes Lächeln. Meine Eltern schweigen.

„Ach, Kind“, sagt meine Mutter dann in die Stille, „die Zeit heilt ...“.

Belanglos das Gespräch, das sich anschließt, weil wir pflichtschuldig die Konvention wahren. Eine Stunde, zwei vielleicht. Und währenddessen der Wunsch, mit Lutz allein zu sein. Elternlos. Keine sinnlosen Fragen, die ich mit sinnlosen, verlangsamten Antworten versehe. Aber keine Chance dazu.

Dann gehen sie. Meine Mutter zieht ihr Bein nach. Mein Vater in der Tür des Krankenzimmers beflissen zurückschauend. Ein Winken. Ein Kuss von Lutz.

„Komm wieder“, sage ich.

„Aber klar.“

Und dann schlafen. Ich bin durch die Beruhigungsmittel müde bis auf die Knochen, durch alles Fleisch hindurch, bis auf die Knochen, bis auf die Seele hinab, müde.

Kevin kommt am nächsten Tag. Er sieht aus, als wäre ihm seine Liebe im Meer der Stadt versunken. Aber es ist doch die *meine.* Muss ich ihn jetzt trösten, diesen verlorenen Jungen, der über das Meer treibt, endlos, zeitlos, ewig?

Ach Kevin, ach Kevin. Ich kann doch nicht mehr, als dich lieb haben. Lieben, ach Kevin, ach Kevin, lieben will ich nun den Wal, den großen weißen Wal. Ich halte Kevins Hand. Halte sie fest und ihn auf meiner Insel, damit er mir nicht forttreibt. Halte ihn und schlafe, seine kühle Hand in meiner.

Als ich erwache, ist er fort. Er hat mir Tabak dagelassen und Blättchen. Ich drehe mir eine Zigarette, winde mich aus dem Bett, müde stehe ich am geöffneten Fenster, kalte Spätherbstluft zieht hinein. Ich blase den Rauch in den Herbst, blicke über den kleinen Park.

Und jetzt, wo ich Euch, ja Euch, das alles erzähle, da ist es wieder, als passierte es gerade jetzt.

Nennt mich Marie. Ich bin keine von den Anderen. Blätter fallen. Es ist Herbst. Und unter der Stadt: ein Wal, groß, alt, böse. Geht jetzt. Lasst mich allein. «

Anmerkungen:

Zitate:

Karl Marx	*98 / 177*
K.D. Lang	*133*
Polly Scattergood	*163 / 248 und anderenorts*
Nina Simone	*165*
KT Tunstall	*171*
Heinrich von Kleist	*176*
Bob Dylan	*176 / 200*
Sam Cooke / Jim Croce	*182*
Jean Giono	*189*
Heinrich Heine	*191*
William Shakespeare	*212*
Dimitri Tiomkin	*224*
Rio Reiser	*245*
Annette v. Droste-Hülshoff	*248*
Dota Kehr	*250*

und einige andere mehr.

Locations:
BAIZ, Christinenstraße 1,
Luzia, Oranienstraße 34,
Kastanie, Schloßstraße 22,
Kaffee Burger, Torstraße 60,
Kirche von unten, Kremmenerstraße 9,
Schokoladen, von Schließung bedroht: www.schokoladen-mitte.de
Henris Bar, geschlossen,
Zum Dicken Wirt, Dankelmannstr. 43,
Monarch, Skalitzer Straße 134

Leander Sukov: Warten auf Ahab, Roman
Kulturmaschinen Verlag, Berlin. 2012
Wilhelmstraße 119 b, 10963 Berlin

www.kulturmaschinen.com
www.kulturmaschinen.de

Lektorat: Alexander Wolter

Umschlagsillustration: Robert Lange
www.betriebseinheit.blogspot.com

Illustrationen im Text: Daniela Schreiter
www.fuchskind.de

Druck: Majuskel Medienproduktion GmbH
DIGITALAKROBATEN®
Schulstr. 20 · D-35579 Wetzlar
www.digitalakrobaten.de

ISBN: 978-3-940274-55-7

Wir bedanken uns bei Max Prosa und seinem Verlag für die freundliche Überlassung des Liedtextes von „Visionen von Marie“.

Ebenfalls von Leander Sukov erhältlich:

Ist besser, verdorben auch zu sein
21 Nachdichtungen von
Shakespeare-Sonetten
Das Buch enthält ein Essay von Rictor Norton
ISBN: 978-3-040274-05-2, 12,80 €

Perlensau
Gedichte
ISBN: 978-3-040274-06-9, 14,90 €

Homo Clausus
Novelle eines Niedergangs
ISBN: 978-3-040274-07-6, 9,95 €